中國語言文字研究輯刊

八 編

許 錟 輝 主編

第13冊

斯塔羅斯金與鄭張尚芳上古音系統比較研究

林 海 鷹 著

花木蘭文化出版社

國家圖書館出版品預行編目資料

斯塔羅斯金與鄭張尚芳上古音系統比較研究／林海鷹 著 -- 初
版 -- 新北市：花木蘭文化出版社，2015〔民104〕

目 4+242 面；21×29.7 公分

（中國語言文字研究輯刊 八編；第 13 冊）

ISBN 978-986-322-984-1（精裝）

1. 古音　2. 研究考訂

802.08　　　　　　　　　　　　　　　　103026718

ISBN-978-986-322-984-1

9 789863 229841

中國語言文字研究輯刊

八　編　　第十三冊　　　　ISBN：978-986-322-984-1

斯塔羅斯金與鄭張尚芳上古音系統比較研究

作　　者　林海鷹

主　　編　許錟輝

總 編 輯　杜潔祥

副總編輯　楊嘉樂

編　　輯　許郁翎

出　　版　花木蘭文化出版社

社　　長　高小娟

聯絡地址　235 新北市中和區中安街七二號十三樓

　　　　　電話：02-2923-1455／傳眞：02-2923-1452

網　　址　http://www.huamulan.tw 信箱 hml810518@gmail.com

印　　刷　普羅文化出版廣告事業

初　　版　2015 年 3 月

定　　價　八編 17 冊（精裝）　台幣 42,000 元

斯塔羅斯金與鄭張尚芳上古音系統比較研究

林海鷹　著

作者簡介

林海鷹博士，廈門大學嘉庚學院副教授。主要從事漢語音韻學，中國古典文獻學，公關語言學研究。曾翻譯出版俄羅斯語言學家斯塔羅斯金的俄文著作《古代漢語音系的構擬》（上海教育出版社 2010 版），該譯著被收入《國際漢藏語研究譯叢》。在《古籍整理研究學刊》等刊物發表《〈太平御覽〉引〈釋名・釋言語〉考》等論文數篇。

提　要

斯塔羅斯金與鄭張尚芳的上古擬音體系是近年來上古音研究中引起海內外同行注意的最新成果，此二者與白一平的上古擬音體系並稱為新起三家。斯氏 1989 年在莫斯科出版的《古代漢語音系的構擬》一書是其在上古音研究方面的代表作。鄭張尚芳先生的《上古音系》（2003）是其在上古音方面的集大成之作，此書的主要觀點已在先生 1981－1995 年的論文中陸續發表了。兩位學者的主要觀點不僅發表時間接近，而且在材料運用、研究方法和結論上都有許多相同之處。斯氏在漢藏比較方面眼界開闊，材料豐富，比較的範圍相當廣博。鄭張先生則在國學功底和本語言方言方面更佔優勢，且同樣重視漢藏比較。他們發揮各自特長對前人的擬音系統加以改訂，提出新的構擬系統。

本文將對這兩位學者的上古音系統進行全面、細緻的比較研究，辨別異同，判斷是非，以期有助於我們在上古音研究中達成更多共識。

一、上古聲母

同：

1. 二者都構擬了一套清鼻流音聲母，斯氏把它們表示成：m̥、n̥、ŋ̊、l̥、r̥，鄭張先生則表示成 hm、hn、hŋ、hl、hr。

2. 都把來母擬為 r，以母擬為 l。

3・都把清母的早期上古音擬為擦音 sh。

4・二者的上古聲母系統中都有一套唇化舌根音、喉音。

異：

1. 斯氏同某些學者一樣只構擬了一套清鼻流音聲母，鄭張先生則構擬了兩套清鼻流音聲母，另一套為 mh[m̥ʰ]、nh[n̥ʰ]、ŋh[ŋ̊ʰ]、rh[r̥ʰ]、lh[l̥ʰ]。

2. 斯氏認為上古濁聲母全部有送氣、不送氣的對立（包括鼻流音、半元音），而鄭張先生濁聲母只擬了一套不送氣聲母。

3. 二者所構擬的影、曉、匣、雲的上古形式分歧較大。

4. 二者對精組字上古形式的處理不同。

5. 二者對上古有無邊塞擦音的看法不同，斯氏擬了一套邊塞擦音：ĉ、ĉh、ʒ、ʒh。

6. 鄭張先生構擬的復聲母數量更多、種類更豐富些，劃分得也更細膩。

二、上古韻母

1・介音

同：

1）上古只有 3 個介音：w、j、r，上古沒有元音性介音。

2）都認爲發展爲中古二等的字全帶介音 r，發展爲中古莊組的三等字和重紐 B 類字也都帶介音 r。r 在二者的上古系統裏分佈大致一致。

異：

1）二者對介音 w 最早出現的時期看法不同。

輔音性的介音 j 在二者的系統裏分佈也有區別，鄭張先生的章系及邪母帶 j，斯氏不帶。

2・元音長短和「等」

同：一、二、四等韻和上古的長元音相對應，三等韻和上古的短元音相對應。

異：證明這一對應關係成立的依據不同。

3・元音系統

同：二者都採用 6 元音系統，一致認爲脂部的主元音是 i，侯部的是 o，幽部的是 u，支部的是 e，魚部的是 a。

異：之部的主元音，鄭張先生認爲 ɯ 更恰當，斯氏則仍沿用舊說，用的是 ə。

4・韻尾和聲調

同：

1）二者都接受了奧德里古、蒲立本的上聲來自 -ʔ、去聲來自 -s(-h) 的仄聲起源於韻尾的說法。

2）二者都擬了四個後來發展爲入聲的塞韻尾，即斯氏：-p、-t、-k、-kʷ；鄭張：-b、-d、-g、-uɡ<wɢ。

3）二者都擬了三個鼻韻尾，且它們的平聲和上聲形式完全一致，即：平聲 -m、-n、-ŋ，上聲 -mʔ、-nʔ、-ŋʔ。

4）陰聲韻尾中二者都擬了 -ø、-w，它們的上聲形式分別是 -ʔ、-wʔ，去聲形式也都接受 -s→-h、-ws→-wh。

異：

1）塞韻尾一清一濁（斯氏：-p、-t、-k；鄭張：-b、-d、-g）。

2）齶化韻尾一有一無（斯氏：-ć、-j、-jʔ、-jh；鄭張：無齶化韻尾）。

3）唇化舌根音尾一新一舊（鄭張：-uɡ<wɢ，-ɢ 前易生 w；斯氏：-kʷ）。

4）去聲韻尾一今一古（斯氏：-h；鄭張：-s）。

5）斯氏認爲上聲調產生在公元前 5 到公元前 3 世紀，去聲調產生在公元 3 世紀；鄭張先生則認爲四聲都在晉至南北朝之間產生。

總之，兩位學者在許多方面的構擬均達成了一致。比如，都是 6 元音系統、以 -r- 表二等、以 r- 表來母、三等古爲短元音，一二四等爲長元音、上聲來自喉塞尾、去聲來自 -s→-h 尾，等等。至於兩個體系的不同之處，我們認爲是各有特色。例如，鄭張先

生仍從李方桂將章組擬作帶 j 的音未免繁冗；斯氏對章組的構擬簡潔明快，但造成一些字的擬音混同，致使上古聲母系統複雜化了。鄭張先生對複輔音的梳理條理清晰，但有時複輔音的構擬略顯草率；斯氏對複輔音的擬測不成系統，但卻比較謹慎。

目

次

緒　論

第一節　上古音研究概述

1.1　清以前的古音研究

　　傳統古音學孕育於六朝，那時人們已經明顯地察覺到讀《詩經》、《楚辭》等先秦韻文往往不能押韻，甚至於拗口。（唐）陸德明用「韻緩說」，（南宋）朱熹用「叶韻說」來解釋這種現象。

　　南宋吳棫是古音研究的創始者，他的兩種主張「古轉聲通」、「古通」補充了「叶韻說」的不足，發展了陸德明「韻緩說」的思路。他雖未明確地把古韻分爲幾部，但從《韻補》所說的「通」和「轉」來歸納，大致九類。

　　明代陳第也常論及古音，他在《毛詩古音考》序中的精闢論斷爲人所熟知。

1.2　清代古音研究

1.2.1　上古韻部研究

　　顧炎武（1613～1682）是清代古音學的創始人，他在《古音表》中把古韻分爲十部：東、支、魚、眞、蕭、歌、陽、耕、蒸、侵。顧氏的分部擺脫了中古韻書的束縛，爲後人的研究奠定了基礎，其中成爲後代定論的有四部，

即：1、歌部；2、陽部；3、耕部；4、蒸部。

江永（1681～1762）在《古韻標準》中將古韻分為平上去十三部，入聲八部。與顧氏相比，江氏的特點是：1、分真文魂與元寒仙為兩部，先韻則兩分；2、分蕭宵肴豪與尤侯幽為兩部；3、分侵覃等九韻為兩部，侵為一部，添咸銜嚴凡為一部，覃談盍三韻則分屬兩部。這些都比顧氏細密。

段玉裁（1735～1815）在《六書音均表》中將古韻分為六類十七部。段氏是清代乾嘉時期著名的語言文字學家，提出過許多有關音韻、文字的精闢見解。他第一個將漢字的諧聲系統與韻文的押韻系統結合起來研究，成就斐然。與江氏相比，段氏分韻的特點是：1、支脂之分為三部；2、真文分部；3、尤侯分部。

戴震（1723～1777）在其晚年著作《聲類表》中，分古韻為七類二十部（1773 年），三年後改定為九類二十五部。與其老師江永相比，戴氏只有宵部無幽部；與其學生段玉裁相比，戴氏只有真部而無文部，幽侯不分部。他的創見有二：第一、靄部（祭泰夬廢）獨立；第二、確立陰陽入三分，入聲九部獨立。

孔廣森（1752～1836）著有《詩聲類》十二卷和《詩聲分韻》一卷。他將古韻分為十八部，陰聲韻、陽聲韻各九部，陰陽相配而可以對轉。他的陰陽對轉理論，揭示了各韻部之間元音的對應關係，對古音的擬測貢獻很大。此外，他的冬、東分立學說彌補了顧、江、段、戴分部的不足。

王念孫（1744～1832）分古韻為二十一部，他的《合韻譜》還增加了個冬部，實為二十二部。王氏分韻特點是：1、緝部獨立；2、盍部獨立；3、至部獨立；4、祭部獨立；5、屋、沃、燭、覺四韻是侯部的入聲。

江有誥（？～1851）的代表作為《音學十書》，他也分古韻為二十一部。江氏贊成孔廣森的東冬分部，只是把冬部改稱為中部。與王念孫的二十一部相比，江氏沒有採用王氏的質部，王氏則無冬部。

章炳麟（1868～1936）的古韻成果集中於《國故論衡》和《文始》兩書。章氏分古韻為二十三部，以王念孫的二十一部為主，加了孔廣森的冬部，自己又從脂部中分出個對部來。不過章氏晚年又將冬部併入侵部，成了二十二部。

黃侃（1886～1935）從《廣韻》出發考求古韻，有「古本韻」、「古本紐」

等等提法。分古韻爲二十八部。他以其老師章炳麟的二十三部爲基礎，又受戴震陰陽入三分的影響，把入聲字德、沃、屋、鐸、錫從陰聲韻支、魚、侯、宵、之五部中抽出來獨立成爲五部。黃氏晚年著《談添盍帖分四部說》一文，主張應從添部分出談部，從帖部分出盍部，故黃氏晚年所定古韻爲三十部。

此外，姚文田的十七部，嚴可均的十六部，劉逢祿的二十六部，朱駿聲的十八部，夏炘的二十二部，張成孫的二十部等也有一定影響，此不贅述。

1.2.2　上古聲紐研究

古無輕唇音說。此說爲清代學者錢大昕（1728～1804）首創，即上古的唇音不分輕重，三十六字母中的輕唇音「非敷奉微」在上古都讀重唇。

古無舌上音說。錢大昕提出了舌音類隔不可信的說法，他認爲古無舌頭舌上之分，中古的知組音上古讀端組音。錢氏的此兩條學說已成定論，奠定了他的古音學地位。

古人多舌音說。錢大昕認爲，古人多舌音，後代多變齒音，不獨知徹澄三母，中古的照穿床等母（主要是章組字）在上古也有許多是讀如端組音的。黃侃受此理論影響，提出了「照三歸端」說。以上三種說法均見於錢氏《十駕齋養新錄》。

娘日歸泥說。章炳麟根據諧聲、異文、聲訓等材料提出，中古的娘、日二母在上古都歸泥母，認爲古無娘、日二母。

喻三歸匣說。曾運乾在《喻母古讀考》一文中提出此說，他舉出了四十五條例證來說明上古的喻三（雲母、於母）和匣母本屬一個聲母。羅常培對此說十分讚賞，且撰文進一步加以證明，董同龢在《上古音韻表稿》中也確定了這個古音現象。

喻四歸定說。這仍是曾運乾的主張，他根據諧聲等材料舉出了五十三條例證。曾氏此說在上古聲母研究中影響很大。

照二（莊系）歸精說。此說爲黃侃首提，他根據陳澧《切韻考》對正齒音的分析，把其中分出的照組二等聲母（莊初床疏）分併於齒頭音（精清從心）。從諧聲偏旁、一字多音和客、贛方言中都能找到精莊一類的例子。

照三（章系）歸端說。明確提出此說的也是黃侃，他根據說文諧聲和經籍異文中照三組與端知兩組通讀的現象，提出了照、穿、神、審、禪五紐上古歸

舌音端系。此前錢大昕、夏燮（1800～1875）對此說也略有闡述。

古聲十九紐。黃侃在前人研究基礎上，確定了上古聲母的十九紐，即：幫、滂、并、明、端、透、定、泥、來、精、清、從、心、見、溪、疑、影、曉、匣。黃氏認爲此十九紐爲上古的「正聲」，到了中古產生了一些「變聲」，於是才有了四十一紐。

1.2.3 上古聲調研究

陳第：古無四聲說。陳第批判了叶音說，進而認爲古代也沒有四聲之辨。他在《毛詩古音考》中說：「四聲之辨，古人未有。中原音韻，此類實多。雖說必以平叶平、仄叶仄也，無異以今而泥古乎？」江永評陳第的觀點是「古四聲不拘」。

顧炎武：四聲一貫說。顧氏承認古有四聲，但認爲字無定調，一個字可以根據需要讀成幾個聲調，四聲可以通轉。有人認爲顧氏是主張古無四聲的。

江永：古有四聲。江氏認爲古有四聲，《詩經》押韻以四聲自押爲常規，「平自韻平，上去入自韻上去入者，恒也」，但他也承認有四聲通押的現象。他不承認臨時變調，而認爲異調相押只是四聲雜用。

王念孫：古有四聲說。如果說江永的古有四聲說與顧炎武的四聲一貫說有某些類似的話，王氏的古有四聲說則全然不同。「顧氏四聲一貫之說，念孫向不以爲然」。王氏認爲古有四聲，但各韻部四聲出現的情況不同：東部等十部只有平、上、去三聲，支部等七部四聲俱全，至、祭兩部只有去聲，盍、緝兩部只有入聲。

江有誥：古有四聲說。江氏的古有四聲說經歷了一個認識的過程，開始他是主張古無四聲的，後來才接受上古有四聲，只不過認爲古人所讀之聲與後人不同。

段玉裁：古無去聲說。段氏在《六書音均表·古四聲說》中談到：「古平上爲一類，去入爲一類；去與入一也。上聲備於三百篇，去聲備於魏晉。」平上入三聲也不是各部都有的，侯部只有平上兩聲，侵、談、眞、支四部只有平入兩聲，宵、蒸、東、陽、耕、文、元、歌八部只有平聲。

孔廣森：古無入聲說。孔氏認爲，「至於入聲，則自緝、合等閉口音外，悉當分隸……蓋入聲創自江左，非中原舊讀」。支持他這一觀點的古音學者甚少。

以上我們回顧了傳統古音學在聲、韻、調三方面所取得的成果，從中我們

不難發現，這些成果以劃分聲類、韻部、調類為主，極少涉及音值。即使像戴震、章太炎等學者略有談及，但由於當時還沒有一套能用來準確標音的符號體系，很難擬出準確的音值來。

20 世紀初，普通語言學開始從歐洲傳入中國，在西方學者的歷史比較法、音系描寫法的影響下，我國古音研究的面貌煥然一新了。

1.3　上古音值構擬的新時期

19 世紀已有歐洲的漢學家對漢語古音做過擬測，但真正有價值的研究應是在 20 世紀初。毫無疑問，這時期的主要功績屬於高本漢。正如斯氏所指出的那樣，「沒有高本漢的著作，今天就不能進行這一領域的任何研究。」除高本漢外，這一時期參加古音構擬討論的還有法國學者馬伯樂、德國學者西門華德、蘇聯學者龍果夫等。

高本漢的論著發表後，引起了國內外音韻學家的極大興趣，紛紛加入了上古音構擬的討論。其討論的主要問題如下：

1.3.1　複聲母問題

首先提出上古漢語有複聲母的是英國牧師艾約瑟（1823～1905），他根據諧聲材料，認為 p、t、k 母與 l 母在諧聲上有聯繫。高本漢贊成艾約瑟的主張，並舉出許多證據證明上古漢語存在複聲母。國內第一個論及複聲母問題的學者是林語堂。陸志韋（1985:282）也認為「上古有複輔音」，不過說「其詳不得而知，可是能用 KL、ŋl、TʻL、sl、PL（ml）當代表音，漢朝以後全失去」。董同龢、趙振擇、何九盈、楊劍橋等學者也陸續發表文章承認上古存在複聲母。當然也有學者持反對意見，最有影響的應屬王力先生。他在《漢語史稿》（1957）和《漢語語音史》（1985）中對此問題都有論述。臺灣學者龔煌城先生 2004 年在北大講學時曾提到，王力先生不是不承認複聲母的存在，而是不能接受高本漢擬測的十九種複聲母。但我們去讀王力先生的論著，很難得出王力先生肯定上古有複聲母的結論。

正如潘悟雲先生（2005）所說，「儘管有大量的文獻資料、諧聲資料與民族語的對比資料，說明上古複輔音是一定存在的，但是沒有漢語方言的直接證據，使這種爭論沒完沒了。」不過令人欣喜的是，「最近讀了李藍《湖南城步青衣苗

人話》，這是第一篇有關漢語方言中有複輔音的記錄，而且難以辯駁地可以確定為道道地地的漢語，不是苗瑤語的底層詞。」「李藍的材料將為這個爭論最後畫上一個句號。」

隨著近十幾年上古音研究的深入，中外學者對複聲母的討論已經主要不是複聲母的有無問題了，而是進一步弄清楚複聲母有哪些成分、結構規則怎樣、演變條例如何等等。正如鄭張先生（1999）所說，「黑」的古音，高 xm、王 mx、李 hm、張 mh，到底應取哪一形式為是，應確定下來。嚴學宭先生是 60 年代國內複聲母研究的倡導人，並積極引入漢藏語言比較。98 年出版的《古漢語複聲母論文集》是 90 年代前複聲母方面論文的重要結集。鄭張先生（1999）對 70 至 90 年代複聲母研究方面已經取得的成就做了總結，即已經認識到複聲母內部組成的區別，後加音數目及其出現條件已經確定，前加音的種類及出現條件也有了眉目。

1.3.2　單聲母問題

高本漢以來，上古單聲母研究中影響最大的應屬李方桂。李氏擺脫了中古 36 母的束縛，大刀闊斧地劃掉了分配受限制的 15 母，又加了一套圓唇喉牙音，一套清鼻流音，合計 31 母。近十幾年來，學者們對單聲母的討論主要集中在以下幾個問題：

1、鼻冠濁塞音

因清塞音前的鼻冠音後來大多脫落，無跡可尋，所以有些人對鼻冠音的有無遲疑不決。嚴修（2001）在《二十世紀的古漢語研究》一書中談到，張琨和夫人張謝蓓蒂 70 年代已開始撰寫論文，說明上古鼻冠音的存在。他們通過對比漢藏系親屬語言的同源詞，發現了原始漢語與苗瑤語、藏緬語一樣，曾經有過鼻冠音，而這種鼻冠音可能是漢語清濁對立的一個來源。鄭張先生和龔煌城先生都給上古構擬了 m-、N-兩個鼻冠音。且看龔先生（2004）對床三、禪三、定母上古來源的擬測：

$$*N\text{-}lj\text{-}>*dj\text{-}>d\acute{z}j\text{-}，\acute{z}j\text{-} \qquad 床三、禪三$$
$$*m\text{-}lj\text{-}>*dj\text{-}>d\acute{z}j\text{-}，\acute{z}j\text{-} \qquad 床三、禪三$$
$$*N\text{-}l\text{-}>d\text{-} \qquad\qquad\qquad 定$$

而鄭張先生所擬的 m-冠音與同部位鼻冠音 N-是並立的。他說：「藏文 m-

冠音也跟同部位前冠鼻音 N 不同，m-可以在各個不同部位的聲母前出現。」白一平（1992）和沙加爾（2004）也分別給上古漢語構擬了 N-前綴。

2、清鼻流音

高本漢給「悔：每」，「昏：民」等擬了複聲母 xm-，但遭到董同龢的反對，董氏認爲這與「各：路」的諧聲關係不同，其來源可能是清鼻音m-，雅洪托夫（1986：50-51）則假設 xm-等有帶 s-頭的來源，從而構擬了清鼻流音系列：

$$sm \rightarrow x^w m \rightarrow x^{(w)}$$

$$sng \rightarrow xng \rightarrow x$$

$$sn \rightarrow thn \rightarrow th, t'h$$

$$sń \rightarrow śń \rightarrow ś$$

$$sl \rightarrow ṣl \rightarrow ṣ$$

蒲立本（1962）則構擬了送氣鼻流音 mh、ŋh、nh、lh 等。李方桂於此基礎上在《上古音研究》（1980）中構擬了一套清鼻流音 m̥、n̥、ŋ̊、l̥。鄭張先生（1998）認爲李氏的演變規則不統一，實際有兩類：

變擦音 h-、ç-的 —— hm-、hŋ-、hnj-

變送氣塞音 th-的 —— hn-、hl-

於是鄭張提出前述清鼻流音實應分兩套：

A、送氣的變送氣塞音：mh-撫　nh-帑　ŋh-哭　lh-胎　rh-寵

B、帶有 h 冠音的變 h：hm-悔　hn-漢　hŋ-譃　hl-哈　hr-鱯

3、圓唇喉牙音

第一個提出上古有一套圓唇喉牙音的學者是蒲立本（1962），他根據中古漢語 w 分佈的不完全性，只有在舌根音和喉音之後才有帶 w 和不帶 w 的系統對立。進而認爲在上古漢語中不要把-w-看作是介音，而是聲母的形容性成分。於是蒲氏建立了一套圓唇喉牙音。李方桂（1980）構擬的一套圓唇喉牙音是 kw、khw、gw、hngw、ngw、·w、hw，並把它們看作基本聲母（蒲氏也是）。鄭張先生（1998）贊成上古只限喉牙聲母才含 w 成分，但不主張另立一套圓唇喉牙音做爲基本聲母，「用一個後置 w 表一套圓唇喉牙音合爲一套，不另標名，但可明確規定 w 只在喉牙音出現，即只有舌根、小舌、喉音才有帶 w 的複聲母」。雅氏（1965），斯氏（1989）單聲母中也都擬有一套圓唇喉牙音。

4、匣母、群母和喻三的關係

高本漢認爲群、匣互補，上古有共同的來源。也有學者（如曾運乾、羅常培）認爲匣母與群母沒有關係，而是同喻三關係密切。李方桂（1980）則乾脆把三母都擬作 g，龔煌城（2004）在李氏基礎上發展成下表：

	喻三	匣	群
一等	×	*g-, *gw-	×
二等	×	*Ngr-, *gwr-	×
三等	*gwrj-	×	*N-grj- *gj-, *gwj-
四等	×	*g-, *gw-	×

蒲氏（1962）主張匣母一分爲二，「中古ɦ有兩個來源，一部分來自上古的ɦ，一部分來自上古不帶舌面介音的 g。」雅氏（1965）、斯氏（1989）、鄭張（1998）皆認爲匣母應分兩類，分別與群、雲二母洪音相當。丁邦新（2004）也主張匣母上古有 g-、ɣ-兩個來源。

5、精組字的古值

高本漢的上古和中古的精組字都擬作 ts、tsʻ、dzʻ、s、z，在幾千年的時間裏，語言似乎停滯不變了。王力的上古精組亦同中古，只是從母都擬作不送氣音與高氏有別。據潘悟雲（1988）歸納，蒲立本（1962）認爲一部分精組字的來源如下：st、sth、sd＞ts、tsh、dz，sθ＞s,sð＞z1（長元音前）。此外，還有另一些精組字可能有如下變化：sb＞dz、sbð＞dz、sphð＞tsh，等等。雅洪托夫（1986）只構擬了 ts、tsh、dzh、s 四母。陸志韋（1947）也認爲《切韻》的 ts、tsʻ、dz、s、z 是上古音本來有的。

李方桂（1980）認爲精組字有一部分是從 s 詞頭來的，即 s-, tsh-（少數），dz-（少數），z-等母字來自：

*st- ＞ s-　　　 *sth- ＞ tsh-　　　　*sd ＞ dz-　　　*sdj ＞ zj-

*sk-＞ s-　　　*skw- ＞ sw-（su-）　*skh- ＞ tsh-（？）

*sg- ＞ dz　　*sgj- ＞ zj-　　　　*sgwj- ＞ ziw-

包擬古（1972）在《上古漢語的 s-複輔音，及其某些方言中的變化形式與漢藏語帶有 s-的複輔音使動式的遺跡》一文中詳細分析了李氏的上述構擬。包氏認爲李氏只從上古漢語諧聲系列方面的證據構擬了*sk-,*skh-和*sg-

形式的複輔音，這是不夠的，還可以通過與藏文的比較研究給上古漢語建立
*sp-等形式，且*sp-等複輔音後來有 ts-與 s-兩種演變結果。李氏構擬中沒有
ts-的反映形式是不完整的。潘悟雲（1998）將包氏對李氏的修改歸納如下：

sk、st ＞ s　　　sg、sd ＞ ts　　　skh、sth ＞ tsh　　　sgh、sdh ＞ dz

潘氏認爲以上幾位的構擬都有缺陷，於是把包氏（1980）的兩種類型複輔
音的設想推廣至帶 s-的場合，從而作出以下構擬：

sk 　、skl　　　　sk'l　　　　skh、skhl　　　　skh'l

＞ts　　　　　＞s　　　　　＞tsh　　　　＞s

sp 　、spl　　　　sp'l　　　　sph、sphl　　　　sph'l

sg、sgl　　　　sg'l

＞ dz　　　　＞z

sb、sbl　　　　sb'l

鄭張（2003）指出，「精（莊）組是上古後期才增加的，甚至俞敏《後漢
三國梵漢對音譜》中後漢三國音也還缺乏精、清、從母。除 s-冠塞音外，精
組主要由心母及 sl-、sr-後的 l、r 塞化，加清濁喉音作用而形成。」斯氏（1989）
則認爲公元前 10 世紀已有精組，爲齶化塞擦音 ć、ćh、ʒ、ʒh、s、sh/tsh。到
了上古晚期（公元 3 至公元 5 世紀）則發生了演變：ć＞c、ćh＞ch、ʒ＞ʒ、ʒh
＞ʒh，心母和清母不變。

6、來母與喻四的構擬

高本漢、董同龢、王力、李方桂、陸志韋、周法高等人都把上古的來母
擬成 l-，與中古同。黃侃的古本聲中也有來母，好像有史以來，來母從未發過
別的音。「蒲立本（1962）雖也把來母擬爲 l-，喻四爲ð-，但指出從漢藏對應
上看，來母多對 r-而喻四多對 l-」（鄭張 2003）。雅洪托夫（1986）、斯塔羅斯
金（1989）、包擬古（1980）、白一平（1992）、龔煌城（1990）、沙加爾（2004）
等學者也都撰文肯定了來母爲 r-、喻四爲 l-的構擬。

7、影、曉二母的古值

影、曉二母屬於黃侃「古聲十九紐」之列，多數學者都擬爲ʔ-（或・）、h-
（或 x-），與中古同，如高本漢、王力、李方桂（1980）、陸志韋（1947）、董

同龢（1965）、蒲立本（1962）、周法高（1970）、包擬古（1980）、白一平（1992）、龔煌城（2002）、雅洪托夫（1986）、斯氏（1989）等學者。但由於上古韻尾-ʔ，鄭張先生和沙加爾經考證都認為有-q來源，潘悟雲（1997）提出「影、曉」應來自上古小舌塞音q-、qh-。鄭張先生吸收了這一新說，影：q＞ʔ，曉：qh＞h。據金理新（2002）考證，藏緬語中許多語言或方言有一套小舌音，苗瑤語中的苗語有小舌音，藏語本來可能也有一套小舌音，只是後來跟舌根音合併了。侗臺語中的侗水語支也有小舌音。看來，上古漢語（或原始漢語）曾經存在過小舌音的假設應引起重視。

1.3.3　韻部的劃分問題

高本漢以來，學者們對韻部的劃分大致可歸為兩類：一些人認為根據《詩經》韻腳繫聯歸納出來的韻部，實際上就是韻轍（rhyme），所以同一韻部可以包含不同的主元音。這類的代表人物是高本漢、俞敏（1999）、鄭張尚芳（2003）、潘悟雲（2000）、董同龢（1994）、白一平（1992）、斯塔羅斯金（1989）、李新魁（1986）等學者。另一些學者繼承了清儒所主張的古音同一韻部的主元音相同的觀點，代表人物是王力、周法高（1970）、李方桂（1980）、雅洪托夫（1986）等。這一派的學者認為互相押韻的字主元音應該相同。李方桂（1980：27）說：「上古同一韻部的字一定只有一種主要元音。」王力（1957）更認為韻部相同，主元音也必定相同（鄭張先生賜教：王力早年也曾主張同韻部不一定同元音）。雅洪托夫（1986）同意王力的意見：上古韻母各只有一個主元音，同部的韻母區別在介音與韻尾的不同。潘悟雲（1988）對此現象做過分析：認為問題的關鍵是怎樣理解「韻部」：如認為韻部就是《詩經》韻腳繫聯的結果，一個韻部就不只一個主元音；相反，若一個韻部只擬一個主元音，那麼韻部的劃分就要採用其他更可靠的辦法。潘氏所言切中要害。

雖然兩派學者對上古韻部所含主元音的數量有分歧，但他們得出的韻部數卻沒太大差別：高本漢（1940）分二十六部，（1954）分三十五部，董同龢（1994）分二十二部，李方桂（1980）分二十二部，王力分三十部等，羅常培三十一部等。

1.3.4　元音問題

　　高本漢以來，學者們對上古主元音的擬測可謂千差萬別，多則如董同龢，擬了 20 個主元音；少則如蒲立本，只擬了ə、a 二元音，讓人難以相信。學者們的擬測數量差別大的主要原因是，用元音還是用介音來區分「等」。高本漢用元音區分，故擬了 14 個主元音。王力用介音分「等」，故減爲 5 個主元音（1957）：e、o、a、ɑ、e，後又採納鄭張先生的建議，a、ɑ合併而成爲 4 個主元音。最後又改成 6 個主元音（1985）。現在把各家擬測的主元音列表如下：

學　者	數　量	主　元　音
董同龢	20	e ĕ ə̆ ə̂ ə̗̆ u û o ô ǒ a ă æ ɐ ɔ ɔ̆
高本漢	14	e ĕ ə ë ɛ u û o ô ǫ̆ ǒ a ă â å
李新魁	14	ɪ e ø ɜ ʒ æ a ə ɐ ʌ u o ɔ ɑ
雅洪托夫	7	o e ü ə u ä a o
王力	5	ə o ɑ a e
	4	ə o a e
	6	ə o a e ɔ u
斯氏	6 對	i u a e o ə
鄭張尙芳	6 對	i u a e o ɯ
包擬古	6	i u a e o ɨ
白一平	6	i u a e o ɨ
黃典誠	6	a ɛ o ɯ i u
藤堂明保	6	e ə o e u ɔ a
蒲立本	5 對	i e a o u
	2	ə a
余迺永	5	u o i a e
李方桂（丁邦新、龔煌城）	4	i u ə a
周法高	3	e ə a

　　我們看到，鄭、白、斯、黃、藤、包等學者都是 6 元音系統，董氏表面看擬了 20 個元音，實際合併一下與藤氏一樣，是 6 元音。新起三家鄭、白、斯更是十分接近，除央元音不同外，其它全同。其中鄭、斯二人都是 6 對而非 6 個元音。白一平和沙加爾不接受上古元音分長短的理論，最近在復旦大學召開的漢語上古音國際研討會上提出了輔音分強弱的新觀點。強輔音讀得自然長一點，弱輔音短一點。不過這一理論正如鄭張先生所說，無法解釋「陶」、「舀」

等字的幽宵異讀現象。

1.3.5　韻母的音值

1、魚　部

高本漢曾擬魚部爲 o，汪榮寶的《歌戈魚虞模古讀考》發表後，魚部主元音爲a的觀點已深入人心。因爲魚部古今音變化最大，它的音值的確定，爲整個上古元音系統的構擬建立了基礎。鄭張尙芳（2003）、潘悟雲（1988）等學者從漢藏親屬語言的比較中進一步證實了魚部擬 a 的正確性。

2、幽　部

新起三家（鄭、白、斯）都把幽部擬作 u，這與蒲立本（1962）、王力（1985）、包擬古（1980）、俞敏（1984）等人的擬測近似。而李方桂（1980）、周法高（1969）等人則擬爲ə。董氏（2001）擬成 o，高氏擬成ʊ，陸志韋（1947）擬作ĕ。「俞敏（1984）的梵漢對音材料很有說服力地證明：『u 是幽的領域』。至少可以肯定後漢三國時的幽部讀 u。幽部字在藏文中的同源詞大體上是 u。」（潘悟雲 1988）。

3、之　部

高本漢、王力、李方桂（1980）、陸志韋（1947）、周法高（1970）、董同龢（2001）等眾多學者都擬成ə，新起三家中斯氏（1989）也擬成ə，白一平（1992）、沙加爾（2004）則擬成ɨ，鄭張先生（2003）和黃典誠（1993）都擬成ɯ。之部擬音至今爭議較大，新起三家 6 個元音的擬測，分歧也是在之部。漢藏同源詞的比較也不能提供有力的證據，因爲「之部字在藏文中的同源詞的語音形式比較複雜」（潘悟雲 1988）。給之部所擬的元音，既要可以解釋之、幽通押現象，又要有利於解釋之部開口字後來向脂部靠攏的事實。

4、脂　部

高本漢、董同龢（2001）、周法高（1970）等許多學者都擬成 e，在他們的擬測中，主元音沒有元音三角所必備的 i。王力（1985）擬脂部爲雙元音 ei，主元音也是 e。黃典誠（1993）擬成ɛ，較特殊。斯氏（1989）脂部一分爲四，有 i、e、ə、u 四個主元音。李方桂（1980）、包擬古（1980）、白一平（1992）、鄭張尙芳（2003）等學者都擬作 i。潘悟雲（1988）：「古代外語的對音材料，藏文中的同源詞，及脂部字在許多方言中的發展形式，都指明它的主元音是 i」。

5、侯　部

高本漢（1940）、李方桂（1980）、董同龢（2001）、藤堂明保等人擬喉部作 u，周法高（1970）擬作 e，陸志韋（1947）、蒲立本（1962）、俞敏（1999）、王力（1957）、方孝岳、鄭張尚芳（2003）、李新魁（1986）都擬作 o。潘悟雲（1988）：「俞敏（1984）的梵漢對音例子中，侯部有對音作 u 跟幽部混同的，但是跟 o 對譯的大體上是侯部字，沒有幽部字。侯部字在藏文中的同源詞有的是 u，也有的是 o。」李新魁（1986）：「我們認爲擬爲〔o〕比較恰當。因爲它是〔o〕，所以在上古音中可與念爲〔ɒ〕的魚部和念爲〔əu〕的幽部合韻。」

6、支　部

高本漢（1940）、王力（1985）、鄭張尚芳（2003）、董同龢（2001）、周法高（1969）、李新魁（1986）、陸志韋（1947）、斯氏（1989）、白一平（1992）等學者都擬作 e，何九盈（1991）擬作 æ，李方桂（1980）的元音系統中無 e 和 o，故擬作 i。龔煌城（2002）繼承李方桂的學說，也擬作 i。

1.3.6　上古的介音

高本漢給上古擬了 i、ɪ、ĭ、ji、w 五個介音，我們不贊同 i 與 ji, ɪ 與 ĭ 的對立，留下 i、ɪ 足以區別和說明問題了。陸志韋（1947）把高本漢擬的 ɪ 大都改成了r，並取消了 ĭ、ji 介音，只留下 i, ɪ，w 三個。王力（1957）在 i、ĭ、u 的基礎上增 e、o 二介音，使一至四等的區別完全歸於介音。在《詩經韻讀》（38 頁）中，王力又把介音分爲七種。開口二等 e，三等 i，四等 y，合口一等 u，二等 o，三等 iu, 四等 yu。董同龢（2001）的介音只有三個：變入中古三等韻的字，上古原來有輔音性的介音-j-；變入中古四等韻的字，上古原來有元音性的介音-i-。合口介音上古只有一個，是 u。李方桂（1980）認爲二等韻裏在上古應有個使舌尖音捲舌化的介音 r，三等韻裏應有使舌尖音顎化的 j 介音，四等韻裏應當有個 i 元音，上古時代沒有合口介音。周法高（1969）擬有 5 個單介音：r（用於後來變爲二等韻的字）、j（用於後來的獨立三等韻）、i（用於後來的混合三等韻，即有重紐的韻）、e（用於後來的純四等韻）、w（用於後來變爲合口的字）。這五個介音通過組合，最後在他的系統裏共有 13 種介音：r、j、i、w、e、ji、jw、jiw、rw、ew、iw、riw、jew。複雜的介音使周氏的元音數減少到 3 個。藤堂明保給上古構擬了 j、r、w 三種介音。較特

殊的是在中古變爲獨立三等韻的韻母中藤氏構擬的是 r 而不是 j。李新魁（1986）認爲古音中不存在介音，後代的 i 或 j,w 或 u 在上古都不存在。上古所有的，只是聲母帶上某些特殊的語音色彩。使聲母帶舌面化的用 j 表示，使聲母帶圓唇化的用 w 表示，使聲母帶捲舌化的用 r 表示。李氏認爲，這些特殊的語音色彩在發音上與聲母的結合很緊密，是附著在聲母發音上的語音色彩，而不是存在於聲母和韻母之間的介音。雅洪托夫（1986）認爲，上古的聲母和基本元音之間可以出現不同的，不構成音節的 i 類音。它們約有 4 個，通常都寫作i，只是在中古，介音如果影響主要元音變爲 e，或引起了聲母的特殊變化的情況下才寫作i。雅氏認爲 u 是上古漢語典範時期（3 世紀）出現的新介音是後起的。蒲立本（1962：52）則把-i-/-j-看作是後起的，認爲它們是在上古和中古之間發展出來的，可能來自於早期的長元音。斯塔羅斯金（1989）實際上給上古漢語構擬了 3 個介音：w、j、r。龔煌城（2002）繼承李方桂的主張，而運用西夏文材料來證明介音 j 不是後起的，上古已有。鄭張先生（2003）參照藏緬等兄弟語言古文字得出結論，上古漢語沒有任何元音性介音，只有輔音性介音 w、j、r、l。鄭張先生（1987）同蒲立本一樣，也認爲三等介音是後來產生的，但來自上古的短元音，而非蒲立本所認爲的長元音，四等是主元音本身爲 i、e。包擬古（1980）認爲漢語的介音 j 分兩類：與藏緬語對應的是原生性的 j，漢語後來自身發展出來的是次生性的 j。潘悟雲（2000）對這一分類提出了質疑，他在《浙南吳語與閩語中魚韻的歷史層次》一文中運用浙江南部吳語與閩語的文白異讀材料證明了三等齶介音是後起的，較有說服力。

1.3.7　上古的韻尾和聲調

高本漢以來，對於上古漢語的韻尾，學者們爭論的主要是以下幾個問題：

1、陰聲韻部有沒有一套輔音韻尾

高本漢認爲上古的陰聲韻部帶一套濁塞韻尾*-b、*-d、*-g，理由是陰聲韻字與入聲韻字關係密切，它們或叶韻，或諧聲。對這一觀點學者們褒貶不一。林語堂曾在《支脂之三部古讀考》一文中提出過質疑，但影響甚微。陸志韋（1947）勉強贊同了高氏的觀點，但態度猶疑。最支持高氏的是李方桂（1980），整個上古韻母系統都收輔音韻尾，沒有一個開音節，他的學生丁邦

新和龔煌城仍堅持這一主張。董同龢、藤堂明保等人也給上古陰聲韻部擬上
-g、-d、-b、-r 等韻尾。反對者中最有影響的是王力（1957），他堅決反對陰
聲韻有輔音韻尾，因為從世界上幾千種語言的共同特點看，他不相信世上會
有開音節如此貧乏的語言。不過嚴修（2001）所列舉的一些證據對主張上古
陰聲韻有輔音韻尾的觀點很有利，即：

原始印歐語的音節結構呈 CVC 組合；

（1）漢藏語系中也有不少閉音節占絕對優勢的語言；

（2）臺灣邵語沒有開音節，元音之後總有一個喉塞音（見李方桂、李壬癸
　　　《邵語記略》、《邵語音韻》）；

（3）漢語陰聲韻有的字對應於臺語的塞音韻尾字（見李方桂《漢語和臺
　　　語》）。

我們對以上四點有不同看法：

（1）原始印歐語的音節結構是否呈 CVC 組合還在爭論，據周及徐（2002）
　　　考證，原始印歐語有 CVC、CV、VC 三種組合方式。

（2）不能說漢藏語系中有不少閉音節占絕對優勢的語言，這未免武斷，說
　　　漢藏語系中有一些閉音節佔優勢的語言比較嚴謹；

（3）鄭張先生（2003：36）談到，臺灣邵語元音之後的喉塞音總是在短元
　　　音前（傣語開尾短元音也有類似現象），這類喉塞是一種元音的發聲
　　　狀態，沒有音位意義，與真正的塞音韻尾音位-b、-d、-g 並非同類，
　　　不能作為閉音節語言的證據。

（4）和臺語的塞音韻尾字對應的漢語陰聲韻字都是上聲或去聲字，沒有
　　　平聲字。上聲上古帶-ʔ尾，去聲帶-s 尾，與塞尾對應很正常。

潘悟雲（2000：172）全面總結了反對陰聲韻有輔音韻尾的學者的論據，其
中潘氏提出的內部證據很有說服力：中原語音史上有一條語音律：主元音的舌
位有向後高方向變化的趨勢。陽聲韻由於一直帶韻尾，所以變化不大；入聲韻
到中古也還帶韻尾，和陽聲韻的變化速度同步。中古以後韻尾失落，變化的速
度突然加快。高本漢一派認為陰聲字在漢代還帶塞韻尾，但前漢陰聲韻的演變
已與陽、入韻不同步了。

李新魁（1986）也反對高氏等所擬測的-b、-g、-d 輔音韻尾，他給常與

入聲韻字相押的陰聲韻去聲字擬上一個-ʔ尾，並稱之爲「次入韻」。這些次入韻來自入聲韻而與原來入聲韻的發音略有不同，音色模糊，它既可與入聲韻相押，也可與其他的平、上聲字相押。李氏還推測，上古時期，大概在某些韻尾之間發生了轉化現象。如藥部和覺部的字，在《詩經》時代之前可能讀爲-p，後來從-p變爲-k。-p尾的一部分字，也可能在某種條件下變爲-t。據鄭張先生（2003）所述，李氏後來接受了-s尾說，認爲次入韻韻尾-ʔ是-s的後階段。

總之，上古音中存在-p、-t、-k和-b、-d、-g對立的觀點已經遭到越來越多的質疑。在現代漢語方言中，好像還沒有找到一種存在兩者對立的方言，李方桂（1980）曾說：「在語音上，*-p跟*-b,*-d跟*-t,*-g跟*-k等並不一定含有清濁等的區別，但也不敢說一定沒有區別。」他又說（1980：36）：「從詩經的用韻看起來葉部緝部等收*-p的字已沒有與收*-b的字押韻的現象，所以收*-b的字都是從諧聲偏旁擬定的。」 這就使我們有了疑問：*-p和*-b在語音上如此相似，爲什麼在同一時期（詩經時代）沒有互相押韻的現象呢？鄭張先生（鄭張賜教）的理解是：李氏等人原來收*-b的字指的是 bs，受 s同化，到了詩經時代已經演變得混入 ds 了，自然和原來的*p-相押起來困難。

2、入聲韻尾是*-p、*-t、*-k還是*-b、*-d、*-g

高本漢以來，大多數學者都主張入聲韻尾是清塞音*-p、*-t、*-k,好像這已成定論。高本漢、陸志章、陳獨秀（2001）、王力、李方桂、董同龢、周法高、包擬古（1980）、白一平（1992）、雅洪托夫（1986）、斯塔羅斯金（1989）、蒲立本（1962）、李新魁（1986）等知名學者都無一例外，似乎這一問題已不值得討論。但俞敏先生（1999）依據早期梵漢對譯材料提出上古入聲韻尾是*-b、*-d、*-g。鄭張先生又從方言中找到了證據（詳見潘悟云：2000）。鄭張先生、潘悟雲又提出了兩個不易反駁的證據：日本的上古漢語藉詞反映了入聲帶濁塞音尾；藏文的塞韻尾是-b、-d、-g而不是-p、-t、-k。

儘管眾多學者都一致認爲上古入聲韻尾是*-p、*-t、*-k，但俞敏、鄭張先生、潘悟雲所舉出的證據是相當有力的。鄭張先生（2003）還分析到，濁塞尾比清塞尾更接近鼻音尾、元音尾一些，把上古入聲尾一律擬爲濁音尾，更有利於解釋《詩經》裏陰聲字、陽聲字、入聲字的通押叶韻現象。這裡我們有一個

疑問：上古的*-b、*-d、*-g 到中古怎麼就整齊地變成了*-p、*-t、*-k 了呢？鄭張先生（鄭張賜教）的解釋是：（一）中古以後濁塞輔音趨向清化，韻尾爲其先鋒。（二）清濁塞尾不對立，有的方言至今尚爲濁尾，也被記成清尾。

3、上古陽聲韻部有沒有上、去聲

潘悟雲（2000：167）已經指出，段玉裁、王力、余迺永、蒲立本等人大致認爲上古的陽聲韻部沒有上、去聲，段氏在《六書音均表》中把陽聲韻全列爲平聲。潘氏從以下三方面做了反駁：一、《詩經》的押韻表明，陽聲韻的上、去二調還是有一定獨立性的。二、「量」字動詞讀平聲，名詞讀去聲，恰與藏文對應。三、王力研究上古聲調時忽視了先秦的一字多音現象。承認陽聲韻部有上、去聲的學者就會在陽聲韻的鼻韻尾-m、-n 後加上-ʔ和-s，形成這樣的構擬：-mʔ、-nʔ、-ŋʔ、-ms、-ns、-ŋs。據筆者瞭解，至今持這種構擬的學者有：鄭張尙芳（2003）、斯塔羅斯金（1989）、包擬古（1980）、白一平（1992）、潘悟雲（2000）、沙加爾（2004）。斯塔羅斯金把-ms、-ns、-ŋs 構擬成-mh、-nh、-ŋh，-h 是-s 的發展。包擬古、白一平只構擬了-ms、-ns、-ŋs，沒有-mʔ、-nʔ、-ŋʔ。

4、各家較特殊的韻尾構擬

斯氏（1989）構擬了兩個齶化音韻尾：ć、j。鄭張先生（2003）認爲 j 尾由流音-l 尾轉化。斯氏構擬的 w，鄭張指出，-w 尾除原生的外，蒲立本還設想由-ʁ轉化。斯氏、白氏、鄭張先生構擬的唇化舌根音尾分別是-kʷ、-wk、wɢ/uɡ。斯氏（1989）還給一部分文部、元部構擬了-r 尾，較特殊。蒲立本（1962）把高本漢給與舌根韻尾接觸的平聲字構擬的-g 改成了*-ɦ。蒲立本（1962）贊成西門華德的假設，構擬了-ð。它不僅出現於-ă-的後面，同時也出現於-ĕ-、-ə̆-、-ĭ-（包括-wə̆-<*-ŭ）之後。*-ð對應於藏緬語的-l，在漢代失落。白一平（1992）給祭部構擬了-ts，與別家不同，斯氏擬的是-ć，鄭張則是-ds。

第二節　本文的選題依據和目標

古音研究起於宋代，興於清代。然而，乾嘉鴻儒們皓首窮經所得到的結論也只能是爭論韻部、聲紐的分合，猜測聲調的有無。高本漢以來，由於使用了科學標音工具，不僅使中古音研究取得了舉世矚目的成就，也爲上古音研究開

關了新路。近幾十年來，上古音研究在中外學者的共同努力下，取得了許多進展，正如鄭張先生（1998、1999）所總結的那樣，構擬意見逐步趨同，許多問題已取得共識。然而，對高本漢的體系進行補充修訂的古音學家中，成績顯著的大都是外國學者，如奧德里古、雅洪托夫、蒲立本、包擬古等。同國外學者相比，目前國內的上古音研究還很薄弱，許多問題仍在爭論之中，比如：上古有沒有聲調，如果有，有哪幾種，如果沒有，聲調怎樣產生的，上古的元音有幾個，中古的各等在上古的區別是什麼，上古有沒有元音性介音，輔音性介音有幾個，上古有沒有開音節字，上古有沒有清鼻流音，有沒有唇化舌根音，上古的複聲母多不多，等等。

斯塔羅斯金與鄭張尚芳的上古擬音體系是近年來上古音研究中引起海內外同行注意的最新成果，此二者與白一平的上古擬音體系並稱為新起三家。斯氏是俄羅斯著名漢學家雅洪托夫的高足，22 歲就已發表了《原始日語語音系統的構擬問題》（1975）。1989 年在莫斯科出版的《古代漢語音系的構擬》一書是其在上古音研究方面的代表作。鄭張尚芳的《上古音系》（2003）是他在上古音方面的集大成之作，此書的主要觀點已在其 1981～1995 年的論文中陸續發表了。兩位學者的上古音系統不僅發表時間接近，而且在材料運用、研究方法和結論上都有許多相同之處。斯氏在繼承其導師學說的基礎上又有獨創發展，他在漢藏比較方面眼界開闊，材料豐富，比較的範圍相當廣博。鄭張先生則在國學功底和本語言方言方面更佔優勢。他們發揮各自特長對前人的擬音系統加以改訂，提出新的構擬系統。

斯塔羅斯金與鄭張尚芳通過各自獨立的研究，得出的許多結論都不謀而合，這是近年來國際古音學界異曲同工的妙例。本文將對這兩位前沿學者的上古音系統及其研究上古音所使用的材料、方法等進行全面、細緻的比較研究，辨別異同，判斷是非，以期加深對新起三家上古擬音體系的理解，進而有助於學界在上古音領域所爭論的那些問題取得更多共識。對於兩者構擬的不同之處，我們將通過分析雙方使用的材料和方法的異同，同時結合其他學者的研究成果，來判斷是斯氏還是鄭張的構擬更合理。兩者若用不同的材料，採用不同的方法而得出相同的結論，說明其構擬是較合理的。我們將此構擬與舊體系和新學說相比較，可以看出此構擬的創新性。兩者若採用相同材料、相同方法而得出相同結論，則要與其他學者的成果相比較，來確定此構擬的可靠性。

　　鄭張先生的上古音系統已爲國內學者所熟知，而斯氏《古代漢語音系的構擬》一書是用俄文寫成，由於語言的緣故，許多中國學者對他的上古音體系還不夠瞭解。故本文在比較的同時，更著重介紹斯氏的古音體系，以增進國內學者對其成果的瞭解。

第一章　關於材料、方法、上古音分期和音節類型的比較

第一節　兩者研究上古音的材料和方法

1.1　斯氏的材料和方法

同許多音韻學家一樣，斯氏研究上古音前首先擬測了中古音系。他把 6 世紀末至 10 世紀初的韻圖和流傳到現在的韻書作爲構擬中古音系的文獻依據。在分析中古韻書和韻圖時，斯氏參照了現代方言，因爲這每一種方言的語音系統都產生於中古漢語。在對中古語音系統進行解釋時，斯氏十分重視在日語、朝鮮語和越南語中被借用的古漢語材料。

在構擬上古晚期的聲母系統時，斯氏運用了閩方言材料。他參考了羅傑瑞構擬的原始閩語，並對羅氏的擬測做了補充。但在斯氏的著作中（1989）只構擬了原始閩語的聲母系統。接著斯氏把中古漢語和原始閩語的聲母系統做了比較，這樣就得到了對 3 世紀左右上古晚期聲母系統的認識。

對於 3 世紀以前的構擬，則需要運用其他材料和較完善的特殊方法，「因爲普通歷史比較法不允許我們深入推進到 3 世紀，並且較遠時期的任何韻書或韻

圖都相當缺乏」（斯氏 1989）。對於公元前 10 世紀的上古音系統的構擬，斯氏運用的材料主要是諧聲字和上古詩歌用韻。諧聲字是王力研究上古音時不太使用的材料，他（王力 1985）認爲，「從諧聲偏旁推測上古聲母，各人能有不同的結論，而這些結論往往是靠不住的。」「諧聲偏旁不足爲上古聲母的確證」。丁邦新 2004 年冬在北大講課時說，王力對諧聲字的否定有點過了。這一評價是中肯的，研究上古音系，特別是上古聲母，放棄大量諧聲字，不知還可依靠什麼材料。斯氏清楚地指出，《說文解字》是關於上古諧聲字的主要信息依據，研究具有同一聲符的詞族裏文字的各種後起讀法之間的相互關係，從而在這種對比關係中確定一定的規律，進而根據這些規律建立符合上古讀法的構擬。所以在斯氏的著作中，諧聲字和《說文解字》是出現頻率頗高的詞。

斯氏根據上古詩歌用韻材料來劃分詞（字）類、韻部，在韻部裏每個文字後起讀法的相互關係中尋找構擬符合上古讀法的元音、韻尾和聲調的可能性。

諧聲分析和上古用韻系統分析相結合，這是斯氏構擬公元前 10 世紀初上古語音系統所運用的最主要的材料和方法。此外，還有一些輔助材料，域外譯音、藉詞、漢語詞彙資料、親屬語言資料。斯氏用這些材料來驗證及更詳細地說明他的構擬（包括上古和中古）。斯氏精通普通語言學，又熟悉歷史比較法，他掌握的親屬語言資料十分豐富，除藏語、緬甸語外，還有盧謝語（Lushei）、克欽語（Keqin）、米基爾語（Mikir）、彝語、坦庫爾語（Tangkhul）、肖語（Sho）、塔多語（Thado）等等，還引入了高加索語的材料。他本人致力於親屬語言比較的研究多年，成果卓著。

1.2　鄭張先生的材料和方法

鄭張先生把研究上古音系的材料分爲兩大類：內部材料和外部材料。前者包括以下五點：

1．古文字本身的諧聲、轉注（筆者注：鄭張先生的轉注指同源分化字，在基本字形基礎上加減筆劃，如益──溢）現象。

2．古文獻中的通假、異讀、讀若、直音等材料。異文、聲訓經甄別後亦可作爲旁證。

3．《詩經》、《楚辭》等詩文叶韻的歸部。

4．中古《切韻》音系與上古韻部、諧聲系統間的語音分合所表現的對應關係。

5．現代漢語方言中的古音遺留層的探索。

這五方面的材料尤以第四條為重。鄭張先生認為這種對應關係是推定上古音類的主要根據，特別是在韻類分等開闔方面。

外部材料中，鄭張先生認為可以通過相鄰地域的非漢語文獻中的譯音與藉詞印證，尤其是梵文和中亞古語的譯音。韓文、日文、越南文也是必用的材料，它們不僅具有全套的中古漢語對音，還含有上古漢語對音層次。鄭張先生強調，外部比證材料最需要重視有古文字的親屬語，尤其是藏文、緬文、泰文中的同源詞。在《上古音系》中，鄭張先生還使用了傣文、孟文、柬文、占文等親屬語，資料十分豐富。

1.3　兩者的異同

1．斯氏與鄭張都根據韻書、韻圖及現代方言構擬了中古音系，這其中兩者都重視韓文、日文和越南文材料。只是斯氏主要把它們用於中古音系的構擬，而鄭張則明確指出了它們不僅具有全套的中古漢語對音，還含有上古漢語對音層次。

2．斯氏在擬測上古晚期聲母系統時大量參考了羅傑瑞的擬測，這是鄭張先生不很重視的材料。原因可能是兩者對羅傑瑞擬測的看法有異。

3．斯氏構擬上古音系的內部材料主要強調的是諧聲分析和上古詩歌用韻，鄭張的國學功底則要深厚得多，不僅大量運用了轉注、通假、異讀、讀若、直音、異文、聲訓等材料，而且對它們有所側重，有所選擇。

4．兩者都重視《詩經》、《楚辭》的叶韻歸部，此外，斯氏還引用了《荀子》、《老子》、宋玉詩文、《釋名》、謝靈運、鮑照、陶淵明等詩文用韻材料。

5．對現代方言材料的使用，斯氏側重於閩方言，且主要用來構擬上古晚期的聲母。鄭張先生對方言的運用則寬泛靈活得多，不僅用於中古，也用於上古音系的擬測。鄭張先生對方言的旁徵博引，信手拈來的諳熟程度，少有學者能與之相比。

6．斯氏所使用的盧謝語等語言材料，是鄭張先生不曾運用的。

7．在方法上，斯氏構擬上古音系，最重視的是諧聲分析和上古用韻系統分

析相結合，而鄭張先生則認爲推定上古音類的主要依據是中古《切韻》音系與上古韻部、諧聲系統間的語音分合所表現的對應關係。當然這兩方面並不是對立的。

總之，兩位學者方法上大同小異，材料上各有優長。

第二節　兩者對上古音的分期

2.1　斯氏的上古音分期

斯氏構擬的上古音系主要建立在諧聲系統（對於聲母的構擬）和上古詩韻系統（對於韻的構擬）兩種材料上。而我們知道，這樣得到的聲母和韻母系統是不同期的。斯氏說，他通過分析詩韻獲得的上古韻母系統，時間上不早於公元前 8 世紀；而通過分析諧聲字則獲得了更早的系統（大概是在公元前 2000 年至公元前 1000 年間）。斯氏指出，如果認爲這樣構擬的聲母屬於這樣構擬的韻母，那麼我們可能得到的是實際上不存在的字的讀音。

斯氏還以閩方言爲基礎，構擬了上古晚期的聲母系統，但 3 世紀的聲母系統與公元前 1000 年初的構擬系統差了千年。爲了使上古系統的構擬可信，斯氏又構擬了介於上古早期和晚期及中古的中間階段。

這樣，斯氏對上古語史的分期就相當細膩，共分六個時期：

原始漢語：產生諧聲系統前的漢語。這個系統在殷代發展得很緩慢，所以它可以包括殷代的一部分（公元前 14 到公元前 11 世紀）。但對原始漢語系統的時間作準確的界定是不可能的，它的下限到公元前 1000 年（在殷代的刻字大體上屬於原始漢語時期），上限的時間不確定，應是漢語脫離了共同漢藏語的時候。

早期上古漢語：指諧聲字形成的時期。它的時間界限也相當不確定，大概下限在周代初期（公元前 11 世紀），最早在殷代（公元前 14 到公元前 11 世紀之間）。原始漢語和早期上古漢語之間界限的確定取決於最晚時間的確定。

前上古漢語：公元前 10 世紀到公元前 6 世紀。斯氏認爲，這一時期從語音角度看沒有必要像黃典誠那樣根據語法標準分爲兩部分。

上古早期漢語：公元前 5 世紀到公元前 3 世紀。

晚期古典上古漢語：這一時期按照語音標準可以分爲兩個時期：西漢（公

元前 3 世紀末到公元元年）和東漢（世紀初到 3 世紀初）。

上古晚期漢語：這一時期斯氏相對地分爲三部分：上古晚期的前期（3 世紀），上古晚期的中期（4 世紀），上古晚期的後期（5 世紀）。

2.2　鄭張先生的上古音分期

鄭張先生在 2000 年臺北中研院召開的第 3 屆國際漢學會議上提交的文章《漢語方言異常音讀的分層及滯古層次分析》中談到了他對漢語語音史的分期，他以低元音 a 韻的分佈爲標誌，共分 10 期：上古三期「模、魚、麻」合爲魚部讀 a，中古三期（六朝至五代）及近古（宋代）「歌、麻」讀 a，近代二期（金、元至明、清）及現代「麻二」讀 a。其中所分的上古部分爲：

上古前期（簡稱前古）：殷及早周，依據甲、金文中的諧聲假借；

上古中期（簡稱上古）：周，依據《詩經》等先秦文獻；

上古後期（簡稱次古）：秦漢魏，依據當代文獻及梵漢、中亞語譯。

甲骨文以前的漢語鄭張先生稱爲「原始漢語」或「遠古期漢語」，並指出這時期的漢語雖沒有文獻可據，但可用漢語上古音結合漢藏各語言同源詞比較來重建其原始形式。俞敏、邢公畹、張琨、白保羅、柯蔚南、沙加爾等學者都做過這方面的工作。

鄭張先生參考余迺永、張琨、金有景、王力、任銘善、丁邦新、斯塔羅斯金等學者的古音分期，認爲把漢代列爲上古音的晚期是沒有問題的，因爲漢代音韻跟《詩經》音韻的差別還不是太大，尤其是西漢。並認爲晉代理應屬於上古以後的前中古過渡期。

2.3　對兩者分期的比較

兩者都有「原始漢語」這一分期，鄭張又稱作「遠古期漢語」。但包含的時間略有不同：鄭張所指的是甲骨文以前的漢語，即殷代以前，不包括殷代；而斯氏的「原始漢語」是指產生諧聲系統前的漢語，包括殷代的一部分（公元前 14 世紀到 11 世紀）。斯氏認爲諧聲系統在殷代發展得很緩慢。二者劃分「原始漢語」的依據有別。

鄭張的「上古前期」與斯氏的「早期上古漢語」類似，都是諧聲字時代。但具體涵概的時間還是有所不同，鄭張的「上古前期」大致指公元前 17 世紀至

公元前 11 世紀，時間跨度較大；斯氏的早期上古漢語的時間不確定，大致是公元前 14 世紀至公元前 11 世紀。

鄭張的「上古中期」大致相當於斯氏的「前上古漢語」和「上古早期漢語」兩個時期，鄭張依據的是《詩經》等先秦文獻。而斯氏依據《老子》、《荀子》、《楚辭》等得出了「上古早期」的某些對立已消失了，與「前上古漢語」不同，故一分爲二。

鄭張的「上古後期」基本上相當於斯氏的「晚期古典上古漢語」，都是指公元前 3 世紀末到公元 3 世紀。但鄭張的「上古後期」包括短暫的秦朝和魏代，而斯氏的只指兩漢。

鄭張的上古音晚期到魏代，認爲晉代是前中古過渡期；而斯氏的上古晚期包括公元 3 世紀到公元 5 世紀，即魏晉南北朝時期。斯氏還劃分了一個中古早期，具體時間不確定。

總之，斯氏對上古音系的分期略細緻些，書後所列的古音字表也是分期清楚。鄭張先生則是對某些字的具體音值指出其變化，前後期音不同的一一加以列出，相同的則只擬出一個音。兩者各有所長，斯氏的略顯清晰一些，鄭張的則簡潔明快。不過斯氏把上古音延至南北朝，好像不妥。

第三節　上古音節類型的比較

鄭張先生在《上古音系》一書中設專節討論了上古音節類型。他回顧了各家對上古音節類型的看法，大致分兩派：一派主張上古漢語絕大多數（有的學者認爲全部）音節屬 CVC 結構，如高本漢、陸志韋、李方桂、西門華德、周法高（除歌部）、余迺永、董同龢（除歌部）、丁邦新、龔煌城等學者；另一派則認爲把上古漢語統統擬成 CVC 結構，這種幾乎沒有開音節的語言在世界上極其罕見，故而主張 CVC 結構與 CV 結構並存。持這種觀點的學者有：王力、俞敏、林語堂、龍宇純、郭錫良、何九盈、唐作藩、潘悟雲等。新起三家（白一平、斯塔羅斯金、鄭張尚芳）也一致認爲上古漢語是 CVC 與 CV 兩類音節並存的正常狀態的語言。

鄭張先生不同意丁邦新的上古音節最全結構：cCcssVC（s 指半元音），他參考藏文的完整結構：ccCcVcc，最後把上古漢語的完整音節結構調整爲：

ccCccVcc。這一結構的核心是 CV，即使各個成分都齊全了的最全結構，也還算一個音節（或一個大音節）。鄭張先生吸收借鑒了潘悟雲的次要音節、半音節理論，把含有前響序列的複聲母音節看作一個半音節結構，中間用小圓點・表示。這樣，上古音節的最全結構就表示成：

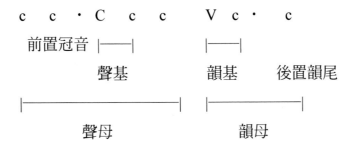

斯氏在《古代漢語音系的構擬》一書中沒有專門探討音節類型，但從他給早期上古、前上古、上古早期、晚期古典上古、上古晚期所擬測的音值來看，他與鄭張先生一樣，反對全擬成 CVC 結構，而是 CVC 與 CV 並存。且斯氏贊成上古有複聲母，聲基 C 前也有前置冠音 c，如「惛」字的前上古音斯氏擬成 smēnʔ。不過通查斯氏的「上古音節構擬比較表」，筆者沒有找到有兩個前置冠音的字例，故斯氏的上古音節最全結構大概是 cCccVcc。且斯氏沒有次要音節理論，構擬的音值中前置冠音與聲基間自然無小圓點・。

第二章　中古音系的比較

第一節　聲母系統的比較

1.1　各家對中古聲母擬測的分歧

各家對中古聲母的擬測，分歧主要集中在以下幾點：

（一）濁塞聲母并、定、澄、從、崇、船、群是送氣音還是不送氣音

高本漢、董同龢把它們都擬成送氣音；而王力、李方桂、陸志韋、李榮、邵榮芬、蒲立本、周法高、潘悟雲等眾多學者一致把它們擬成不送氣音。鄭張先生和斯氏也反對把它們擬成送氣的，斯氏同意李榮的論斷：在《切韻》時代還沒有濁送氣音。

（二）泥、娘二母分立還是合一

陸志韋、董同龢、李榮、王力都只給《切韻》擬測了泥母而無娘母。陸氏、董氏認為娘母還沒從泥母中分出來，李榮雖同意高本漢對泥、娘的區別，但實際上他認為高氏構擬的這兩母是一個聲母。而另一派學者則用大量證據證明了《切韻》裏泥、娘已經分立了。他們是高本漢、李方桂、邵榮芬、蒲立本、周法高、潘悟雲等。鄭張先生和斯氏也認為娘母應獨立，後者（1989：10）覺得李榮提出的 n 和 ń 合為一個音位的必然性不存在。不過這一派學者

給娘母擬測的音值不同，高本漢、邵榮芬擬成齶化音 ń（或寫成 ṇ），李方桂、蒲立本、周法高、鄭張尚芳、斯氏、潘悟雲則擬成捲舌音 ṇ（或寫成 ɳ）。潘悟雲在《漢語歷史音韻學》一書中運用了很多材料，其中包括梵漢對音，來證明娘母擬 ṇ 的合理性，很有說服力。

（三）知、徹、澄是齶化音還是捲舌音

高本漢擬知、徹、澄爲 ȶ、ȶʻ、ȡʻ，得到陸志韋（1947）、董同龢（2001）、李榮（1956）、王力（1957）、邵榮芬（1982）等學者的支持。而李方桂（1980）、蒲立本（1962）、周法高（1970）、潘悟雲（2000）則認爲知組字應是捲舌音 ṭ、ṭʻ、ḍ（ʈ、ʈʻ、ɖ）。鄭張尚芳（2003）和斯氏（1989）也持這種看法，他們依據的都是梵漢對音。

（四）莊組字是捲舌音還是舌叶音。

各家給莊、初、崇、山的擬音大體分兩派，高本漢（1940）、李方桂（1980）、李榮（1956）、蒲立本（1962）、周法高（1970）等人把它們擬爲捲舌音 ṭs、ṭsʻ、dẓ、ṣ。斯氏（1989）即屬於此派。潘悟雲（2000）前三母的擬測與他們相同，只是把山母擬成了舌叶音，顯得奇怪（應該是寫錯了）。而陸志韋（1947）、董同龢（2001）、王力（1957）、邵榮芬（1982）等人則把它們都擬爲舌叶音 tʃ、tʃʻ、dʒ、ʃ（董氏把崇母擬成送氣的 dʒʻ）。鄭張先生（2003）屬於此派。斯氏緊隨羅常培、蒲立本等人把莊組擬成捲舌音的依據是，梵漢對譯中常用知組字對譯梵文捲舌音 ṭ、ṭh、ḍ。我們知道，知組在音系結構上跟莊組相配，且莊組在上古帶有捲舌介音 r，所以它們發展成中古的捲舌聲母，似乎更合理一些。當然鄭張先生一派的依據也很有力，如把莊組擬作舌叶音可以解釋陽韻莊組開口字在一些方言裏變現代合口的現象。

（五）俟母及其音值。

李榮在《切韻音系》第 128 頁中注明：「崇母裏頭分出『俟，漦』兩個小韻，獨立爲『俟』母，是崇母相配的濁摩擦音。」這一觀點得到斯氏的認同，認爲是李榮著作的重要成果，構擬出了高本漢系統所缺少的聲母 ẓ。不過最早提出莊組裏還有一濁擦音俟母的是董同龢，在《全本王仁昫〈刊謬補缺切韻〉的反切上字》一文中。蒲立本（1962）、邵榮芬（1982）、潘悟雲（2000）也贊成把俟母擬作莊組的濁擦音。鄭張尚芳（2003）的系統裏同樣採納了俟母

獨立的構擬。李方桂（1980）、陸志韋（1947）、王力（1957）、周法高（1970）則仍同於高本漢。「俟」母字的確極少，但在《切韻》和《王三》中「漦、俟」兩小韻自相繫聯又分別與崇母的「茬」、「士」兩小韻對立的事實不能視而不見，故「俟」母獨立是應該接受的。

贊同「俟」母獨立的 7 家中，董同龢、邵榮芬、鄭張尚芳把它擬爲舌叶音了，而李榮、蒲立本、潘悟雲、斯氏則擬爲捲舌音 ẓ（ʐ）。這由莊組其它四母的音值決定。

（六）章組字的音值

章、昌、書三母各家擬音基本一致，除蒲立本（1962）外各家都擬作舌面前音 tś、tsʻ、ś（或tɕ、tɕʻ、ɕ）。蒲立本把章、昌兩母擬爲舌面中音 c、ch。而船、禪兩母的擬音分歧則較大。高本漢（1940）、李方桂（1980）、董同龢（2001）、李榮（1956）、王力（1957）等人都把船母擬作舌面濁塞擦音（高氏、董氏擬成了送氣音 dźʻ），把禪母擬作舌面濁擦音。而陸志韋（1947）、邵榮芬（1982）、蒲立本（1962）、周法高（1970）、潘悟雲（2000）、鄭張先生（2003）和斯氏（1989）則正好相反，把禪母擬作舌面濁塞擦音 dʑ（dź），而把船母擬作舌面濁擦音ʑ（ź）。高本漢等人把船母定爲塞擦音依據的是韻圖上的排列，而陸志韋等人都認爲韻圖中船禪的位置給弄顛倒了。他們在梵漢對譯、現代方言、諧聲系統中找到了許多證據，很值得參考。

（七）日母的音值

高本漢（1940）、李方桂（1980）、陸志韋（1947）都把中古後期的日母擬作複輔音 nʑ（ńź），邵榮芬（1982）、王力（1957）與他們略有不同，不過還是複輔音，擬作 nʑ。高氏等人的理由是日母在現代方言裏有的讀鼻音，有的讀濁擦音，所以就把兩類音合在一起。另一派學者則把日母擬爲單聲母 ȵ（ń），他們是董同龢（2001）、李榮（1956）、蒲立本（1962）、周法高（1970）、潘悟雲（2000）。潘氏在《漢語歷史音韻學》第 52 頁中詳細闡述了他的依據，很有說服力：「《切韻》系統中，只有日母擬作複輔音，這在音系結構上是很不規則的。」斯氏也擬成單聲母 ń。鄭張先生（2003）則前期擬爲 ȵ，後期爲 nʑ，因爲他認爲日母經過了這樣的演變：nj → ȵj → nʑ，ʑ是 j 的強化。到了產生韻圖時則是 nʑ→ʑ。也許，高、李、陸、邵、王等學者擬作複輔音，其

中的ʑ也和鄭張先生的用法一樣，表示對 j 的強化。

（八）影、曉二母的音值

影母陸志韋（1947）、王力（1957）都擬成零聲母，其餘各家一致擬作喉塞音ʔ。邵榮芬（1982：108）對陸氏的這一構擬做了批評，令人信服。曉母蒲立本（1962）、潘悟雲（2000）擬作喉部的清擦音 h。蒲立本根據的是現代吳語，並參考了 Martin、Kennedy、藤堂明保、水谷眞成等學者的著作。鄭張先生（2003）屬於此派，依據喉牙分類，把曉、匣都擬作了喉音（2003：73）。斯氏則同其餘各家一樣，從高本漢舊說，仍擬作舌根擦音 x。曉、匣二母無論在守溫三十字母還是宋人三十六字母中都被列為喉音，與牙音見、溪、群、疑截然分開，如果像高本漢等擬作舌根音，則與字母表相矛盾。

（九）匣、雲二母的關係及音值。

高本漢把匣母擬作ɣ，雲母擬作 j。支持他的學者不多，著名的只有兩位：李方桂（1980）和周法高（1968）。其他學者大都贊同曾運乾提出的喻三歸匣說，其說的主要根據是早期文獻中匣母與雲母互切的現象。但李方桂（1980：7）認為，喻母與匣母相配也許是在切韻時期以前的情形，到了隋唐時期顯然喻三已與匣母分離而近乎喻四了。不過潘悟雲（2000：54）指出，在周隋時代長安佛經翻譯中，以母對譯梵文的半元音 y，雲母與匣母合口字對譯梵文的 v-。周法高（1968：96）反對喻三歸匣的理由是，「有人把匣紐和喻雲紐合併為ɣ，在後來方言的演變上也不大適合，倒是匣紐和群紐可以對補，而在後來方言濁上變去的演變上是一致的。」斯氏（1989：11）也認為，把喻三看作是匣（ɣ）母的音位變體，很難解釋它們在反切和韻圖中的分化。他認為，在中古匣母和喻母的發音不見得完全一致。於是斯氏把喻三擬成喉濁音ɦ，這與高本漢 j、王力ɣ、李榮ɣ、邵榮芬ɣ都不一樣，卻與鄭張先生不謀而合。鄭張先生也認為中古雲母為喉濁音ɦ，後發展為零聲母。蒲立本（1962：6）把雲母擬成ɦi-，認為在《切韻》稍後的階段，ɦi＞i和聲母 j 合成一個音位。「這個假設可以解釋聲母ɦi-在《韻鏡》和後來韻圖中的地位」，這正好回答了斯氏上面的問題。潘悟雲的理由也很充分，他在證明了上古的 *q-、*qh-、*G-到中古演變為影、曉、匣之後，類推：*q-後移變作ʔ-，那麼相對應的 *G-也應後移變作ɦ-，而不是前移為舌根音ɣ-。在宋人韻圖中，曉、匣與影母喉音ʔ-歸為一

類，而不是與舌根音的見母 k-歸爲一類。

（十）以母的音値。

　　追隨高本漢把以母擬成零聲母的學者包括董同龢（2001）、李榮（1956）、邵榮芬（1982）、周法高（1970）、陸志韋（1947）；王力（1957）、蒲立本（1962）、潘悟雲（2000）、鄭張尚芳（2003）、斯氏（1989）則把以母擬爲 j。只有李方桂（1980）用區別重紐三四等的方法來區別喻三喻四，擬雲母爲 j，以母爲 ji。

1.2 鄭張和斯氏的中古聲母系統對照表

　　下面是鄭張和斯氏的中古聲母系統對照表：

	幫	滂	並	明		端	透	定	泥	來
鄭張	ɵ	ph	b	m		t	th	d	n	l
斯氏	p	ph	b	m		t	th	d	n	l
	知	徹	澄	娘		精	清	從	心	邪
鄭張	ţ	ţh	ḍ	ɳ		ts	tsh	dz	s	z
斯氏	ţ	ţh	ḍ	ṇ		c	ch	ʒ	s	z
	莊	初	崇	生	俟	章	昌	禪	書	船
鄭張	tʃ	tʃh	dʒ	ʃ	ʒ	tɕ	tɕh	dʑ	ɕ	ʑ
斯氏	ç	çh	ʒ	ṣ	ẓ	ć	ćh	ʒ́	ś	ź
	見	溪	群	疑	影	曉	匣	雲	以	日
鄭張	k	kh	g	ŋ	ʔ	h	ɦ	ɦ/ø	j	ȵ/ȵʑ
斯氏	k	kh	g	ŋ	ʾ	x	ɣ	ɦ、w	j	ń

　　由於斯氏所使用的音標與鄭張先生的不同，爲便於比較，現將較特殊的音標與國際音標對照列出：

舌　尖　音		邊塞擦音	舌面前音
舌尖前音	舌尖後音		
c＝ts	ç＝tʂ	ĉ＝tl	ć＝tɕ
ch＝tsh	çh＝tʂh	ĉh＝thl	ćh＝tɕh
ʒ＝dz	ʒ̣＝dʐ	ʒ̂＝dl	ʒ́＝dʑ
ʒh＝dzh	ʒ̣h＝dʐh	ʒ̂h＝dhl	ʒ́h＝dʑh

　　從中我們不難看出，他們的分歧主要是：

（1）斯氏多擬個獨立的 w 母（雲母），鄭張沒有，而是並於ɦw。斯氏認爲，雲母是弱的喉部濁音ɦ，它與介音 w 相配形成音組ɦw-。在這個音組中喉音大概是任意的，於是斯氏把組合ɦw 寫成 w；當介音 w-不緊隨雲母后時，寫成ɦ。

（2）莊組字鄭張擬爲舌叶音，斯氏則擬爲捲舌音。

（3）知組字表面看兩位都擬作捲舌音，但鄭張先生（2003：73）擬的知組實際部位是舌尖面混合音，與ʃ同部位，由於缺乏合適音標才用捲舌符號代替，較特殊。

（4）船、禪的位置鄭張先生做了調換，斯氏則仍遵循舊說。

（5）日母鄭張先生認爲後期由ȵ→複輔音 ȵz，後又發展爲ʑ，斯氏則只擬了一個ń。

（6）對曉、匣二母的擬測二者分歧較大，鄭張擬作喉擦音，斯氏仍從舊說，作舌根擦音。

第二節　韻母系統的比較

斯氏對《切韻》韻母系統的構擬堅持下列原則：《切韻》裏同一個韻的所有字，都具有同一個（據音質）元音和同一個韻尾（在介音、元音的緊音性和捲舌性方面，韻的內部可能有對立）。相反，不同韻的字含有不同的元音和韻尾。這與潘悟雲（2000：62）的原則不謀而合，而高本漢以來的大部分學者不遵循這一原則。斯氏指出，這一原則的唯一例外是含有元音 e 的四等韻，因爲元音 e 也出現在三等韻裏（與先韻對立的仙韻等）。斯氏的根據是，在現代方言、漢日系統、漢越系統和漢韓系統，以及中古時期的詩韻中，都清楚地指出了四等韻與三等韻的 A、B 類裏存在音質相同的同一個元音。鄭張先生則徹底貫徹了這一原則，即使含元音 e 的四等韻也與相應的三等韻主元音有別，如先韻 en，仙韻ɛn。但這種區別不是音位性的，ɛ是 e 的變體。

2.1　兩者對四等韻的處理

鄭張先生認爲在《切韻》時代四等字沒有介音 i，晚期才增生 i。李榮（1956）、邵榮芬（1982）、陸志韋（1947）、蒲立本（1962）、潘悟雲（2000）

的構擬中，四等字都無齶介音。他們的證據是從對音材料和方言材料看，四等韻在中古不帶齶介音。一、四等韻都不與章組字配合也是有力的證據。

斯氏則給四等韻擬測了齶介音 i，屬於這一派的學者有高本漢（1940）、董同龢（2001）、王力（1957）、周法高（1970）。斯氏的根據是古老的泰語藉詞，由此他斷定，介音 i 在漢代（筆者注：據斯氏的古音字表，四等字的介音出現於西漢，為 j，東漢為 i）已經存在了。他還指出（1989：43），四等含有鬆的介音 i 和鬆元音，一、二等聲母的反切符號可用於四等聲母的事實說明了這一點。

筆者的看法傾向於四等不帶介音 i，李榮、邵榮芬、潘悟雲等列了大量材料來證明，很有說服力。斯氏雖指出了構擬的依據，即他發現四等韻的介音常常反映在古老的泰語藉詞中，但斯氏沒有舉出一個例子來。我們覺得，只是含糊地說「古老的泰語藉詞」，無法知道他所看到的藉詞具體是什麼時代借過去的，因為正如鄭張先生所說，古泰語的時期並不像古漢越語那麼清楚。據鄭張先生研究，早期的泰語藉詞是不帶介音的，如「肩」、「堅」都有兩讀 kɛɛn：khɛɛn，「燕」讀作ʔɛɛnh等等。帶介音的泰語藉詞應該是中唐以後借過去的，越南語也如此。

關於四等韻的主元音，鄭張先生和斯氏一致認為是 e。陸志韋（1947）、董同龢（2001）、周法高（1970）、邵榮芬（1982）則把主元音定為ɛ。邵氏的兩點理由已被潘悟雲（2000：66）一一反駁。斯氏認為，雖然四等韻在《切韻》裏分離出來成為單獨的韻，但它和三等及四等 A 類含有同一個元音，只不過四等韻的是鬆元音，三等和四等 A 類的是緊元音。

2.2 兩者對合口韻的理解

中古的合口介音是一套還是兩套，各家仍有分歧。高本漢把開闔韻的介音擬為弱的 w，如陽、耕、仙、支、脂韻；把通常認為是開闔分韻的介音擬成強的 u，如灰、魂、桓、戈、諄韻。董同龢（2001）則認為高氏這樣擬訂在理論上和實際應用上都有困難，故一律寫作-u-，以求與現代音的標寫一致。李榮（1956）也認為高氏分〔u〕、〔w〕的理由不可信，並且這種分別又不是辨字的，故改用一個符號。他選擇〔u〕表示合口介音是因為〔u〕既可以當主元音又可以當介音。王力（1957）基本上遵從高氏的處理，只不過唐韻、

登韻的合口都用〔u〕表示。邵榮芬（1982）同意李榮對高氏的批駁，假定只有一個合口介音，寫成〔u〕。陸志韋（1947）主張一概作-w-，他的理由是在二、三、四等韻斷不能用-u-。李方桂接受了高氏的構擬。蒲立本（1962）也認為合口介音沒有必要分作-u-和-w-兩類，他保留了-w-。如桓韻 wan，戈韻 wa。但對於開闔分韻的合口韻，蒲氏擬了兩種形式，他認為這些韻可以作不同的音位解釋——或者是主元音 u 加上ə，或者是主元音ə前帶半元音 w。如魂 uən（wən）、文 ɨuən（ɨwən）等。周法高（1968）一律標作-u-。潘悟雲（2000）認為咍、灰兩韻的區別是主元音不同，而不是灰的合口介音與其它開闔合韻的合口介音有強弱的不同。潘氏也一律標作-u-。鄭張先生擬有兩個合口介音：-w-、-u-。不過它們不是用來區別開闔分韻、開闔合韻的，-w-只出現於見系的一、四等字，後併入 u。三等合口有 ɨu、iu 複合介音。斯氏只擬了一個合口介音：-w-。咍、灰的主元音不同。

綜上所述，各家對合口介音的處理大致分兩派：一派包括高本漢、王力、李方桂，認為合口介音有兩個，強的為-u-，弱的為-w-。大多數學者認為只有一個合口介音，陸志韋、蒲立本和斯氏標作-w-，董同龢、李榮、邵榮芬、周法高、潘悟雲則標作-u-。鄭張先生也應算作第二派，不過他把見系的一、四等標作 w 的確與眾不同。他這樣構擬是著眼於見系字的上古來源。

2.3　兩者對開闔分韻的理解

對於《切韻》的這三對韻——咍、灰；殷、文；痕、魂——各家的處理分兩派：一派認為這三對雖然分韻，實則每一對都是開闔相配的，故每一對的主元音相同。這一派包括高本漢（1940）、董同龢（2001）、李榮（1956）、王力（1957）、邵榮芬（1982）、蒲立本（1962）、周法高（1970）、李方桂（1980）等學者。另一派包括：陸志韋（1947）、潘悟雲（2000）、斯氏（1989）。陸氏只把咍、灰的主元音擬為不同，痕、魂；殷、文還是擬為同一個主元音。陸氏看到《切三》已經咍、灰分韻，並且唇音重出的現象。他又參考現代方言，斷定咍、灰在《切韻》系統並非開闔對立。鄭張先生將殷、文擬為不同的元音，而「一等帶 u-的灰韻、魂韻各有元音圓唇化的變讀 uoi、uon，故與咍、痕不同韻」（鄭張 2003：73），所以也屬於後一派。

邵榮芬（1982）雖然一一批駁了《切三》中咍、灰唇音對立的現象，但正

像潘氏（2000）所指出的，邵氏的反駁有兩點值得再思：

第一、用《五經文字》中哈、灰脣音不對立的現象是否能得出它們在《切韻》中也不對立的結論。《五經文字》，作者為唐代國子司業張參。該書寫於大曆十年 6 月，即公元 765 年，距《切韻》已相差 164 年。

第二、邵氏給《切韻》擬訂韻值也是從《切韻》每韻只有一個主元音這一總的假定出發的，如果哈、灰的主元音相同，就破壞了這一假定。

2.4　兩者中古元音的數量

下圖是斯氏和鄭張先生的中古元音系統對照表：

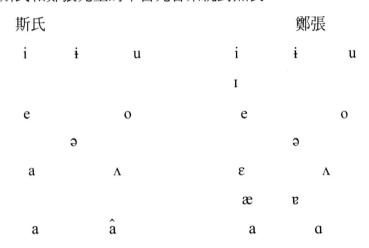

【表注】

兩者的中古元音系統很相似，斯氏 10 個，鄭張 11 個。鄭張在《上古音系》中對此作三點說明：

元音/ɛ/在二等較開近[æ]，在三等較閉近[ɛ]；

元音 ɪ 即是/i/，是在介音 i-ɣ-後的開化變體（臻韻作ɣɪ）。

庚韻後期變[æ]。魚韻中期變 iə [ɪʁ]，後期變 iɯ。東韻後期變開口əu-。

兩者的區別是：

（1）斯氏擬了 10 個元音，鄭張 11 個，多一個半低央元音ɐ。

（2）鄭張先生的 ɪ 即是 i，是在介音 i- ɣ-後的開化變體。鄭張先生用 ɪ 而不用 i，大概為了與介音 i 相區別。

我們發現，二者的元音系統實際上只有一點不同：鄭張有ɐ，斯氏無ɐ。

高本漢構擬的庚韻、元韻、廢韻、凡韻、嚴韻主元音是ɐ。李榮（1956）除以上五韻外還有咸韻。鄭張先生和潘悟雲都給陽、嚴、凡、元、廢五韻的主元音擬了ɐ。董同龢（2001）、王力（1957）、邵榮芬（1982）、陸志韋（1947）等學者的元音系統裏也都有ɐ。只有蒲立本（1962）和周法高（1970）無。斯氏給陽韻構擬的元音是a，凡韻是i，嚴、元、廢三韻都是央元音ə。除了陽韻的 a 與鄭張先生的ɐ區別較大外，其它四韻擬的都是央元音，只是比ɐ略高點。

2.5　兩者中古齶介音的數量

　　鄭張先生給《切韻》系統擬了 3 個齶介音：二等為ɣ-（由上古 r 墊音變來，晚期又變ɯ（ɥ）-，它引起古高元音低化或央化，因此在《切韻》非 i 元音前出現時就成為「外轉」的標誌），三等i-（遇唇音及圓唇介音變u，在銳元音ɪ、ɛ前變 i），四等晚期增生 i-（鄭張 2003：73）。斯氏構擬的《切韻》系統則只有 2 個齶介音：j 和 i。斯氏和鄭張先生都認為二等具有捲舌性，但斯氏沒用具有捲舌性的介音來表示這一特徵，而是認為二等的所有聲母和元音都有捲舌性。故斯氏構擬的二等無介音，這與高本漢以來眾多學者的意見一致。只有鄭張先生和潘悟雲給二等構擬了介音，潘氏擬的是 u 的不圓唇音ɯ。鄭張先生認為，上古的二等介音可以發生這樣的演變：r＞ɣ（《切韻》時代）＞ɥ/ɯ＞j（元代）＞i。他們在除官話以外的其他方言中找到二等字帶介音的證據，且所帶介音有四個：i、u、y、ɯ。潘氏認為ɯ最能解釋這一現象。

　　斯氏《切韻》系統的構擬中最有特色的是三等韻不帶任何介音。儘管高本漢以來學者們對三等韻的擬測五花八門，但有一個共同特徵：三等韻都擬有一個介者，且都是齶介音，這似乎已達成共識。擬成輔音性介音的有：高本漢i̯（1940）、王力ǐ（1957）、蒲立本 i̯（1962），李方桂 j（1980），擬成元音性介音的分三類：1）擬作 i 的包括董同龢（2001）、李榮（1956）、邵榮芬（1982）、周法高（1970）、潘悟雲（2000）；2）擬作 I 的只有陸志韋（1947）；3）擬作ɨ的只有鄭張先生。斯氏認為中古三等韻中根本沒有介音，他的根據是早期梵文拼音和朝鮮譯音、日本譯音、越南譯音。他發現早期梵文拼音與中古齶化的三等介音之間沒有任何一致的地方。在朝鮮譯音中，重紐 A 類字有規律地保留了介音 i，但在三等韻裏無論如何找不到介音（例外只有「宵」＞朝語-io）。在日

本譯音和越南譯音裏，也根本找不到三等韻有介音的字。斯氏認爲這些語言裏所反映的信息十分重要，因爲譯音中保留了三等和重紐 A 類之間的區別。

關於四等韻的介音，前文已談到，鄭張先生認爲《切韻》時代四等韻無介音，後來（唐代後期）才增生了介音 i。斯氏則認爲，《切韻》時期已有介音 i，它與重紐 A 類的介音 j 相比，較鬆。而鄭張先生則把重紐 A 類的介音擬爲 i。

2.6　等的特徵

等是宋人韻圖中的術語，又稱等第、等列、等位，是等韻圖表現韻類的一種手段。古人以什麼標準劃分等位，各等的特徵是什麼，音韻學界尚無統一意見。清人江永在《音學辨微》一書中提出：「一等洪大，二等次大，三四皆細，而四尤細」，使人們傾向於以主要元音爲標準。高本漢就認爲等是主元音的洪細之分，但他又提出一、二等無[i]介音，三、四等有[i]介音，這樣，高氏對中古音的分等正像鄭張先生（1987）指出的那樣，使用了介音三四等、元音前後一二等兩種標準。鄭張先生則把等這個混亂的概念跟中古的介音系統聯繫起來，即：

（1）一等韻不帶圓唇介音以外的任何介音；

（2）二等韻帶ɣ（＜*r）介音；

（3）三等韻帶ɨ介音；

（4）純四等韻不帶圓唇介音以外的任何介音；

（5）重紐三等韻帶ɣi 介音；

（6）重紐四等韻帶 i 介音；

而斯氏（1989：21）則把中古初期等的性質描述成下面的樣子：

性質 ＼ 等	一等	二等	三等	四等	四等 A 類
緊音性	－	－	＋	－	＋
捲舌性	－	＋	－	－	－
顎化介音	－	－	－	＋	＋

根據此圖及斯氏在《古代漢語音系的構擬》一書中的論述，斯氏認爲中古等的特徵是這樣：

（1）一等韻是鬆元音；

（2）二等韻的特徵是捲舌性，且與一等比，元音較前；

（3）所有三等韻（包括重紐三等、重紐四等）的總的特徵是緊音性；

（4）四等韻有齶化介音；

（5）重紐四等既具有緊音性又帶齶化介音。

我們不難看出，斯氏對等的劃分同高本漢類似，即用介音、元音兩種標準：一等、二等、三等的特徵全用元音來表現，如斯氏認為二等裏有特殊的捲舌元音，三等裏存在與一、二、四等鬆元音相對立的緊元音（筆者注：斯氏構擬的中古系統元音有鬆緊的對立，如 e-e̱，a-a̱，ä-ạ̈，u-u̱，o-o̱是成對的；後元音ʌ、â是不緊的，而前元音i、ɨ和央元音ə̱是緊音的）。斯氏的構擬中，一等、二等、三等（包括重紐三等）都不帶介音，四等帶介音 i，重紐四等帶介音 j。我們的疑問是：一等、二等、三等之間完全靠鬆緊元音區別，它是怎麼發生的？因為韻圖中極少排錯。鬆緊對立現在主要見於藏緬語，而戴慶廈研究藏緬語中元音鬆緊的來源所得的結論是：一部分是聲母的清濁變的，清的變緊了，濁的變鬆了；另一部分來自韻尾，收-p、-t、-k 尾的是緊的，沒有-p、-t、-k 尾的是鬆的。鄭張先生原來曾設想上古元音有鬆緊的對立，但瞭解到鬆緊的來歷（來自聲母和韻尾）後就放棄此說了。這裏兩者的區別是：鄭張先生用長短說取代了鬆緊說，而斯氏用鬆緊對立（中古）承接長短對立（上古）。

2.7 重紐問題

最早討論重紐問題的學者大概是陸志韋，他在 1939 年發表的著名文章《三四等與所謂喻化》中，提到了三四等合韻問題。此後，各家展開了對重紐性質的討論。中外學者的觀點大致可分五類：

（1）不承認重紐三等和重紐四等在語音上有區別。如章炳麟（《故國論衡‧音理論》）、黃侃（《並析韻部佐證》）、王力（1957）。

（2）承認重三和重四語音上有區別，但尚不能肯定。如陳澧（《切韻考》）、周祖謨（《問學集》）。

（3）認為重三和重四的區別是主要元音不同。如周法高（《廣韻重紐的研究》）、董同龢（《廣韻重紐試釋》）、張琨（《漢藏語系的「鐵」QHLEKS字》）。

（4）認爲重三和重四的區別是聲母和介音不同。如王靜如（《論開闔口》）認爲三 B 是[I]，聲母帶撮口勢。

（5）認爲重三和重四的區別是介音不同。大多數學者持此觀點，具體的區別如下：

①李榮在《切韻音系》裏擬重四是 i，重三是 j。但他又說這只是類的區別，不涉及到音值。

②俞敏在《等韻溯源》裏擬重四是 yi，重三是 ri。

③邵榮芬在《切韻研究》裏擬重四是 j，重三是 i。

④蒲立本在《上古漢語的輔音系統》裏擬重四是 y（國際音標 j），重三是 i̯，實際語音是ï。

⑤有阪秀世在《評高本漢之拗音論》裏擬重四是 i，重三是ï。

⑥鄭仁甲在《論三等韻的ï介音兼論重紐》裏擬重四是 i，重三是ï。

⑦陸志韋在《古音說略》裏擬重四是 i，重三是ɪ。

⑧藤堂明保在《中國語音韻論》裏擬重四是 j，重三是 rj。

⑨朱曉農擬重四是 j，重三是 i。

⑩潘悟雲在《漢語歷史音韻學》裏擬重四是 i，重三是 ɯ。

⑪鄭張尚芳在《緩氣急氣爲元音長短解》裏擬重四是 i，重三是 ɣi。

⑫斯氏在《古代漢語音系的構擬》裏擬重四是 j，重三無介音。

持介音區別說的學者擬測的具體介音雖各式各樣，但大多都給重三擬了介音，只有斯氏例外。他認爲中古三等韻無介音。

關於舌齒音的歸屬問題，現在仍無定論。各家觀點可大致分三類：

（1）認爲舌齒音跟重四歸一類的學者有：董同龢（《廣韻重紐試釋》）、李榮（《切韻音系》）、周法高（《論上古音和切韻音》）。

（2）認爲舌齒音跟重三歸一類的學者是邵榮芬（《切韻研究》）。

（3）認爲一部分舌齒音跟重四歸爲一類，一部分跟重三歸爲一類的學者是陸志韋（《古音說略》）和斯氏（《古代漢語音系的構擬》）。陸氏認爲知組、莊組和來母同重三一類，其餘的同重四一類。斯氏認爲知組、章組同重三一類，精組同重四一類。鄭張先生則認爲知組同重三一類，精組、章組同重四一類。

2.8 一二等重韻

國內許多學者已經否定了高本漢認爲一二等重韻是元音長短不同的觀點，他們的論據很充分，可參看潘悟雲（2000）。斯氏的擬測說明他也不贊成高本漢，但對一二等重出的這五對韻的音值，他與各家的擬測又不盡相同。下面我們來一一討論五對韻的音值。

（1）泰——哈

先來看各家對此二韻的擬音：

	高	董	李榮	王力	邵	陸	蒲	周	潘	鄭張	斯氏
泰	âi	ɑi	âi	ɑi	ɑi	ɑi	ɑi	ɑi	ɑi	ɑi	âj
哈	ậi	ʌi	êi	ɒi	ɒi	ɒi	əi	əi	əi	ʌi	ʌj

泰韻各家一致擬爲ɑ（â），哈韻則意見不一，比較雜亂：高氏用元音長短來區別重韻自然不可取；在臺灣影響很大的董氏把哈擬成央元音ʌi 也是有問題的。馮蒸師（2006）發現董氏擬的夬（a）、哈（ʌ）、泰（ɑ）三韻分別是前a、央ʌ、後ɑ。他從音韻類型學角度（對世界各地 317 個有代表性語言的音系統計後得出：未發現一個語言的音系是前 a、央ʌ、後ɑ有對立的）論證了前 a、央ʌ、後ɑ不能共見於同一個音系。李榮構擬的ê實際就是董氏的ʌ，他（1956：140）說：「從《上古音韻表稿》頁 112 原注看起來[ê]相當於 Jespersen 中的[ʌ]，在國際音標[a]跟[ɑ]之間。」

王（1980）、邵（1982）、陸（1947）擬爲ɒ；蒲（1962）、周（1970）、潘擬爲ə。陸氏擬哈爲ɒ是因爲他覺得哈的中古音一定比泰更具合唇勢，ɒ是後元音，是唇化的。潘氏擬ə的根據是哈韻的上古來源：上古微部向中古哈韻的演變是這樣的：ɯl > ɯi > əi；上古之部向中古哈韻的演變：ɯ‧ > ˤɯ‧ > əɯ‧ > əi。

鄭張先生和斯氏一致擬爲ʌ。斯氏擬ʌ的理由是：在朝鮮譯音中，哈譯爲ă。從ʌn-in，ʌŋ-iŋ可以推知（痕韻、登韻在朝語裏是i，在越南語裏是ʌ），在朝鮮語裏存在過ɨi。但i可能在in 韻中，iŋ沒有直接演變成中古的ʌ。不過在朝鮮基礎方言裏發展起來的央元音ə來自中古的ʌ。所以斯氏設想，在這個方言的哈韻裏保留了ʌ，ʌ直接演變成朝語的 ă。之所以會有這樣特殊的發展，是因爲ʌ位於韻尾 j 前，在兩方面作用下它向低移動：ʌ → â。

（2）談——覃

由於談和覃是與泰和哈相平行的，故各家的擬音同上表，只是韻尾換作m。

（3）刪——山

各家擬音如下：

	高	董	李榮	王力	邵	陸	蒲	周	潘	鄭張	斯氏
刪	an	an	an	an	ɑi	ɑi	an	an	an	an	aṇ
山	ăn	æn	än	æn	æn	an	aən	æn	ɯæn	ɣɛn	äṇ

刪韻除邵氏、陸氏外，各家一致擬爲a（筆者注：斯氏的a下加點表捲舌性）。二等的主元音應是前元音，擬成ɑ似乎不合適，也沒有譯音的證據。朝鮮譯音、漢越語中刪韻主元音都是a。日本譯音中是e，也是前元音。山韻的音值意見不一，可分三派：高氏、蒲氏擬爲ă（蒲氏的 aə等於高氏的ă），元音分長短的觀點已被眾多學者否定了。董氏、王氏、邵氏、周氏、潘氏都擬爲æ，潘氏（2000）說這樣構擬主要是考慮到齶介音i首先在三等韻產生的語言事實。不過據斯氏考證，在《切韻》時代，三等韻還沒有齶介音，而四等和重紐A類在漢代時已經有齶介音了（見上文）。李榮（1956）、鄭張（2003）、斯氏都擬作ɛ（ä）。斯氏的理由是：在《切韻》裏先韻和山韻沒有分離，山韻的主元音在所有的方言裏都對應於捲舌元音ạ，所以斯氏推測，在7世紀初，山韻主元音是前半低元音ạ̈。

（4）佳——皆——夬

先看各家擬音：

	高	董	李榮	王力	邵	陸	蒲	周	潘	鄭張	斯氏
佳	ai	æi	ä	ai	æi	æi	ae	æi	ɯæ	ɣɣ	ạ̈
皆	ăi	ei	äi	ei	ei	ei	iəa	ɛi	ɯæi	ɣɣi	äj
夬	ai（？）	ai	ai	æi	ai	ai（ei）	ai	ai	ɯai	ɣɣi	aj

這三個韻中各家擬音最一致的是夬韻，除王力外都擬作a。在朝鮮語和越南語的藉詞裏，夬韻的主元音都是 a。斯氏又參考了鮑照的詩歌用韻，把麻韻、肴韻和夬韻的主元音都定爲 a。潘氏考訂了夬韻的上古來源，上古夬韻和鎋韻相配，來自上古的*-ats。中古的鎋韻是-at，夬韻就應是*-ai。至於皆韻

和佳韻的構擬，難度較大，各家音值是五花八門。潘氏認為把它們擬成εi顯然不可能，因為潘氏把祭韻擬作-iεi。而鄭張先生和斯氏恰巧都把皆、佳二韻的主元音擬作ε（ä）。鄭張先生把祭韻主元音定為ɛ（是ε的音位變體，ε在三等較閉近[ɛ]），斯氏定為e。斯氏的理由是：第一、在中古，皆類字或者和廢類字合為一韻（中古əj），或者和哈類字合為一韻（中古ʌj）。第二、除朝鮮語藉詞外，這個韻在所有方言裏都有映像，其它二等韻（元音是a或ä）也類似這種情況。因為斯氏給中古夬韻擬了 aj，所以皆韻只可能構擬成 äj。上古到中古的發展可假設成*əj→*ej→äj。佳韻，鄭張先生和斯氏都擬作ε（ä）。斯氏認為佳韻和支韻屬於一類，他把支韻擬成 ä。鄭張先生（2003）的擬測也表明，他認為佳、支共屬一類（鄭張先生把支韻主元音定為ɛ）。

（5）銜——咸

下圖是各家擬音：

	高	董	李榮	王力	邵	陸	蒲	周	潘	鄭張	斯氏
銜	am	am	am	am	am	am	am	am	ɯam	ɣam	am̩
咸	ăm	ɐm	ɐm	ɐm	ɐm	ɐm	aəm	æm	ɯæm	ɣɛm	äm̩

銜韻各家的構擬高度一致，都擬作 a。咸韻爭議較大，五位學者擬作ɐ，周法高和潘悟雲都擬作æ，高氏擬作短a，蒲立本擬作雙元音 aə，鄭張先生和斯氏一致擬作ε（ä）。二等韻的主元音是前低元音的特點否定了把咸韻擬作ɑ、ɐ、ə的可能性。只剩下æ和ε供選擇，這兩個元音十分相似。我們考慮到銜韻和咸韻在《廣韻》中已經同用，它們的主元音在《切韻》時代十分接近。銜韻定為 a，離 a 最近的前元音是æ。斯氏的元音系統沒有æ，鄭張先生把æ作為ε的音位變體，只把二等庚韻的後期定為æ。

（6）庚——耕

來看各家擬音：

	高	董	李榮	王力	邵	陸	蒲	周	潘	鄭張	斯氏
庚	ɐŋ	ɐŋ	ɐŋ	ɐŋ	aŋ	aŋ	aŋ	aŋ	ɯaŋ	ɣæŋ	äiŋ
耕	æŋ	æŋ	äŋ	æŋ	aŋ	aŋ	aəŋ	æŋ	ɯæŋ	ɣɛŋ	aiŋ

這兩個韻的擬測差別較大。高、董、李、王把庚韻主元音擬為央元音，我們不贊成。邵、蒲、周、潘一致擬為前 a，鄭張先生和斯氏的擬音與眾不

同，他們的æ和ä（ε）十分接近（筆者注：前文已述，鄭張先生的庚韻後期才變æ）。斯氏給此二韻擬了雙元音，他根據的是朝鮮語藉詞。在朝鮮語裏，庚、耕對應的元音是ăi，如果簡單擬成a或ä，無法解釋這一現象。並且在古越語裏，此二韻的韻尾不是ŋ，而是ń，所以斯氏採取了一個與各家均不同的構擬。

2.9　止攝：支－脂－之－微

下圖是各家擬音：

		高	董	李	王	邵	陸	蒲	周	潘	鄭	斯
止攝	支A	(j) iĕ	je	ie	ĭe	jɛ	iei	je	iɪ	iᵉ	iɛ	je
	支B	(j) iĕ	jĕ	ie	ĭe	iɛ	ɪei	ɨe	ie	ɯiᵉ	ɣiE	e
	脂A	(j) i	jei	i	i	jɪ	iĕ	ji	iɪi	i	iɪ	ji
	脂B	(j) i	jĕi	i	i	ɪi	ɪ ĕi (ɪı)	ɨi	iei	ɯi	ɣiɪ	i
	之	(j) i	(j) i	əi	ĭə	ie	i(ɐ̃)i(ɪi)	ɨə	i	ɨ	ɨ	ɨ
	微	(j) ĕi	jəi	iəi	ĭəi	iəi	iəi	ɨəi	iəi	ii	ii	ɨj

正如潘氏所說，止攝中之韻的音值分歧最大。鄭張先生、斯氏和潘悟雲把之韻擬為ɨ，潘氏依據的是梵漢對音材料，之韻字對譯梵文的i，之韻擬作ɨ與i的聲音更近，也更容易解釋它的來源：*-ɯ>-ɨ。斯氏則是參考了上古日語材料，他看到之韻字在古日語裏對應是的o（斯氏注：通常拼成ö）。斯氏同時也注意到，之韻很早就與脂韻合流了，無論哪個方言二者都無區別。他認為把之韻擬成ɨ（而不是ə）較好，因為這能很好地解釋在所有的方言裏早就完成了的ɨ向 i 的演變。蒲立本、李榮、王力擬ə的不合理性邵榮芬（1982）已經指出了，不過邵氏擬作ie又無法解釋之韻從上古之部ə到中古的演變（潘悟雲2000）。

支韻和脂韻在朝鮮語、日語、越南語的藉詞中都一致，是i。斯氏發現，除福州方言外，它們的映像都無區別。故斯氏據福州言言擬支韻的主元音為e，脂韻為 i。蒲立本、陸志韋、董同龢、李榮、王力等同斯氏一樣。潘悟雲（2000）認為支韻與脂韻i、之韻ɨ、微韻ɨi前後相隨，主元音一定很接近，都是 i 類音。潘氏引用了周隋時代的佛經譯文（尉遲治平：《周、隋長安方音初探》），說支韻字大部分對譯i。但譯文中支韻字也對譯e，如按潘氏所擬，支韻和脂韻的主元音就都是i，破壞了他的原則。鄭張先生擬的 E 實際音值更接

近 e 一些。

微韻高本漢主元音擬作-e-，陸志韋、蒲立本、周法高、董同龢、李榮、王力、邵榮芬等人都一致擬作ə。而鄭張先生、斯氏和潘悟雲則擬作ɨ。高氏所擬已被眾家否定，ə和ɨ應選哪個更合理？潘氏（2000）已指出，中古音系中ə與ɨ爲一個音位的兩個變體，一等爲ə，三等爲ɨ，三等的齶介音使ə高化，ə則使齶介音央化。看來 iəi 中的ə是很難持久的，易高化爲ɨ。

脂韻的主元音各家意見較一致，大多擬爲 i。

2.10　流攝：侯－幽－尤

先看各家擬音：

		高	董	李	王	邵	陸	蒲	周	潘	鄭	斯
流攝	侯	ə̌u	u	u	əu	əu	əu	u	əu	əu	əu	ʌw
	幽 A	ɨ̌ĕu	jəu	iĕu	iəu	ieu	iĕu	jiu	iiu	ɨu	iiu	jiw
	幽 B	iĕu						（ɨiu）	ieu			
	尤	ɨ̌ŭu	ju	iu	ĭĕu	iəu	ɪəu	ɨu	iəu	iu	ɨu	əw

尤韻自從李榮（1956）改高本漢構擬的-ɨŭu 爲-iu 後，各家對此韻的擬測分兩派：一派仍贊同高本漢，只是微有改動，如王力、邵榮芬、陸志韋、周法高等；另一派支持李榮，包括蒲立本、董同龢、潘悟雲、鄭張尚芳等。李榮改動的依據是隋唐之交梵文 u、o 對音的變化，隋之前尤韻主元音是 u，唐以後模韻主元音是 u，證據確鑿，不容懷疑。斯氏擬尤韻爲əw 依據的是藉詞材料：在朝鮮語藉詞和日語藉詞裏，尤韻的主元音都是 u，在漢越語裏，尤韻對應ɨu。斯氏據此認爲只能給尤韻構擬əw，而不可能擬成 iw，因爲如果漢越語映像的是ʌu，那麼才能構擬 iw。斯氏指出，ə→ɨ是漢越語直接反映的狀況。不過我們認爲，藉詞材料和梵漢對音材料清楚地表明，尤韻主元音是 u，它在《切韻》時代可能就像漢越語反映的那樣，是ɨu，而不是像斯氏認爲的，一定發生了ɨu→əw的演變。

一等侯韻的音值可分三派：王力、邵榮芬、陸志韋、周法高、鄭張尚芳、潘悟雲等學者基本支持高本漢的構擬，認爲侯韻在《切韻》時代已經由 u 變成了əu。李榮、董同龢、蒲立本則把侯韻擬成 u。據潘悟雲（2000）考證，隋以前與梵文 u 對音的都是尤韻字，沒有侯韻字。斯氏根據漢越語裏侯韻對應的ʌu

而擬訂爲ʌw，與鄭張先生等人的擬測相近。在朝鮮語和日語藉詞裏，侯韻對應的是u。

幽韻除蒲立本、周法高外，大多數學者認爲沒有重紐B類，只有重紐A類。在朝鮮語和日語藉詞裏，幽韻的韻母對應的是iu。斯氏認爲，韓、日藉詞實際上反映的是幽韻在中古時是jiw,斯氏給所有重紐A類韻擬的介音是j，由於缺少A類與B類的對立，所以在韓、日藉詞中jiw→iw。漢越語中，幽韻對應的是ʌu，斯氏認爲這反映出幽韻在中古是iw（因爲在漢越語中有in→ʌn的演變）。斯氏構擬的jiw與鄭張先生構擬的iu是十分接近的。

2.11　遇攝：模－虞－魚

先看各家擬音：

		高	董	李	王	邵	陸	蒲	周	潘	鄭	斯
遇攝	模	uo	uo	o	u	o	wo	ou	ou	uo	uo	o
	虞	ɨu	juo	io	ǐu	io	ɪwo	ɨou	iuo	iʊ	ɨo	ü
	魚	ɨwo	jo	iɑ̆	ǐo	ɔi	io	ɨo	io	iɔ	ɨʌ	ö̝

模韻的構擬大多數學者同意高本漢擬測的uo（wo），但李榮、邵榮芬、斯氏三位則擬的是單元音o。在朝鮮音和越南音中，模韻都是o；在日本音中，模韻是u。我們由此想到了漢語元音的後高化規則（潘悟雲2000）：a＞ɑ＞ɔ＞o＞ʊ＞u。

模韻在後漢三國的梵漢對音材料中，既用來對譯-o，又用來對譯-a，潘氏認爲這是模韻字分屬不同的歷史層次。那麼在朝鮮音和越南音中，模韻是o，與日本音中的u也應屬於不同的歷史層次，模韻正經歷從a→o→u的後高化音變。這裡我們認爲模韻在《切韻》時代還沒有高化到u。

虞韻的主元音是什麼，各家意見不一。高本漢、董同龢、王力、陸志韋、周法高、斯氏等人認爲是u；李榮、邵榮芬、蒲立本、鄭張先生認爲是o；潘悟雲則擬了個 u、o 之間的音ʊ。潘氏的根據是支婁迦讖梵漢翻譯中的對音材料，他發現虞韻在舌根音後面接近於o，在舌尖音後面則接近於u。所以在當時可能是 u、o 之間的音ʊ，在不同的聲母后面音色稍有變化。我們不太同意這種構擬。不過潘氏的中古音擬測，只有虞韻的主元音是ʊ，在別的韻中再看

不見u的影子。語音應是成系統的，這樣的構擬不太容易讓人接受。ʊ是否可以看作是 u 的音位變體呢？或者虞韻主元音也在經歷元音的後高化過程。在朝鮮音和越南音中，虞韻主元音都是 u，在日本音中，有的是 o，有的是 u，斯氏據此擬虞韻爲 ü（筆者注：兩點表示緊音）。可能這時虞韻的多數字已高化爲 u，少數字還停留在 o。

魚韻的開闔口問題曾引起爭論。高本漢認爲魚韻是合口字，遭到羅常培的反對。周法高、平山久雄等人進一步論證了魚韻的開口性質（參見潘悟雲 2000：200），理由充分，很難反駁。對魚韻主元音的擬測大致分兩派：董、王、陸、蒲、周、斯等人認爲是 o，李、邵、潘則認爲是比 o 開的ɔ。鄭張先生依開口性及朝鮮對音擬的是不圓唇的ʌ。潘氏指出，魚、虞的聲音比較接近，若按鄭張先生所擬，虞韻是 io，魚韻就應是 iɔ之類的音，擬作 iʌ就與麻三 ia 或歌三 iɑ 近了。魚韻和虞韻通押的現象十分普遍，潘氏說從東漢時它們就大量押韻了。這說明魚韻中應該有圓唇元音。斯氏也這樣認爲，並進一步指出，魚韻主元音應是 ö （筆者注：兩點表示緊音），他的依據是在很多方言裏 o 韻與 u 韻一致，現代大多數方言把魚韻反映成虞韻（u）。在某些方言裏，o 的唇化消失並演變成ə，朝鮮的漢字音中魚韻是ə。在梵漢對音材料中，少數的魚韻字對譯 o；在日本漢音中，魚韻是 o。

2.12　兩者中古韻母系統對照表

上面我們詳細比較了鄭張先生、斯氏和各家對中古聲母、韻母的構擬，從中不難看出，鄭張先生和斯氏的中古系統與其他學者相比，還是很接近的。現把二位韻母系統對照表列出，供各位參考：

攝	韻	鄭　張	斯　氏
果攝	歌	ɑ	â
	戈 1	uɑ	wâ
	戈 3	iɑ	
		iuɑ	
假攝	麻 2	ɣa	ạ
		ɣua	
	麻 3	ia	a

止攝	支 A	ɪɛ後ie	je
		iuɛ後iue	
	支 B	ɣiɛ 後ɨe	e
		ɣiuɛ後ɨue	
	脂 A	iɪ	ji
		iuɪ	
	脂 B	ɣiɪ後ɨɪ	i
		ɣiuɪ後ɨuɪ	
	之	ɨ	ɨ
	微	ɨi	ɨj
		ʉi	
遇攝	魚	iʌ後iɤ	ö
	模	uo後u	o
	虞	ɨo後ʉu	ü
流攝	尤	iu後ʉi	əw
	侯	əu	ʌw
	幽	iɪu	jiw
效攝	豪	ɑu	âw
	肴	ɣau	ạw
	宵 A	iɛu	jew
	宵 B	ɣiɛu後ɨɛu	ew
	蕭	eu 後ieu	iew
蟹攝	泰	ɑi	âj
		uɑi	
	廢	iɐi	əj
		ʉɐi	
	夬	ɣai	ạj
		ɣuai	
	佳	ɣɛ	ạ̈
		ɣuɛ	
	皆	ɣɛi	ạ̈j
		ɣuɛi	

祭 A		iɛi	jej
		iuɛi	
祭 B		ɣiɛi 後ɨɛi	ej
		ɣiuɛi 後ɨuɛi	
齊		ei後iei	iej
		wei後iuei	
齊 ₃		iei	
哈		ʌi	ʌj
哈 ₃		iʌi	
灰		uʌi	oj
宕攝	唐	ɑŋ	âŋ
		wɑŋ	
	鐸	ɑk	âk
		wɑk	
	陽	ɨɐŋ	aŋ
		ᵾɐŋ	
	藥	ɨɐk	ak
		ᵾɐk	
梗攝	庚 ₂	ɣæŋ	äịŋ
		wɣæŋ	
	庚 ₃	ɣiæŋ	äiŋ
		wɣiæŋ	
		後ᵾæŋ	
	陌 ₂	ɣæk	äịk
		wɣæk	
	陌 ₃	ɣiæk	äik
		wɣiæk後ᵾæk	
	耕	ɣɛŋ	ạịŋ
		wɣɛŋ	
	麥	ɣɛk	ạịk
		wɣɛk	
	清	iɛŋ	jeŋ
		wiɛŋ後iuɛŋ	
	昔	iɛk	ek
		wiɛk後iuɛk	

	青	eŋ後ieŋ	ieŋ
		weŋ後iueŋ	
	錫	ek後iek	iek
		wek後iuek	
曾攝	登	əŋ	ʌŋ
		wəŋ	
	德	ək	ʌk
		wək	
	蒸	iŋ	iŋ
	職	ik	ik
		wɨk	
江攝	江	ɣʌŋ	a̤uŋ
	覺	ɣʌk	a̤uk
通攝	東₁	uŋ後əuŋ	uŋ
	東₃	ɨuŋ	üŋ
	屋₁	uk後əuk	
	屋₃	ɨuk	ük
	冬	uoŋ	oŋ
	沃	uok	ok
	鍾	ioŋ	öuŋ
	燭	iok	öuk
山攝	寒	ɑn	ân
	桓	uɑn	wân
	曷	ɑt	ât
	末	uɑt	wât
	元	ɨɐn	ən
		ʉɐn	
	月	iɐt	ət
		ʉɐt	
	刪	ɣan	a̤n
		ɣuan	
	鎋	ɣat	a̤t
		ɣuat	

	山	ɣɛn	ǎn
		ɣuɛn	
	黠	ɣɛt	ǎt
		ɣuɛt	
	仙 A	iɛn	jen
		iuɛn	
	仙 B	ɣiɛn後ɨɛn	en
		ɣiuɛn後ɨuɛn	
	薛 A	iɛt	jet
		iuɛt	
	薛 B	ɣiɛt後ɨɛt	et
		ɣiuɛt後ɨuɛt	
	先	en後ien	ien
		wen後iuen	
	屑	et後iet	iet
		wet後iuet	
	眞 A	in	jin
		iɯn	
	眞 B	ɣiɯn後ɨn	in
		ɣiuɯn後ɨuɯn	
	臻	ɯn	（in）
	櫛	ɯt	
	質 A	iɯt	jit
		iuɯt	
臻攝	質 B	ɣiɯt後 ɨt	it
		ɣiuɯt後ɨuɯt	
	諄 A	iuɯn	
	諄 B	ɣiuɯn後 ɨuɯn	win
	術 A	iuɯt	
	術 B	ɣiuɯt後 ɨuɯt	wit
	痕	ən	ʌn
		ət	
	魂	uən/uon	on

	沒	uət/uot	ăt‽ot
	欣	in	in
	迄	it	it
	文	iun後ʉən	ün
咸攝	物	iut後ʉət	üt
	談	ɑm	âm
	盍	ɑp	âp
	嚴	iɐm	əm
	凡	iɐm唇ʉɐm	im
	業	iɐp	əp
	乏	iɐp唇ʉɐp	ip
	銜	ɣam	a̠m
	狎	ɣap	a̠p
	咸	ɣɛm	ä̠m
	洽	ɣɛp	ä̠p
	鹽ₐ	iɛm	jem
	鹽ᵦ	ɣiɛm後ɨɛm	em
	葉ₐ	iɛp	jep
	葉ᵦ	ɣiɛp後ɨɛp	ep
	添	em後iem	iem
	帖	ep後iep	iep
	覃	ʌm	ʌm
	合	ʌp	ʌp
深攝	侵ₐ	iɯm	jim
	侵ᵦ	ɣiɯm後ɨɯm	im
	緝ₐ	iɯp	jip
	緝ᵦ	ɣiɯm後ɨɯm	ip

第三節　聲調的比較

與上古聲調相比，中古聲調系統的分歧較小，各家一致認爲《切韻》時期有四個聲調：平聲、上聲、去聲和入聲。鄭張先生（2003：224）指出，按聲母清濁的陰陽分化發生在唐代，即 4 聲 8 調是中古中期的特點。中古晚期的口

語爲 4 聲 7 調，全濁上聲併入陽去。斯氏（1989：49）在認爲中古的調類有四個的前提下進一步指出，在開音節和含有鼻音韻尾的音節裏實際上只有三個聲調對立：平聲、上聲和降調（去聲）。斯氏提出，中古聲調分佈的另一個特點是：只出現在降調裏的韻尾是-j 的韻有很多，即 èj、èj、àj、àj。其餘的韻原則上沒有聲調的限制（但韻iŋ、üŋ、ʌŋ幾乎不出現在上聲調裏）。對於中古聲調的調值，斯氏沒有討論，他認爲構擬中古的調值是相當困難的。這確是事實，潘悟雲（2000：91）分析了原因：一是各方言中調值的變化非常複雜，目前還找不到一種好的方法可以通過方言調值的歷史比較構擬古代的調值。二是古代文獻中關於調值的描寫都是含混不清的。

下面把鄭張先生和其他對中古調值研究有成就的學者的結論做一總結：

3.1 聲調長短

鄭張先生依據日釋安然《悉曇藏》所記惟正、智聰音，認爲平聲和去聲是長音，上聲和入聲是短音。周法高依據《一切經音義》裏的梵漢對音認爲平聲爲長音，仄聲（上、去、入）都爲短音。梅祖麟參考安然《悉曇藏》認爲，仄聲要比平聲短，但眞正的短調是上聲。丁邦新依據梵漢對音認爲，平、上、去三聲長度普通，只有入聲讀短調。尉遲治平根據《悉曇藏》認爲，上聲爲短調，去聲爲長調，平聲長短適中。潘氏指出，鄭張先生提出的中古上聲帶喉塞尾，還包括喉部緊張在內，例如溫州的上聲實際上是喉部緊張，並不是喉塞，所以上聲仍屬於舒聲，聲調可以任意延長（潘悟雲 2000：93）。

3.2 聲調調形

早期未分陰陽前鄭張先生所擬的調值如下：平聲 33，上聲ʔ35，去聲 41，入聲3。中期 8 調擬值如下：陰平（平聲輕）33，陽平（平聲重）11，陰上（上聲輕）43ʔ5，陽上（上聲重）22ʔ4，陰去（去聲輕）42，陽去（去聲重）232，陰入（入聲輕）4，陽入（入聲重）2。

據潘氏研究（2000：95），邵榮芬認爲《切韻》的平聲是中平調，梅祖麟認爲是低平調。尉遲治平把平聲重（陽平）擬爲低平 11，與鄭張先生的構擬一致。但他把平聲輕（陰平）擬作低降 21，潘氏推測此舉大概是爲了照顧其他漢音中平輕爲降調的原因。丁邦新根據漢音八聲家和六聲家的平輕讀法相

同，都是「初昂後低」，故也把平輕擬爲降調。潘氏指出，安然說得很明白，平輕、平重都是「直低」，平重如是 11，平輕就應該是 22 或 33。這與鄭張先生的擬測近似。

上聲輕，梅祖麟、丁邦新、尉遲治平都認爲它是高平調，梅（梅祖麟 2000：841）進一步指出上聲輕是平、上、去三聲中調值最高的。但潘氏認爲正法師所傳方言的上聲輕是一個從 33 突然跳升到 55 的調形。上聲重，丁邦新和尉遲治平都認爲是升調，根據是八聲家的「初低後昂」，這與鄭張先生的構擬不矛盾。

去聲，邵榮芬認爲是一個降調，或降陞調。梅祖麟認爲是一個比較長的高升調。丁邦新認爲去聲輕是高降調，去聲重是低降調（或中降調）。尉遲治平認爲是一個曲折調。

入聲的分歧較小。潘氏指出，根據正法師、聰法師、八聲家和六聲家所傳的方言，入聲輕是高促調，入聲重是低促調。鄭張先生所擬測的陰入 4，陽入 2 正符合這一結論。

第三章　上古聲母系統的比較

第一節　異　同

1.1　斯氏的聲母系統

前文已經談到，斯氏對上古音各時期的劃分較細，包括原始漢語、早期上古漢語、前上古時期、上古早期、晚期古典上古、上古晚期六部分。故他對上古聲母系統的討論也是嚴格分期進行的，這一點與鄭張先生的處理不同。

1.1.1　原始漢語

對於這一時期，斯氏通過比較早期上古的構擬系統和原始漢藏語（從藏文聲母著眼）的構擬系統，得出了一條重要的結論：輔音系統裏舊的濁音的清化和新的濁輔音的出現是原始漢語向早期上古演變時最重要的過程。斯氏（1989：433）推測大概是由於某個脫落的前綴影響的結果。這一時期還發生了下列演變：*w＞p，*j＞l，*ch＞sh，*ʒ＞s，從一些唇化小舌音裏產生了新的*w，由於*c 的濁音化而產生了新的*ʒ。

1.1.2　早期上古漢語

斯氏把這一時段劃分在公元前 10 世紀以前，信息的獲得主要根據諧聲字。斯氏指出，諧聲字的形成過程雖然一直持續到後來，但與殷代文字相比，

周代文字已經運用了相當發達的諧聲系統，故把公元前 10 世紀的上古語音劃分爲獨立的時期是可能的。這一時期的聲母系統斯氏用了整整一章來討論。他首先指出了構擬上古聲母系統的困難：相對不嚴格的諧聲系統會導致構擬出的現象實際上不存在。此外，高本漢沒有分出的語音類型還存在，也就是聲母之間非偶然的相互關係大概還有沒被發現的。對此他認爲，不僅要對所構擬的內容做出合理的解釋，還要論證上古聲母材料本身。

1．唇音聲母

斯氏認爲，上古後期已有全部的唇音聲母了，包括四個塞音（p、ph、b、bh）和四個響音（m、mh、w、wh）。在早期上古它們也應該存在，這可以通過原始漢藏共同語來證明。例外只有一個，送氣響音的對立，因爲斯氏沒有找到可證明其存在的外部證據。但他斷定其存在，理由是它產生在上古晚期的特殊原因也沒找到。斯氏（1989：156）運用諧聲字和藏語、緬甸語、盧謝語、克欽語等材料的比較，得出了下表，從中我們可以看到響音 w、wh 從上古到中古的發展過程：

早 期 上 古	上 古 晚 期	中 古
*w（一、二、四等[7]）	ɣʷ	ɣʷ
*w（三等）	w	w
*w（+*ĭ，*ě）	jw	jw
*wh（一、二、四等）	ɣʰw	ɣʷ
*wh（三等）	wh	w
*wh（+*ĭ，*ě）	zhjw	zhjw
*sw（h）（一、二、三、四等）	xw	xw
*sw（h）（+*ĭ，*ě）	s（h）jw	sjw

斯氏發現，聲母 *w 和 *wh 經常與舌根音 k、kh 和喉音ʔ相結合，形成 kw-、khw、ʔw,而與純唇音聲母（指塞音或鼻化響音）的聯繫較少。由此他推測，*w 和 *wh 可能是唇化的 *ɦʷ 和 *hʷ。他在注中指出，w 在中古的發音類似於ɦw。他又用域外比較材料證明，漢語的 *w 和 *wh 不是純唇化輔音，它們是藏語共同語的唇化小舌濁音的反映。於是他把漢藏語之間的相互關係確定如下（斯氏 1989：157）：

原始漢藏語	古代漢語	藏　語	盧謝語	克欽語	緬甸語
*X+q^w	w	k	v	w	w
*X+qh^w	wh	k	v	w	w
*X+Gh^w	wh	k	h	g/kh	?
*（X）+ʔ^w	wh	∅	v	w	w

2．舌尖音聲母

斯氏認爲，上古晚期有兩組舌尖塞音聲母：舌尖中音 t、th、d、dh 和捲舌音 ṭ、ṭh、ḍ、ḍh，還有與它們相對應的鼻音 n、nh、ṇ、ṇh。這兩組音在諧聲系列中可以自由諧聲，故斯氏認爲上古晚期的捲舌音是後起的。於是他繼蒲立本之後把捲舌音 ṭ、ṭh、ḍ、ḍh 的早期上古形式構擬成帶介音-r-的複輔音 *tr-、*thr-、*dr-、*dhr-、*nr-、*nhr-。同時，在諧聲系列中斯氏還發現，舌尖中音除與捲舌音諧聲外，還與塞擦音 ć、ćh、ʒ、ʒh（即 tɕ、tɕh、dʑ、dʑh）諧聲。據此斯氏贊成蒲立本的構擬，認爲上古晚期和中古的齶化音 ć、ćh、ʒ、ʒh、ń、ńh 是從早期上古的帶介音*-i-的音*t、*th、*d、*dh、*n、*nh 發展而來。還有一點值得關注，斯氏推導出這個演變：*t＞*ć＞ś。他的根據是，在含有塞音聲母的諧聲系列裏頻繁出現中古的聲母 ś（如升 śiŋ、水 śwí、叔 śük、書 śö等），人們在原始閩語裏的這些字中發現了*c，也就是上古晚期的 ć。故斯氏推測，在這個方言裏發生了第二次擦音化。

下圖是斯氏（1989：183）列出的舌尖中音的親屬語言間的對應關係：

原始漢藏	漢　語	藏　語	盧謝語	克欽語
*t	t	t（//Xd）	t	d（//th）
*X+t	d	d	t	d（//th）
*th	th	t（//Xd）	t	t（//th）
*X+th	dh	d	t	t（//th）
*d	t	t（//Xd）	čh（＜*th）	th
*X+d	d	d	čh（＜*th）	th
*dh	th	t（//Xd）	d	d
*X+dh	dh	d	d	d

我們把斯氏構擬的舌尖中音的演變過程列成下表：

早 期 上 古	上 古 晚 期
*t	t
*th	th
*d	d
*dh	dh
*tr	ṭ
*thr	ṭh
*dr	ḍ
*dhr	ḍh
*ti	ć（tɕ）
*thi	ćh（tɕh）
*di	ʒ́（dʑ）
*dhi	ʒ́h（dʑh）

特殊演變：*t＞*ć*ś

下圖是斯氏（1989：189）總結的鼻化音的演變過程：

早 期 上 古		上 古 晚 期	中 古
*n	（1、2、4等）	n	n
*n	（3等）	ń	ń
*nr		ṇ	ṇ
*nh	（1、2、4等）	ńh	ń
*nh	（3等）	ńh	ń
*nhr		ṇh	ṇ
*sn（h）	（1、2、4等）	th	th
*sn	（3等）	ś	ś
*snh	（3等）	s（h）[注2]	s
*sn	（h）r	ṭh	ṭh

3・邊音和顫音

斯氏根據諧聲系列中 l、lh 可以自由諧聲以及頻繁出現聲母 ṭh，較少出現聲母 th 和 ṣ 的現象，認爲它們在早期上古含有共同的聲母 r。請看他舉的例子（1989：192）：

	l	lh	th	ṭh	ṣ
龍	龍 löuŋ	聾 lhuŋ		寵 ṭhŏuŋ	瀧 ṣauŋ
剌	桙 lât	賴 lhàj	獺 thât	獺 ṭhat

由此他總結出下面的演變過程：

早　期　上　古	上　古　晚　期	中　　古
*r	l	l
*rh	lh	l
*sr	ṣ	ṣ
*srh	ṭh（少數在一等裏是 th）	ṭh（//th）

斯氏的推理過程運用了蒲立本（1962）和雅洪托夫（1986）的研究成果，即 l＜*r。這裏有兩點有必要說明：

1．斯氏認爲，聲母 srh 大概相當早時就演變爲*thr 了，並繼續演變成中古的 ṭh。

2．th 只出現在一等（四等）和異讀字裏，說明 th 是*sr 在與長元音結合時不規則（方言）發展的結果。斯氏（1989：221）在蒲立本和雅洪托夫思想的啓發下，得出如下結論：

早　期　上　古	上　古　晚　期	中　　古
*l（一等）	d	d
*l（三等）	ź/j	ź/j[14]
*lh（一等）	dh	d
*lh（三等）	zh/jh	z/j[14]
*sl（一等）	th	th
*sl（三等）	ś	ś
*slh（一等）	th	th
*slh（三等）	s	s

對於在含聲母 l-的諧聲系列中有時出現聲母 x-的現象，斯氏解釋爲聲母 x-大概反映了*sl（h）-的方言發展。對於某些例子裏出現 k 和 kh 的現象，斯氏認爲在這些例子裏需要構擬複聲母*k-l-和*k-lh-。

至於音組 ṭh-/ḍ（h）-，斯氏（1989：231）把它們的早期上古音定爲一系列的邊塞擦者：*ĉ、*ĉh、*ʒ、*ʒh。

早 期 上 古	上 古 晚 期	中　　古
*ĉ,ĉh（一等）	th	th
*ĉ（三等）	ś	ś
*ĉh（三等）	ṭh	ṭh
*ʒ̂（一等）	d	d
*ʒ̂h（一等）	dh	d
*ʒ̂（三等）	j	j
*ʒ̂h（三等）	ḍh	ḍ

由於上古的邊塞擦音與聲母*l的發展類似（如*ʒ̂，*l＞d[一等]，j[三等]，*ĉ，*sl＞th[一等]，ś[三等]），斯氏推測，*ʒ̂和*l、*ĉ和*sl可能較早地合流了。

斯氏構擬的這套邊塞擦音很有特點，他在藏語裏找到了相當多的例子來支持構擬這套邊塞擦音。不過在其他語言中（緬彝語、庫基欽語、克欽語）邊塞擦音的映像與*l（和*lh）的映像一致，這樣，暫時還沒有足夠的材料可以給共同漢藏語構擬一套邊塞擦音。

4．噝音和齶化塞擦音

對於上古晚期存在的三組塞擦音——噝音（c、ch、ʒ、ʒh、s、sh、zh），捲舌音（c̣、c̣h、ʒ、ʒh、ṣ、ṣh、ẓ）和齶化音（ć、ćh、ʒ́、ʒ́h、ś、śh、ź）——的來源問題，斯氏的觀點是：齶化音或者來源於早期上古的齒塞音，或者來源於上古的邊音。噝音zh來源於邊音，部分噝音s和sh來自邊音。大多數情況下上古晚期的噝音（除zh外）和捲舌塞擦音及擦音在諧聲系列裏互相諧聲。於是斯氏不同意高本漢給上古和中古都構擬了捲舌聲母，認爲蒲立本和雅洪托夫的解釋最好，即中古的捲舌塞擦音和擦音來源於上古的含有介音*-r-和噝音的複聲母。不過斯氏發現，中古的輔音s、ṣ、c̣h間可以自由諧聲，但不與別的捲舌音[c̣、ʒ（h）]諧聲。於是他把它們分爲以下兩組：

a）　c、ch、ʒ、ʒh、c̣h、s、ṣ；

b）　c、ch、ʒ、ʒh、c̣、c̣h、ʒ（h）

斯氏也看到了這兩組音之間存在的聯繫，如他舉例：辛sjin，莘ṣin：親c̣in。斯氏推測，在早期上古存在兩種前綴，即噝音前綴和齶化音（包括唏音）前綴。它們應該非常接近以便於解釋它們之間有相發數量的諧聲字的聯繫。不過證明它們存在的漢語內部材料很少，斯氏（1989：252）找到了一些外部材料，見下

圖：

原始漢藏語	漢　語	藏　語	盧謝語	克欽語
*c	c	ʒ [注22]	th // č [注23]	ǯ // č
*c	ʒ	c	th // č [注23]	ǯ // č
*ch	sh	s/c（//Xʒ）	th//s	c//s
*X+ch	ʒh	z	?	?
*ʒ	s	S（//Xz）	?	z
*X+ʒ	s	z	th	z
*ʒh	c	c	f	š
*X+ʒh	ʒ	?	f	š
*s	s	s	th	s
*ć	ć	ć（//Xʒ́）	th // č [注23]	ǯ // č
*X+ć	ʒ́	ʒ́	th // č [注23]	th // č [注23]
*ćh	sh	（Xʒ́）	č	c
*X+ćh	ʒ́h	ʒ́	č	c
*ʒ́？				
*X+ʒ́	ʒ́	ʒ́	čh	s
*ʒ́h	ćh	ć	f	š（// č）
*X+ʒ́h	ʒ́h	?	f	š（// č）
*ś	s	ś	s//th	š

斯氏通過對親屬語言進行比較發現，在藏語和原始緬語裏有噝音和齶化音成系統的對立，而在庫基欽語和克欽語裏有複雜的映像系統。證明了早期上古噝音和齶化音對立的存在後，斯氏分別構擬了這兩組音。先看噝音的發展：

早期上古	上古晚期	中　古
*c	c	c
（*ch	ch	ch）
*ʒ	ʒ	ʒ
*ʒh	ʒh	ʒ
*s	s	s
*sh	sh	ch//s
*sr	ṣ	ṣ
*shr	ṣh	çh//ṣ

下圖是齶化音的發展：

早期上古	上古晚期	中古
*ć	c	c
*ćh	ch	ch
*ʒ́	ʒ	ʒ
*ʒ́h	ʒh	ʒ
*ćr	ç	ç
*ćhr	çh	çh
*ʒ́r	ʒ	ʒ
*ʒ́hr	ʒh[21]	ʒ

斯氏進一步指出，在漢語裏噝音的發展類似唇音（*bh＞上古的 p，*ʒh＞上古的 c），而齶化音的發展類似於齒塞音（*dh＞上古的 th，*ʒ́h＞上古的 ćh）。對於音位*ch 的消失，斯氏這樣解釋：自古就有的清送氣音（沒有濁音前綴）最終導致擦音化，也就是，*ch＞sh，*ćh＞śh＞sh，但*Xch＞ʒh，*Xćh＞ʒ́h。

最後，斯氏指出，不能給早期上古構擬擦音*ś，因為*ś與*s 的融合更早。此外，在帶*-r-的複聲母裏，噝塞擦音早在原始漢語時期就與齶化音融合了。

5．舌根音聲母

斯氏認為，在上古晚期舌根音包括四個塞音（k、kh、g、gh），兩個擦音（x、ɣ）、一個喉音（ʔ）和兩個鼻音（ŋ、ŋh）。

在諧聲系列中，四個塞音之間可以自由諧聲，斯氏舉了 199 個這樣的諧聲系列。這裏還有擦音 x，ɣ，喉音ʔ出現。同時，斯氏的例子使我們看到了齶化音（ć、ćh、ʒ、ʒ́h、ś）和舌根音也有諧聲關係，如例 43：

	k	kh	g	gh	x	ʔ	ć	ćh	ʒ	ʒ́h	ś
今	今	衾	黅	衒	琴	妗		唫		岑	鈊
	kim	khim	gạm	ghim	xiem	ʔjem		ćhem		ʒ́him	śim

此外，

ŋ	r＞l
吟	琳
ŋim	ṣim、ṭhim（＜*sr-//*srh-；林可能是聲符）

斯氏根據擦音ɣ只出現在一等和二等裏，並與只出現在三等的 gh 互補出

現而推測，ɣ可能來源於早期上古的*gh，是由於自古就有的長元音前的 gh 擦音化的結果。

對輔音 x 斯氏指出，在整個漢語史中，x 發音搖擺於/x/和/h/之間，故斯氏認爲 x 後來取代了早期上古的喉部清擦音 h。

斯氏（1989：301）的結論是，從早期上古到中古，舌根塞音和喉音發展的總圖如下：

早　期　上　古	上　古　晚　期	中　　古
*k	k	k（//ć前*e,*i）
*kh	kh	kh（//ćh）
*g（一、二等）	g	ɣ
*g（三等）	g	g（//ʒ前*e,*i）
*gh（一、二等）	ɣ	ɣ
*gh（三等）	gh	g（//ʒ前*e,*i）
*h	x	x（//ś前*e,*i）
*ʔ	ʔ	ʔ

對於雅洪托夫提出的——在早期上古存在一系列唇化舌根音和唇化喉音（*kʷ、*khʷ、*gʷ、*hʷ、*ʔʷ）——觀點，斯氏完全接受，並認爲它們的發展完全類似於普通的舌根音和喉音聲母（但沒有*e，*i 前的齶化性）。斯氏（1989：302）主張，上古的唇音化給上古晚期和中古提供了介音 w。下圖是他總結的唇化舌根音和唇化喉音的演變過程：

早　期　上　古	上　古　晚　期	中　　古
kʷ	kw	kw
khʷ	khw	khw
gʷ（一、二等）	gw	ɣw
gʷ（三等）	gw	gw
ghʷ（一、二等）	ɣw	ɣw
ghʷ（三等）	ghw	gw
hʷ	xw	xw
ʔʷ	ʔw	ʔw

斯氏認爲，早期上古的舌根音和唇化舌根音起源於類似的漢藏語，對應關係如下：

原始漢藏語	漢　語	藏　語	盧謝語	克欽語
*k $^{(w)}$	k $^{(w)}$	k（//Xg）	k	k//kh
*X+k $^{(w)}$	g $^{(w)}$	g	k	k//kh
*kh $^{(w)}$	kh $^{(w)}$	k（//Xg）	k	kh
*X+kh $^{(w)}$	gh $^{(w)}$	g	k	kh
*g $^{(w)}$	k $^{(w)}$	g[注26]	kh	kh
*X+ g $^{(w)}$	g $^{(w)}$	k[注26]	kh	kh
* gh $^{(w)}$	kh $^{(w)}$	k（//Xg）	kh	kh

　　斯氏通過上古漢語、藏語、盧謝語、克欽語、緬甸語的比較得出結論：上古的*k^w 和*kh^w，在原始漢藏語時期一部分來自唇化舌根音，一部分來自唇化小舌音。即：

原始漢藏語	上古漢語
*g^w	*k^w
* G^w	*k^w
* gh^w	*kh^w

　　對於早期上古的喉音*h 和*ʔ（及唇化音*h^w，*ʔ^w），斯氏認為它們來源於漢藏語的舌根擦音*x、*ɣ$^{(w)}$，還來源於含有*χ和下列對應關係的喉音*ʔ$^{(w)}$：

原始漢藏語	古代漢語	藏　語	盧謝語	克欽語	緬甸語
*x	h	k	k（h）	ʔ	ʔ
*χ	h	h	h	kh	k
*ɣ	ʔ	k（//Xø）	h	kh	ʔ
*ɣ^w	ʔ^w	k	v//ø	kh	ʔ
*ʔ	ʔ	ʔ（//Xk）	ø	ʔ	ʔ
*ʔ^w	wh（見上文158頁）	ʔ	v//ø	w	w

　　上圖中沒有構擬原始漢藏語的*χ^{w}是因為斯氏沒有找到與上古的*h^w 有對應關係的材料，就不能肯定原始漢藏語時期是否存在*χ^w。

　　下面是斯氏（1989：322）構擬的舌根鼻音的發展圖：

早期上古	上古晚期	中　古
*ŋ	ŋ	ŋ（*e,*i前是ń）
*ŋh	ŋh	ŋ（*e,*i前是ʔń）
*sŋ	x	x（e,i前是ś）
*sŋh	x	x
*sŋh（*e,*i前）	s（h）	s

　　這裡斯氏沒有採納雅洪托夫給上古構擬的唇化音*ŋʷ，他的理由是，在中古，這個複聲母只出現在韻尾是舌尖音的字裏，如音節ŋwân、ŋwʌt、ŋwâ（＜*-j）等等，但絕對沒有收舌根音的音節，如ŋwâŋ、ŋwak等。在收-n、-t等舌尖音的音節裏，「w+元音」可以來源於上古的唇元音*-ō-、*-u-。而在收舌根音的音節裏，與-w-組合的輔音總是來源於早期上古的唇化舌根音，例如 kwâŋ＜*kʷāŋ，khwak＜*khʷak 等。這樣，斯氏認爲，特殊的唇化鼻音*ŋʷ（和*ŋhʷ）在早期上古的存在令人懷疑。

　　至於早期上古的*ŋ，*ŋh的來源問題，斯氏認爲，來自類似的漢藏輔音，不過送氣——不送氣的對應關係不清楚。

　　斯氏用了整個一章的篇幅討論了上古的聲母系統，結論是上古時期有下列聲母（其中 c 系爲 ts 系，ć系爲tɕ系，ĉ系爲tl系）：

p	ph	b	bh	m	mh
t	th	d	dh	n	nh
c	—	ʒ	ʒh	s	sh
ć	ćh	ʓ	ʓh	r	rh
ĉ	ĉh	ʒ̂	ʒ̂h	l	lh
k	kh	g	gh	ŋ	ŋh
kʷ	khʷ	gʷ	ghʷ	w	wh
ʔ					h
ʔʷ					hʷ

　　此外還有一些複聲母，如所有響音都可以和前綴 s-組合形成複聲母*sm、*sn、*sr、*sl、*smh、*snh、*srh 等，所有輔音（除 r、rh、l、lh 及嘯音和邊塞擦音外）都可以和介音-r-組合形成複聲母*pr、*mr、*tr、*nr、*kr 等。斯氏推測，可能存在數量不大的複聲母*kl-、*klh-，但他覺得此問題還需要進一步研究。

　　對表中的聲母 h，斯氏把它看成送氣的零聲母，相應的不送氣的就是-ʔ。

1.1.3　前上古時期（公元前 10 至前 6 世紀）

　　正如斯氏所說，這一時期沒有直接的合適材料可以構擬聲母系統，原因是諧聲系列提供的信息是一些較早時期的，而可以確定這時期的域外材料及藉詞又沒有找到。不過在分析韻母的基礎上斯氏得到了這一時期聲母系統的一些信

息，即：

(1) 這一時期的唇化舌根音和唇化小舌音保存了下來（斯氏認爲這一時期缺乏介音 w）；

(2) *ŋ^wVT 型音節裏的聲母*ŋ^w 出現在這時期（由早期上古的*ŋOT→*ŋ^wAT）。

斯氏利用所掌握的較晚時期的材料得到了這一時期其它聲母的信息，即：

(1) 舌尖塞音（t、th、d、dh、n、nh）還沒變成塞擦音，因爲斯氏有根據認爲，它們在西漢時期還沒有塞擦化；

(2) 含介音 r 的複聲母還保留在這一時期，因爲有理由認爲，它們保存到後來；

(3) 含邊音 l 的複聲母與此類似；

(4) 噝音和齶化音前綴的對立已經消失，即早期上古的*ć、*ćh、*ʒ́、*ʒ́h→前上古的 c、ch、ʒ、ʒh；類似的*ś→s 的演變發生得還要早，在原始漢語向早期上古演變時。這兩組前綴的一致性斯氏用間接材料得到了證實，任何一種（拼音、藉詞）較晚時期的外部文獻都不能反映它們的對立。

斯氏還總結了從早期上古向前上古時期聲母演變的一般規則：

1.1 $C_{齶化}→C_{非齶化}$，如*ć→c，*ćh → ch，*ʒ́→ʒ，*ʒ́h→ʒh

1.2 $C_{前}əC_{前}→C_{前}ĭC_{前}$／／-C Π ≠ -j，

4.1 $C_{後（唇音或唇化）}V_{後}C_{前}→C_{後（唇音或唇化）}V_{央}C_{前}$

4.2 $C_{央}V_{(後)唇化}C_{前}→C_{唇化}V_{央}C_{前}$

4.3 $-V_{(後)唇化}C_{後（唇音或唇化）}→V_{央}C_{後（唇音或唇化）}$

5.1 $C_{唇化}ə̆C_{前}→C_{央}ŭC_{前}$

斯氏指出，1.2 的變化沒有發生在前上古的一些方言裏。

1.1.4 上古早期（公元前 5 到公元前 3 世紀）

斯氏認爲，與較早時期相比，這一時期所有文獻總的特點是：

在 IT－əT，ET－AT 對立存在的情況下，uT－əT，OT－AT 韻部的對立消失了。據此，斯氏認爲，在韻尾ŭ→wə̆，ŏ→wǎ的前提下，介音 w 產生了，這意味著聲母系統的本質變化。

斯氏對這一時期主要文獻韻母系統的研究比較詳細和深入，但對聲母，他沒有得到什麼確定的信息，原因是缺乏拼音材料；臺語藉詞在這一時期的主要部分還沒有產生。不過有關這一時期聲母系統的結論斯氏得出了一些：

（1）根據上古早期產生了介音 w 可以得出結論：唇化舌根（和唇化喉音）聲母在這一時期不再作為音位存在，即 kʷ→kw，ʔʷ→ʔw 等。

（2）介音-w-產生之前，複聲母 sw-應該發生了某種轉換。因為上古的*sw-在中古提供了一個映像*hʷ，即 xw，故斯氏認為，在上古早期的初期（或前上古末期），複聲母*sw-演變成了*w̥-（清的 w），它後來發展得與*hʷ-類似。

（3）斯氏進一步推測，*sw->*w̥-的演變未必是偶然的，可能所有帶*s-的複聲母都發生了類似演變。所以，斯氏擬測出了如下演變：*sm>*m̥（中古 xw），*sn>*n̥（中古 th、ś），*sŋ>*ŋ̊（中古 x、ś），*sl>*l̥（中古 th,ś）。可能產生了響音的三位一體的對立（*n-、*nh、*n̥等），但可能沒有發生*sr>*r̥，因為音組*sr 裡的*r 理解為介音（類似於複聲母*kr、*pr、*tr 等）。

在前上古時期還有複聲母*swh、（*smh）、*snh、*sŋh、*slh。它們提供了中古的 s-。看來，這些複聲母裡的響音發成了啞音，斯氏把它們記成*sw̥、（*sm̥）、*sn̥、*sŋ̊、*sl̥。複聲母*srh-沒有提供中古的嘶音映像，斯氏推測，與沒有發生的*sr>*r̥有關，複聲母*srh>*sr̥>*r̥（中古 th/ṭh）。

斯氏總結出兩條聲母的演變規則，主要依據《老子》方言：

　　1.1 SC 濁響音→C 清響音//C 濁響音≠r，如：愿*snɘ̄k>n̥ɘ̄k

　　2.1 C 唇化→C 央W，如：訛*ŋʷāj>ŋwāj

1.1.5　晚期古典上古（公元前 3 世紀到公元 3 世紀）

1．西漢時期（公元前 3 世紀到世紀初）的聲母系統

斯氏把這一時期聲母的特點概括如下：

（1）長元音前的演變*gh>*ɣ（在一等和二等裡）已經發生了，他的根據是閣蘇*ɣāp-sā-Abzoae。長元音前的*ghw>*w 可能發生在這一時期，這與*gh>*ɣ類似，並與它同時發生。

（2）斯氏同意蒲立本（1962）的觀點，這一時期舌尖塞音還沒有變成塞擦音。他舉了突厥語和希臘語的藉詞作例子。

（3）邊音聲母顯然保存在西漢時期，但已經發生了一些變化。大概，這一

時期發生了*ʒ→*l，斯氏認為這是西漢時期的正常發展。此外，斯氏推測，這一時期應該發生了演變*ĉ＞*ḷ，這完全類似於*ʒ＞*ḷ。結果*ĉ和*ḷ（也就是前上古的*c和*sl）在中古完全合流了。

（4）聲母r在西漢時期還沒有演變成l。

（5）舌根和唇音聲母后的介音*r也保存在這一時期。

舌尖音後的-r-保存在西漢時期很可疑，找不到證明這一點的域外譯音例子。斯氏認為，在西漢時期含有-r-的舌尖音已經演變成捲舌音，也就是：

*tr，*thr，*dr，*dhr，*nr，*nhr→ṭ，ṭh，ḍ，ḍh，ṇ，ṇh，

*cr，*chr，*ʒr，*ʒhr，*sr，*shr→ç，çh，ʒ，ʒh，ṣ，ṣh。

下圖是斯氏構擬的這一時期的聲母系統：

p	ph	b	bh	m	mh	m̥	w	wh	w̥	ph
t	th	d	dh	n	nh	n̥	r	rh	r̥	th
ṭ	ṭh	ḍ	ḍh	ṇ	ṇh	ṇ̊				ṭh
c	ch	ʒ	ʒh				s	sh		ch
ç	çh	ʒ	ʒh				ṣ	ṣh		çh
	ĉh		ʒ̂h				l	lh	ḷ	ĉh
k	kh	g	gh	ŋ	ŋh	ŋ̊	ɣ（=ɦ）	h	ʔ	kh

2.東漢時期（世紀初到3世紀初）的聲母系統

斯氏研究這一時期聲母系統所用的材料包括：1）域外譯音；2）聲訓詞典《釋名》（二世紀）；3）臺語藉詞材料。據這些材料斯氏判斷，東漢時期的聲母系統已經發生了相當本質的變化：

a）位於短元音前的舌尖塞音有系統地塞擦化了，《釋名》的標音反應了這一點。這一時期在所有前元音前出現了介音j（鄭張先生賜教：這裡的j實際上代表聲母的齶化）。這樣，舌尖音的塞擦化使所有短元音前的舌尖聲母開始變為與-j-組合的，然後演變成齶化塞擦音：

*tj→ĉ；*thj→ĉh；*dj→ʒ̂；*dhj→ʒ̂h；*nj→ń；*nhj→ńh

斯氏強調，*tj型音組在短元音前和長元音前不同：在長元音前它們沒有塞擦化。斯氏對此的解釋是在長元音前和短元音前-j-的發音不同。

b）斯氏很肯定地認為，聲母m̥、w̥、n̥、r̥、ŋ̊、ḷ保存在這一時期，證明這一點的拼音材料他沒找到，但《釋名》的注釋可以支持這一觀點，如禮*riəj：

體*r̥iəj。他還找到了臺語藉詞材料來證明。

對於柯蔚南提出的——東漢時期，清的響音已不存在/W.South Coblin 1978/——這一觀點，斯氏認為，他的對於*n̥、*ŋ̊的論據完全可靠，但*m̥、*ŋ̊則不太可靠。斯氏推測，清的響音消失的過程在東漢時期已經開始了，但還沒有在所有的方言裏完成。

c）斯氏根據域外譯音推測，在東漢時期的一些方言裏，與*tj→ć同時還發生了*kj→ć（還有*gj→ʒ等）。但*kj→ć不是發生在所有的方言裏，他的根據是在漢代和早期的佛教拼音裏，kj-，gj-演變成外語的舌根音。閩方言在大多數情況下保存了古老的含舌根聲母的讀音。

斯氏還認為，*ŋj（＜*ŋ前元音前）→ń也發生在東漢時期，但他沒有找到可靠的拼音材料做證據。

d）東漢時期邊音聲母發生了實質性的變化:與舌尖音類似，邊音聲母*l、*l̥、*lh 在短元音前受到摩擦化經過*lj、*l̥、*lhj 後相應地演變成*ź、*ś、*źh。而在長元音（也就是在非齶化的位置）前，邊音聲母發展成這樣：

　　　*ĉh、*l̥ → *l̥

　　　*ʒ̂h、*lh → *lh

　　　*l → *l

表示成圖就是：

西　漢	東　漢	
	V̄	V̌
*l	l	ź
*l̥	l̥	ś
*lh	lh	źh
*ĉh	l̥	l̥
*ʒ̂h	lh	lh

斯氏對此做了總結，東漢時期邊塞擦系列已不存在，只剩下相應的清音l̥和送氣音 lh，響音 l，在塞擦齶化組裏由 ś、ź、źh 來填補空位。

在許多情況下短元音前的聲母*ĉh 沒有演變成*l̥（＞中古 t̥h），但演變成*śh（＞中古 ś/ćh，原始閩語 ch）。斯氏推測，這個發展沒有在所有方言裏發生而是在少數字裏，但它導致送氣音*śh 的出現，這填補了齶化系列（*ś-、*śh-、 *ź-、*źh）的空白。

通過分析這一時期的域外譯音文獻，斯氏發現，長元音前的*l 還演變成了外文的 l；同時短元音前的 l 已經演變成外文的摩擦音。斯氏推測，這一時期 l-音已經在*l-和*l^d-間擺動了，但還不能懷疑*l，*l̥，*lh 在東漢時期的保存。

演變*ʒh→lh、*ĉh→l̥ 發生在短元音前，證據是《釋名》和臺語藉詞。

e）斯氏根據《釋名》的聲訓判斷，東漢時期已經不存在帶 s-的音組了（*sw̥-、*sn̥-、*sŋ̥-、*sl̥-、*sm̥-）。在長元音前它們與*w̥-、*n̥-、*ŋ̥-、*l̥-、*m̥-合流，在短元音前響聲成分脫落了：*sn̥-、*sŋ̥-、*sl̥->*s（h）-；*sw̥->*s（h）w-（這裡的-w-理解成介音）。

斯氏認為，出現在短前元音前的上古的*w 和*wh 在東漢時期已經相應地演變成*źw、*źhw 了，不過他沒找到任何拼音和文字依據來支持這一論點。

斯氏把東漢時期的聲母系統構擬成下表：

p	ph		h	m	mh	m̥	w	wh	w̥	
t	th	d	dh	n	nh	n̥	r	rh	r̥	
ṭ	ṭh	ḍ	ḍh	ṇ	ṇh	ṇ̥	l	lh	l̥	
c	ch	ʒ	ʒh				s	sh		
ç	çh	ʒ	ʒh				ṣ	ṣh		
ć	ćh	ʒ́	ʒ́h	ń	ńh	ń̥	ś	śh	ź	źh
k	kh	g	gh	ŋ	ŋh	ŋ̥	ɣ	h	ʔ	

1.1.6 上古晚期（3 世紀到 5 世紀）

1・上古晚期的前期（3 世紀）

上古晚期的清化音*m̥，*n̥，*ṇ̥，*ń，*r̥，*l̥，*ŋ̥，*w̥ 相應地演變成*hw，*th，*ṭh，*ś，*th，*th，*h，*hw。斯氏估計，這一時期還發生了其它類似的演變。

在上古晚期的前期（3 世紀）發生了平穩的轉換，即*l→d，*lh→dh，而*r，*rh→l，lh。這一時期的*l 開始轉寫成外文的 d。作為唯一穩定的音位*r（→l）開始拼成外文的 l 和 r。梵文 la 和 ra 的演變是同時的。

斯氏指出，由於在上古晚期的短元音前只出現了捲舌的 ṭ，ṭh，ḍ，ḍh（*ṭ，*ṭh，*ḍ，*ḍh 在這個位置上演變成東漢時期的 ć，ćh，ʒ́，ʒ́h），那麼這個位置上的新的 dh 和 th（<*lh，*l，r）自然變成了 ḍ^h，ṭ^h。斯氏推測，這個位置的 ṭ， ṭh，ḍ，ḍh 的發聲比別的位置更接近於 t，th，d，dh。

斯氏根據大量的佛教拼音判斷，上古晚期的前期還保存了聲母*ź（→中古 j）。*ź→j（至少對於一些方言）可以確定是在 3 到 4 世紀。

最後他總結道，上古晚期的前期的聲母系統太接近中古了，區別只是在 *g 和*ɣ的對立；在中古 j 的位置上是*ź。

2．上古晚期的中期（4 世紀）

斯氏認爲在 4 世紀聲母沒有發生什麼實質性的變化，不過他判斷，*ź→j 的演變已經發生了，並且他找到了這一演變的最早證據：在 3 世紀末，即在 291 年，夜 jà（＜*źäh）的拼音第一次出現。相應的送氣聲母*źh 斯氏認爲可以演變成*jh。在此他做了補充說明，說*jh 這個音位還出現在漢語共同語裏。不過由於發生*źh→*jh 的方言不多，所以在大多數方言裏*źh 失去了啼音性質而演變成了*zh，這個音發展到中古是 z，在原始閩語裏是*ʒh。

3．上古晚期的後期（5 世紀）

和上古晚期的前期（3 世紀）、中期（4 世紀）一樣，5 世紀的聲母系統也沒有什麼大的改變。斯氏根據域外譯音判斷，這一時期，不送氣響音和送氣響音之間的對立依然存在，如他舉了這個例子：

414-421 年	da	dha
	陀（福州tɔ²）	彈（潮州thaŋ²）

於是斯氏以此類推，認爲 5 世紀還保存著送氣——不送氣的對立。不過他沒有找到有利的直接拼音證據。

1.1.7 中古早期漢語

斯氏構擬的中古音系的聲母系統前文我們已經介紹過了，這裡概括介紹一下斯氏總結的中古早期——上古晚期之間的區別：

（1）中古早期發生了演變*g＞ɣ，*w＞ɣw（位於長元音前）。斯氏認爲*g＞ɣ這是跳過了中間階段*gh，應該是*g＞*gh＞ɣ。他確定一等*g 的發音接近*gh 是在 6 世紀初，*w＞ɣw 也同樣是在 6 世紀初。

（2）中古早期送氣濁音和送氣響音都消失了。斯氏確定在北方方言裏，送氣音的最終消失是在 6 世紀末。不過後來送氣濁音又出現了，但只是作爲普通濁音的音位變體出現在平聲調裏。

（3）自古就有的ʒ（＜*ʒ）和借用的ź（＜*ź，大多數演變成 j）的合流正在進行，但確切的時間斯氏沒有確定，因他在梵漢對音中沒有找到什麼有用的材料。

在不同的方言裏，*ź的演變是不同的，斯氏在上古晚期的後期和中古時觀察到了，即：*ź在有的方言裏發展到 j，而在有的方言裏則是ẓ。

斯氏在這一節的末尾談到了中古系統裏特少的聲母ɦ（在非唇音字裏）和ẓ。斯氏推測，這兩個音位是從某種方言借來的，ɦ對應普通的中古音ʔ，而ẓ與ź的分佈是互補的，ẓ只出現在ź不出現的韻母ɿ前。自然，ẓ也對應普通的中古音 j。

斯氏認爲，在中古不同的方言裏，聲母ɣ和 h 的發音發生了變異，或者是/ɣ/，/x/，或者變成了/ɦ/，/h/。他根據大多數方言和朝語、日語、越語的映像判斷，較普遍的是強摩擦性的音ɣ，x。

1.2 鄭張先生的聲母系統

1.2.1 單聲母

鄭張先生又把單聲母叫做基本聲母，因它可以作爲複聲母的基幹，是聲母表的基礎。

鄭張先生給上古音構擬了 25 個基本聲母，但共有 30 個輔音。另外 5 個中，j、w 只作墊音，ʔ、h、ɦ 可作喉冠音使用。下面是鄭張的上古聲母表：

k 見	kh 溪	g 群匣	ŋ 疑	ŋh 哭		
q/ʔ 影	qh/h 曉	ɢ/ɦ 雲匣				
p 幫	ph 滂	b 並	m 明	mh 撫		
t 端	th 透	d 定	n 泥	nh 灘	l 以	lh 胎
s 心	sh/tsh 清	z/dz 從			r 來	rh 寵

從上表我們可知，鄭張先生的上古聲母表中，見組（見 k、溪 kh、群 g、疑 ŋ）、幫組（幫 p、滂 ph、并 b、明 m）、端組（端 t、透 th、定 d、泥 n）12 母與中古音系中的一樣，是從中古上推而來的。鄭張先生認爲，它們是聲母最基本的部分，因爲在親屬語言中，它們和 l、s、h 最常見，見系、幫組、端組中塞音的三級對立在較古老的親屬語言文字如藏文、緬文、泰文、傣文中也都

已存在。這 12 母的音值與各家擬音都無分歧，可以說已成定論了。

下面我們把重點放在其它聲母上，探討它們哪些來自語音演變，哪些來自複聲母簡化。鄭張先生的上古聲母系統，可以說是對李方桂系統批判地繼承，繼承之處有以下幾點：

（1）贊成李氏所擬的「見、溪、群、疑、端、透、定、泥、心、幫、滂、并、明」13 母的音值。

（2）贊成李氏將見系分出一套圓唇舌根音，即承認上古實際上有 k- 和 kʷ- 兩類聲母。

（3）贊成李氏將鼻流音分出一套清音來。

同時，鄭張先生對李氏系統做了如下幾點改動：

（1）不同意李氏將匣母並於群母，認為匣母上古應分為塞音 g-、gw- 和通音ɦ-、ɦ-兩類，以讀 g-，gw- 為主，這有利於解釋見、匣通諧的例子。讀ɦ-的字，除語助詞外，限於諧聲上與雲母、曉母相關的字。這種處理避免了李氏由於匣、雲、群合為 g- 所帶來的同音字現象。

（2）雖同意分出一套圓唇舌根音，但認為在音位上把它們處理為帶後墊音 -w 更好，不贊成李氏增加的 6 個獨立聲母。

（3）雖同意李氏擬出的成套的清鼻流音系統，但認為其所擬的變化不整齊，故主張將清鼻流音分兩類：

①變擦音的一類歸入帶喉冠音 h- 的複聲母一類，即：

hm 悔　　h 謔　　hn 漢　　hr 嘮　　hl 哈——後變曉母

hmj 少　　hj 燒　　hnj 攝　　　　　hlj 舒——後變書母

②變送氣塞音的一類被看作一套獨立的送氣清鼻流音聲母，是基本聲母，即：

mh[m̥ʰ]撫　　ŋh[ŋ̥ʰ] 哭*　　hn[n̥ʰ]灘

rh[r̥ʰ]寵　　lh[l̥ʰ]胎

（4）鄭張先生認為，李氏所擬的影組影曉匣雲各母的音值要重審。

	影	曉	匣	雲
李方桂	ʔ	h	g	gw，gwr
鄭張尚芳	q 後ʔ	qh/h	群 g、雲 G/ɦ	G/ɦ

鄭張先生接受了潘悟雲的觀點，即認為整個喉音都來自小舌音。

（5）鄭張先生同意薛斯勒、包擬古、梅祖麟等人的看法，認為李氏所擬的來母 l-、以母 r-音值應互換。以母上古應作*-l-，再經 ʎ 變 j。

（6）我們來看李氏和鄭張先生（2003：227-228）對精組古值的構擬：

類	中古紐	上古基聲母	鄭張尚芳	李方桂
精組	精	心 s	ʔs	ts
		以 l	sl'	ts
		端t,影q見k,幫p	st,sq,sk, sp	ts
		明 m, 疑ŋ	sml',sŋl'	ts
	清	清 sh	sh	tsh
		禿 th	sth	sth
		溪kh,滂ph	skh,sph	skh, tsh
		灘nh,胎 lh, 撫mh,哭 ŋh	snh,slh smh,sŋh	tsh, sth悅
	從	從 z	z	dz
		定d,群g,並 b	sd,sg,sb	sd,sg,dz
	心	心 s	s	s
		呼qh	sqh歲	sk
		泥n,明m,疑ŋ	sn,sm,sŋ	sm喪,sn需,
		以l	sl,slj	st （sk秀）
	邪	以l	lj	rj,sdj
		雲 ɢ	sɢ	sg （w,j）

可以看出，鄭張先生是不同意李方桂把精組字擬為塞擦音的。鄭張先生根據親屬語言史研究的結論，認為塞擦音聲母多屬後起，古無塞擦音，李氏所擬的精組的塞擦音應是上古後期音值，原值需重擬。

此外，鄭張先生不同意「喻四歸定」的成說，認為部分喻四字古歸雲母。這些字諧聲和雲母的見系合口相同，上古應屬喻三而非喻四。它們有一個共同之處，只出現在重紐三四等韻脂真質、支清昔、祭仙、宵等前元音韻中。鄭張先生指出，實際應是與雲母三等相對的雲母重紐四等字，因為中古三等增生 j 介音時重紐四等韻在 e、I 前增生了 i 介音，在此影響下ɦi-、ɦwi-就前化併入喻四 ji-、jwi-。所以凡合於中古重紐各韻條件的喻四合口字，諧聲同於喻三的，

上古本都應劃回喻三雲母。

1.2.2 複聲母

複聲母的有無問題早已沒有談論的必要了，斯氏和鄭張先生在自己的著作中都花大量筆墨來闡述他們對此問題的觀點。不同的是，鄭張先生對複聲母的研究和表達較斯氏所述應該是更系統、更有條理些。下面我們即對鄭張先生的複聲母結構通則、結構型式及演變規則逐一介紹。

1·複聲母結構通則

鄭張先生認為，構擬複聲母應符合這樣一個結構通則：後有 r、l、j、w 四種墊音，前有若干種冠音。他的根據是，擁有數百個複聲母的嘉戎語，後墊音只限於-r、-l、-j、-w 四種通音，前冠音只限於通、鼻、噝、流、塞五類音。他參考藏文、泰文、古緬文，同樣都只有-r、-l、-j、-w 四種墊音，冠音大抵也是鼻、噝、流、塞、喉這幾類。所以鄭張先生認為，複聲母不是雜亂無章的，他有很規則的結構方式，構擬時必須突出其結構規則和系統性，並輔以相關兄弟語同源詞比較作佐證。

2·複聲母四種墊音的基本定位

構擬上古音的學者大多是以所擬定的中古音系為基礎，按照一定的演變規則上推上古音。所以規則不同，學者們上推的上古音系自然就會五花八門。鄭張先生在吸收李方桂、雅洪托夫等學者成果的基礎上，提出了下面的演變規則，使複聲母的四種墊音 r、l、j、w 都有了基本定位，即：

（1）中古二等和重紐三 B 類在上古帶介音-r；

（2）中古的以、邪二母在上古作 r-、rj-不合適，改為 l-、lj-是合適的。

（3）中古的章系全從帶 lj-或-j 的基聲母齶化而來，-l-限在一、四等和非重紐 B 類三等裏出現。

（4）-W 只在見系合口出現。

3·複聲母結構

在鄭張先生的上古複聲母系統中，複聲母分為冠音、基輔音、墊音三種成分，分別處於聲首、聲幹、聲尾三種位置。

鄭張先生把複聲母的結構分為三種，即：

（1）後墊式：這是基本式，可表示為 Cl，如：牙ŋraa。

（2）前冠式：這是前加式，可表示爲 sC，如：蘇 sŋaa

（3）前冠後墊式：這是前加式，可表示爲 sCl,如：朔 sŋraag

鄭張先生確定聲基的依據主要是諧聲系列的主諧聲符。

4．三種結構的特點

第一種：後墊式複聲母

（1）這種結構的複聲母中包括一種兩墊音結構，即通音性墊音 j、w 可同時
　　出現，它們也可與流音性墊音 r、l 同時出現。

（2）流音 r、l 墊音主要與唇、喉牙即 p-、k-兩系聲母和 s-、z-結合，不和
　　t-系結合。

（3）墊音 r 在上古分佈於二等和重紐三等裏，以及庚、蒸、幽韻的喉牙唇
　　音。墊音 l 在上古分佈與墊音 r 互補，即分佈於除二等和重紐三等以外，
　　又與來母、以母相通諧的字。

（4）帶-r、-l 的複聲母很多，r、l 因音相近而有交替現象。

（5）漢語 Cl-、Cr-在後世簡化後有三種演化結果：
　　　①Cl→C-，多數是失去墊音；
　　　②Cl→l-，Cr-→r-；
　　　③CL→T-變入端、知組。

（6）雖然喻三、喻四是否重紐有爭論，但雲母最初是帶 r 的，即 Gr->*ɦr-。

（7）流音塞化現象：鄭張先生在《上古韻母系統和四等、介音、聲調的發
　　源問題》一文中就已經強調了流音塞化的重要性。所謂流音塞化，顧
　　名思義，即把流音發成近於塞音，如把來母 l 發得接近 d 或 ld。據鄭
　　張先生考證，這一現象古今方言都有過，在漢藏親屬語言中也很常見。
　　這種塞化關鍵在於流音，與聲基沒有必然聯繫。鄭張先生從親屬語言
　　的塞化現象發現塞化只是後墊流音的複輔音在演變上的一種選擇模
　　式。由於它與一般流音在音位上沒有明顯音質差別，所以還無法找到
　　立足於音位結構差異的塞化規則。

由於 cl->t-和一般的 cl->c-正好相反，所以鄭張先生將引起塞化的流音標
記爲 l'、r'。這樣，在鄭張先生的上古音系統中就有了塞化的流音 l'、r'，但
他並未把它們看作另一類獨立的流音音位，他的上古音系音位上流音仍只有清

濁l、r兩套，而不是三套。

鄭張先生受親屬語言的啓發，設想出cl'-的前古或遠古形式可能是ʔcl-，這樣塞化流音就有了ʔcl->ʔcl'->t-的變化。

下面是鄭張先生從理論上推導出的塞化流音在端組的分佈情況：

l'例：端 t 　　← kl'、ql/l'、pl'、ʔl'、hl'、l'

　　　透 th 　← khl'、qhl/hl'、phl'、ŋhl'、mhl'

　　　定 d 　　← gl'、Gl/ʔl'、bl'、l'

　　　泥 n 　　← ŋl'、ml'

r'例：知 tr 　← kr'、qr/ʔr'、pr'、ʔr'、hr'、ɦr'

　　　徹 th r ← khr'、qhr/hr'、phr'、ŋhr'、mhr'

　　　澄 dr 　← gr'、Gr/ʔr'、br'、r'

　　　娘 n r 　← ŋr'、mr'

鄭張先生在近著《上古音系》裏還談到了一個重要現象，即單l的塞化。對於喻四和定母之間通諧的解釋，他不同意蒲立本、包括古、白一平、潘悟雲等人的簡單處理，即擬定上古*l到中古一、四等變d-。他把此類看作是單l的塞化l'。對其塞化機制的解釋，鄭張先生受李方桂的啓發，處理爲：

ɦ-l ＞ɦl'＞l'——即：前冠加l ＞ 前冠加l 引起塞化＞ 塞化l = ld

這一觀點十分新穎，是當代眾多知名學者沒有提出的，而且在親屬語言和方言中可以找到類似的現象。這種單l或有前冠h的l塞化，與鄭張先生所說的後墊式塞化 Cl'不是一個類型。前文提到，斯氏推測，東漢時*l-已經在*l-和*lᵈ-之間擺動了，這裡的*lᵈ-與鄭張先生的l'類似。

（8）在鄭張先生的上古聲母系統中，帶墊音-w的中古全反映爲見系合口，具體包括舌根音 kw-、khw-、gw-、ŋw-和喉音 qw->ʔw-、qhw->hw-、Gw->ɦw-。

（9）在鄭張先生的體系中，凡帶墊音j的上古聲幹，不管舌音、喉牙音、唇音，除lj-和s-j-變邪母、心母外，其他到中古都齶化變爲章組，即所謂的「第一次齶化」。

墊音j和中古的章組字關係密切，因爲章組的6母雖然來源上五花八門（包括唇、喉牙、舌的塞音、清鼻流音、塞化流音等），但它們在上古全都是帶墊音j的，即章組字都是齶化而來，這與斯氏的觀點相同。當然二位學者對章組的

具體擬音還是有異的，下文我們將詳細比較。

第二種：前冠式複聲母

（1）鄭張先生認爲，上古漢語應該同某些親屬語言一樣，有五類冠音，即：嘶音 s-，喉音ʔ-、h-、ɦ-，鼻音 m-、N-，流音 r-，塞音 p-、t-、k-。以鄭張先生所掌握的材料看，這些冠音在鼻流音前都有。其餘聲母前的冠音，鄭張先生能確定的只有嘶冠音 s-。

冠音和聲幹孰強孰弱，是有一定規律的。在鼻流音前冠音常常取得強勢，最終吞併聲幹而成爲中古的聲母。但這裡有個特例，即鼻音聲幹帶墊音 r 時大多變成二等、三 B 類聲母。

（2）下面分別介紹鄭張先生的五類冠音：

第一類：嘶冠音 s-

嘶冠音 s-在上古主要位於鼻流音前，以後演變成中古的心母。當然，鄭張先生舉了許多例子來證明，一部分嘶冠音位於塞音前，如 sk-、skh-、sg-、sp-、sb-、st-等等，它們後來演變成精、清、從母。

對於李方桂的觀點：st-、sk->s-，鄭張先生有不同的看法。他發現藏文中有大量的 sk-、st-，但常見失落 s-而罕見失去聲幹 k、t，故認爲李氏這樣處理將會混淆了塞音與非塞音詞根的界限。

此外，s-在送氣清鼻音前能生成清母、初母字，在喉擦音前則清音入心母，濁音入邪母。

鄭張先生又對雅洪托夫的一個處理提出異議：s-與 h-雖然可以交替，但雅洪托夫把李方桂的清鼻母 h-都擬爲 s-，認爲原先都來自 s-。鄭張先生不同意，認爲有些來自 s-，有些卻不是。理由是，不但 s-可以弱化爲 h-，其他的冠音也可以。他從藏文中找到了證據，即藏文的 s-、d-、g-等冠音今夏河方言都變爲 h-了。

第二類：喉冠音ʔ-、h-、ɦ-

喉冠音ʔ-、h-、ɦ-如果位於鼻流音前，就會吞沒聲幹，形成中古的影、曉、匣、雲喉音聲母。這裡 h 冠音變入中古曉母的字要多一些，如 hm-、hn-、hŋ-、hl-、hr-等，這是曉母字的主要來源。鄭張先生指出，這類音如果帶 j 墊音就會變成書母（不過 hr-除外）。其中，hlj-是以 l 爲聲幹的結構，hl 中的 l 相當於l̥。

還有一種情況鄭張先生作了說明，即 hl-並不是都依常規次濁母脫落而變了影組，有一部分 hl-，由於 l 的塞化改變了次濁音的性質，不但沒有脫落，反而主導整個結構變入端組。這就是鄭張先生講過的流音塞化現象。

第三類：m-、N-冠音

鄭張先生所構擬的 m-冠音與同部位鼻冠音 N-（包括ŋ-、n-、m-）是並立的，並且他在藏文中找到了類似的現象：藏文 m-冠音也跟同部位前冠鼻音 N 不同。

第四類：流冠音 r-

流冠音本來應該有 l-、r-兩個，但鄭張先生發現，與藏文相比，漢語裏還是 r-更多一些。

對於李方桂、白一平、斯氏等學者把知組擬為 tr-，鄭張先生有不同看法。他認為，-r、-l 只出現在 P、K 兩系和嗓音後，而 tr-、tl-這類結構他認為都是後起的，是上古後期的形式，在此之前的形式應該是 rt-、lt-等。這樣構擬是考慮了冠音 r-對舌音聲幹的影響。鄭張先生在藏文中也找到了證據。龔煌城、潘悟雲也有類似的看法。這樣，中古的知組字，一部分就來自*rt-，以此類推，徹：*rth-，澄：*rd-，娘：*rn-。澄母還有一部分來自*rl-。

第五類：p-冠音及 t-、k-冠者

與前文所述的嗓、喉、鼻、流四類冠音相比，p-、t-、k-這類塞冠音在古漢語文獻中的反映正如鄭張先生所說，是最為薄弱的。但藏文中有前冠塞音 b-、d-、g-，苗瑤語中也有類似的現象。於是鄭張先生相信，在上古漢語裏也該有塞冠音。但離析塞冠音是一項艱苦的工作，困難重重，因為它不象鼻冠者 m-那樣對後代聲母有唇化作用，也不如流冠音 r-還有捲舌化作用。

不過，鄭張先生從漢語內部音變規律和外部比較出發，不放過絲毫線索，沿著塞冠音留下的蛛絲馬蹟，還是找到了許多證明 p-、t-、k-塞冠音在上古漢語裏存在過的證據。當然，三個冠音的例子也不是均等的，p-冠音留下的痕跡更多些。這裡，主要的例子還是來自親屬語言比較，但漢語內部的異讀、諧聲的字例也有能顯示有 p-冠音存在的，鄭張先生在《上古音系》裏有詳細論述。

有一個較重要的問題鄭張先生也談到了，即 p-這個冠音音位，在送氣聲幹或濁聲幹前發音方法會起相應的變化。他發現，在聲幹為曉母（上古是*qh）的字裏這一現象特別明顯。他舉了大量例子，最後得出結論：塞冠音可因後接送

氣聲幹而變送氣。t-冠音，k-冠音的例子他也舉了一些。有一些作流音塞化處理的語例或可另行轉入 t-冠音下。

塞冠音 p-、t-、k-的構擬在許多從事上古音研究的學者的系統裏是找不到的。鄭張先生也指出，從內部音變規律和外部比較看，可以構擬塞冠音的典型語例並不多。親屬語有力的比證也很缺乏，所以要想成批的構擬塞冠音，困難重重。法國學者沙加爾在 1999 年的文章裏列舉了一些 p-、t-、k-冠的例子，但鄭張先生（2003：153）認爲，其中 c-l 類的字應分析爲後墊式 cl，知章組含流音的字也應歸流音塞化齶化。

看來，對塞冠音的構擬還有待做更深入的研究。

第三種：前冠後墊式複聲母

前冠後墊式複聲母結構應該說是鄭張先生的複聲母體系中最複雜的一種。中古的莊組和曉、書、船、邪、來、以等母的一些上古形式，鄭張先生把它們構擬成前冠後墊式，這主要依據漢藏親屬語模式擬測的，所以在介紹中，鄭張先生舉了許多親屬語言的例子。

這裏概括介紹一下鄭張先生所總結的具有前冠後墊式結構的中古聲母的上古形式：

（1）sCr-生成莊、初、崇、俟諸母。鄭張先生認爲這是最常見可信的。

（2）scl-生成精組。sl'-、sr'-也可能來自前古的 spl-、sqr-。s-冠在 ql、qr 組的複聲母前，到中古的分佈是：

　　sql-精、sqr-莊　　sqhl-心、sqhr-生　　sGl-邪、sGr-俟

邪母除 lj-、sGlj-/sɦlj-兩個來源外，還有 sGw-/sɦw-、sGwl-/sɦwl-。

（3）hCl-生成曉母字。

　　hCj-生成書母字。

書母中 hlj-是以 l 爲聲幹的結構，hl 中的 l 相當於l̥。

曉母的後期 hl-包含 hC-和 Cl-兩種來源。

（4）ɦlj-生成船母。

船母字數雖少，但來源複雜。有的前古時還常包含一個濁塞成分，後來在 ɦ冠音的影響下消失了。

（5）來母字除了 r 外還有前冠後墊式的來源：*ɦbr-、*ɦgr-。

其中帶ɦ冠的濁塞音在漢語對應詞中都脫落了。脫落成分來自ɦ-冠的ɦk->ɦg->、ɦp->ɦb->b-的構擬。

1.3　異　同

通過前文的介紹我們可以瞭解到，二者對上古時期聲母系統的構擬無論在方法上還是在結論上都有許多差異。斯氏以時間為線索，整個上古聲母具體包括原始漢語、早期上古漢語（公元前 14 至公元前 11 世紀，大致為殷代）、前上古（公元前 10 至公元前 6 世紀，大致為西周）、上古早期（公元前 5 至公元前 3 世紀，大致為東周）、晚期古典上古（西漢：公元前 3 世紀至世紀初；東漢：世紀初至 3 世紀）、上古晚期（3 世紀至 5 世紀，大致為魏晉）等六大時期，有的時期內又細分為兩至三個時段。斯氏對每一部分的聲母系統的特點都有所交待，分析變化機制。其中，對早期上古研究、分析得最詳盡，可以說對這一時期聲母系統的擬測代表了斯氏對上古漢語聲母系統所持的主要看法。而鄭張先生對上古聲母系統的研究，特別是涉及諧聲與複聲母問題時，主要敘述的是上古前期（前古）音，即殷和早周時期。這一時期依據的是甲、金文中的諧聲假借。這與斯氏的早期上古在時間上比較吻合，又都是上古聲母研究的重要時期，故將二者進行比較。同時也兼顧敘述上古其它時期的異同。

1.3.1　相同之處

鄭張先生給上古漢語擬測了 30 個輔音，其中基本聲母 25 個，另外 5 個，或者只做墊音，即 j、w；或者可做喉冠音，即ʔ-、h-、ɦ-。而斯氏給公元前 10 世紀擬測了 45 個獨立聲母，我們把兩者列表如下：

上古聲母系統對照表：

	幫	滂	並	貧	明			
鄭張	p	ph	b		m	mh撫		
斯氏	p	ph	b	bh	m	mh毛		
	端	透	定	傳	泥		以	
鄭張	t	th	d		n	nh灘	l	lh胎
斯氏	t	th	d	dh	n	nh柅	l	lh羨
	見	溪	群匣	降	疑			
鄭張	k	kh	g		ŋ	ŋh哭		

斯氏	k	kh	g	gh	ŋ	ŋh閣		
斯氏	kʷ	khʷ	gʷ	ghʷ				
	影	曉	雲匣					
鄭張	q>ʔ	qh>h	ɢ>ɦ					
斯氏	ʔ	h	w	wh				
	ʔʷ	hʷ						
	精	脆	從	全	心	清	來	
鄭張			z/dz		s	sh/tsh	r	rh寵
斯氏	ć>c	ćh>ch	ʒ́>ʒ	ʒ́h>ʒh	s	sh	r	rh六
斯氏	ĉ	ĉh	ʒ̂	ʒ̂h				

【表注】

（1）斯氏的 ć>c，ć指早期上古（РДК）時的擬音；c指上古晚期（ПДК）時的擬音，ćh>ch、ʒ́>ʒ、ʒ́h>ʒh 等以此類推。

（2）鄭張先生沒有構擬而斯氏構擬的聲母的代表字，如貧、傳、降、全等，是筆者從斯氏的字表中選取的。

（3）鼻流音符號 mh、nh、ŋh、lh、rh 在鄭張先生和斯氏的體系裏代表不同的聲母：鄭張先生的指清鼻流音，斯氏的指濁送氣鼻流音。

相同之處：

1·二者都構擬了一套清鼻流音聲母，斯氏把它們表示成：m̥、n̥、ŋ̊、l̥、r̥，鄭張先生則表示成 hm、hn、hŋ、hl、hr。這既不同於高本漢、王力等老一輩古音學家根本沒有清鼻流音的傳統構擬，也有別於李方桂對清鼻流音的處理。

2·都把來母擬爲 r，以母擬爲 l。這一共識意義深遠。傳統的構擬（如高本漢、王力、李方桂等），把來組的中古音上推到上古，認爲公元前 10 世紀的來母仍讀爲 l。以母的構擬就更是五花八門，難以統一：高本漢擬作 dz，王力擬作 ʎ，李方桂擬成 r。蒲立本最早提出了來母在親屬語言中對 r-，而喻四對 l-（開始擬δ-，1973 年改擬 l-）；雅洪托夫，包擬古等學者也發表文章論證 r 變來母，l 變喻四的觀點。可以說，這一看法基本已成定論，李方桂上古音體系中 r、l 應該互易這一事實，即使是李氏的學生丁邦新、龔煌誠也已經接受了。

3·都把清母的早期上古音擬爲擦音 sh。高本漢、王力、李方桂一致把上

古的清母擬成塞擦音 tsh，精母三位學者也都擬成了塞擦音 ts。這是源於他們對精組字的整體處理，即把中古音往上古推。鄭張先生（2003：92）指出，精組除心母字有一部分來源於 s 及 s 冠外，多數更是上古後期才成爲塞擦音的。鄭張先生用親屬語言史研究的成果作依據，認爲既然藏緬語族各語言塞擦音的發展是後起的，那麼漢語塞擦音是否後起的問題也很值得探討。他舉了以下事實來支持他的觀點：

（1）1991 年社科院民族所《藏緬語語音和詞彙》（孫宏開執編）導論說：「藏緬語族各語言塞擦音的發展是後起的。」

（2）俞敏《後漢三國梵漢對音譜》的東漢音系裏缺少 ts-組。

（3）在結構較古老的漢藏語言中，墊音 r、l 一般只在 k 類、p 類和擦音 s、z 後出現，而不在 t 類塞音和 ts 類塞擦音後出現。如果出現於後者，一般是後起的。

（4）在沒有塞擦音的兄弟語言中可以看到擦音 s、z，也有送氣擦音 sh[sʰ]，鄭張先生認爲這代表較早的格局。

（5）從某些方言的演變情況可以看出，前冠音、送氣等語音條件對塞擦音的產生有促成作用。

（6）藏文的 s-母詞中有一批與漢語清母字對當的，這種對當不是偶然的，而是成系統的，可見漢語塞擦音確有可能由擦音變化而來。

鄭張先生對此問題還談了許多理由，這裡不一一介紹了。總之，他的觀點是：清母的早期上古音應該是擦音 sh，至於塞擦音 tsh，只能是晚起形式。

斯氏對清母的擬音與鄭張先生不約而同。請看他列出的親屬語言間的對應關係：

原始漢藏語	漢　　語	藏　　語	盧謝語	克欽語
*ch	清 shjeŋ（*sheŋ），ʒhjén（*ʒheŋʔ）「潔淨的」	（b）seŋ chaŋ-s「潔淨的」	thiaŋ「潔淨的」	sēŋ,cēŋ 同左

根據眾多清母字的對應關係，斯氏把它們概括成：

原始漢藏語	漢　　語	藏　　語	盧謝語	克欽語
*ch	sh	s/c	th//s	c//s

但斯氏認爲，早期上古的 sh 是從原始漢藏語時的*ch（即 tsh）發展而來

的，最早的形式還是塞擦音。這種自古就有的送氣清音（沒有濁音前綴）在上古時擦音化了，也就是，*ch＞sh, *ćh＞śh＞sh。還有，*Xch＞ʒh，Xćh＞ʒ́h。結果，在一系列嘛音裏，音位*ch 在上古早期消失了。至於潮州話裏的 ch-，斯氏認爲，顯然是由「口語」音 th-和「讀書」音 c-的混合決定的（請看，杖ḍáŋ＞ciaŋ[4]）。

對於上古晚期出現的 ch（即 tsh），斯氏認爲是來自早期上古的*ćh，它從早期上古到中古的發展過程如下：

早 期 上 古	上 古 晚 期	中　　　古
*ćh	ch	ch

清母字的來源則是：

原始漢藏語	早 期 上 古	上 古 晚 期	中　　　古
*ch	*sh	sh	ch//s

從以上比較我們可以瞭解到，儘管對清母字的最初形式，二者意見不一致（斯氏認爲早期上古的擦音*sh 是原始漢藏語的塞擦音*ch（tsh）擦化的結果，而鄭張先生則認爲清母的最初形式就是擦音，從親屬語言比較來看，塞擦音應是晚起形式），但對清母的早期上古音二者一致認爲應是擦音 sh。

我們認爲，斯氏構擬的原始漢藏語爲*ch 理由並不是十分充分，看藏語、盧謝語和克欽語的映像，無法必然推導出原始漢藏語一定爲塞擦音*ch。而鄭張先生舉出的塞擦音爲晚起形式的論據十分豐富。另外，*ch＞*sh＞ch，塞擦音擦化之後又塞擦化的現象在語音演變史上也並不常見。

4·二者的上古聲母系統中都有一套唇化舌根音、喉音。

鄭張先生（2003:P85）的上古聲母表中雖然沒有把唇化舌根音、喉音系列作爲獨立聲母列出來，但他並不否認上古實際上有 k-和 kʷ-兩類聲母。他爲了整個聲母系統的簡約，於是仿照藏文、緬文、泰文，在音位上把它們處理成帶後墊音-w 的複聲母，這樣省去了一列多達 7 個的獨立聲母（指 kʷ-、khʷ-、gʷ-、qʷ-＞ʔʷ-、qhʷ-＞hʷ-、Gʷ-＞ɦʷ-、ŋʷ-），這比李方桂所擬的多了一個 Gʷ-＞ɦʷ-，也與斯氏的構擬不完全相同（斯氏是 kʷ-、khʷ-、gʷ-、gh-、ʔʷ-、h ʷ-）。

至於「見溪群疑、端透定泥心、幫滂並明」13 母的音值，各家擬音都無歧見，鄭張先生和斯氏的自然全同，這裏就不贅述了。

1.3.2 不同之處

1·斯氏同某些學者一樣只構擬了一套清鼻流音聲母，鄭張先生則構擬了兩套清鼻流音聲母，另一套為 mh[m̥ʰ]、nh[n̥ʰ]、ŋh[ŋ̊ʰ]、rh[r̥ʰ]、lh[l̥ʰ]，它們在鄭張先生的上古聲母表中作為獨立的基本聲母存在。

2·斯氏給上古聲母系統構擬了一套送氣濁音，即 bh-、dh-、ʒh-、ɟh-、ɣh-、gh-，這是鄭張先生的上古聲母系統裏所沒有的。上古濁母字送氣與否，歷來有爭論：江永認為是送氣的，高本漢的系統裏，濁母也一律加了送氣符號：而陸志韋、李榮、李方桂都認為濁母不送氣。王力則在《漢語史稿》中加了送氣符號，到了《漢語語音史》裏又都取消了送氣符號，並表示（1985：19）：爭論濁母送氣與否是多餘的，從音位觀點看，濁音送氣不送氣在漢語裏是互換音位。

梅祖麟先生（2000：371）對這個問題的看法比較模糊：「從閩語來看，上古的塞音可能是四分制：*k-、*kh-、*g-、*gh-。……至於上古塞音系統到底是三分制還是四分制，這不止是舌根音的問題，要牽涉整個上古聲母的音系，……在三分制還是四分制方面，也不能全盤照顧閩語的發展。」

但斯氏的擬測與以上幾位學者均不同，他們無論贊成還是反對送氣，濁聲母只有一套，而斯氏把送氣和不送氣兩套濁聲母都放在了上古聲母系統裏。即認為在上古，送氣濁聲母和不送氣濁聲母有對立。他的根據除閩語外主要是親屬語言的比較：

原始漢藏	漢　語	藏　語	盧謝語	克欽語
*t	t	t（//Xd）	t	d（//th）
*X+t	d	d	t	d（//th）
*th	th	t（//Xd）	t	t（//th）
*X+th	dh	d	t	t（//th）
*d	t	t（//Xd）	čh（＜*th）	th
*X+d	d	d	čh（＜*th）	th
*dh	th	t（//Xd）	d	d
*X+dh	dh	d	d	d

不過，我們並不認為通過藏語、盧謝語、克欽語的這種對應關係可以很自然地推導出原始漢藏語和上古漢語的濁母有送氣、不送氣兩套，如第四行：

原始漢藏	漢　語	藏　語	盧謝語	克欽語
*X+th	dh	d	t	t（//th）

這裡爲什麼就把漢語確定爲 dh，依據不充分。再看最後一行：

原始漢藏	漢　語	藏　語	盧謝語	克欽語
*X+dh	dh	d	d	d

這裡把漢語擬成 d，原始漢藏語擬成*X+d 也未嘗不可。

在斯氏的著作《古代漢語音系的構擬》一書中我們沒有找到濁母分送氣、不送氣兩套的充分理由，故對斯氏的這一處理提出質疑。

3・影、曉、匣、雲的上古形式

我們先來看斯氏對影、曉兩母的構擬：

早　期　上　古	上　古　晚　期	中　　古
*ʔ	ʔ	ʔ
*h	x	x（//ś前*e、*i）

斯氏認爲，聲母 x 在整個漢語史中，發音搖擺於/x/和/h/之間。在上古，它多半取代了喉部的清擦音 h。而喉音ʔ在整個漢語史中大概都是這樣。斯氏的依據是親屬語言的對應關係：

原始漢藏語	古代漢語	藏　語	盧謝語	克欽語	緬甸語
*x	h	k	k（h）	ʔ	ʔ
*χ	h	h	h	kh	k
*ɣ	ʔ	k（//Xø）	h	kh	ʔ
*ʔ	ʔ	ʔ（//Xk）	ø	ʔ	ʔ

結論是，早期上古的喉音*h（曉母）來源於漢藏語的舌根清擦音*x 和小舌音*χ；*ʔ（影母）則一部分來源於舌根濁擦音*ɣ。這樣，斯氏對影、曉兩母完整的構擬是：

原始漢藏語	早　期　上　古	上　古　晚　期	中　　古
*ʔ/*ɣ	*ʔ	ʔ	ʔ
*x/*χ	*h	x	x（//ś前*e、*i）

我們再來看鄭張先生對影、曉兩母的構擬：

	早 期 上 古	上 古 晚 期	中　　古
影	q-	ʔ-	ʔ-
曉	qh-	h-	h-

　　潘悟雲先生曾在《喉音考》一文中提出整個喉音都來自小舌音：影ʔ-＜q-，曉 h-＜qh-，雲ɦ＜ɢ-。鄭張先生採納了這一見解，並在近著《上古音系》中舉了很多例子說明影組字在發展過程中如果沒有經過小舌音階段，就難以解釋很多方言現象。但鄭張先生自己也曾提出疑問：見組和影組之間有很多諧聲、轉注、異讀、通假的現象，如果影組來自小舌音，那麼舌根音和小舌音這不同部位的聲母就可以通諧了。儘管兩類聲母部位相近，但這是不符合通諧規則的特殊情況。

　　而斯氏把影*ʔ-，曉*h-的前期音擬爲舌根音*ɣ-、*x-，就不存在上述不同部位通諧的情況。

　　至於匣母、雲母的古值就更複雜一些。鄭張先生認爲，匣母上古應分爲塞音 g-（「胡、匣、寒、現」）、gw-（「弧、懷、縣、畦」）跟通音ɦ-（「乎、兮、號、協」）、ɦw-（「華、緩、螢、嶸」）兩類。其中匣母以讀 g-、gw-爲主，這樣更有利於解釋大量見、匣通諧的例子；而讀ɦ的字，除語助詞外，限於諧聲上與雲母、曉母相關的字。

　　鄭張先生認爲，上古的ɦ-、ɦw-除少數匣母字外，主要是表示雲母即喻三的，單獨用的 j、w 也包含在ɦ-、ɦw-內。

　　斯氏把雲母的上古音值定爲*w-和*wh-，這當然是受其師雅洪托夫的影響。但斯氏又比較嚴謹地指出，由於聲母*w-和*wh-經常和舌根音（k-、kh 等）及唇化喉音*ʔʷ 相結合形成複聲母，而與純唇音聲母（指塞音或鼻化響音）的聯繫較少，所以斯氏推測，*w-和*wh-多半是唇化的*ɦʷ-和*hʷ-。這一結論就與鄭張先生的擬測很接近了，即：

	鄭　張	斯　氏
雲	ɢ＞ɦ	ɦʷ＞w
		hʷ＞wh

　　斯氏通過親屬語言的比較，進一步提出了雲母在原始漢藏語裏是唇化小舌音：

原始漢藏語	古代漢語	藏語	盧謝語	克欽語	緬甸語
*X+qʷ	w	k	v	w	w
*X+qhʷ	wh	k	v	w	w
*X+ɢhʷ	wh	k	h	g/kh	?
*（X）+ʔʷ	wh	∅	v	w	w

鄭張先生也主張雲母ɦ來自小舌音*ɢ，但沒有把它的最早來源構擬得那麼複雜。

鄭張先生對雅洪托夫的構擬曾作過評價，認爲他把雲母（多爲合口）擬成簡單的 W 聽起來是不錯，對譯 V 更方便，還可以使單 W 在聲母系統上不致形成空檔。但弊端是這與後世可變喉音 h 的現象不合。所以鄭張先生還是把雲母寫成ɦw-，而認爲它有單 W 的變體。

由此看來，斯氏和鄭張先生對雲母的處理實際上十分接近，都認爲一部分雲母字來自ɦw-（ɦʷ-）。

我們再來看斯氏對匣母的構擬。鄭張先生把中古匣母字的上古音值分爲四類：g-、gw-、ɦ-、ɦw-。斯氏把這四類字的上古晚期音分別擬爲：

g-：匣 gh->ɣ-，寒 g->g-

gw-：懷 gw->gw-

ɦ-：乎 ɣ（w）>ɣ（h）o，號 ɣ（w）>ɣâw

ɦw-：華 ɣ（w）>ɣwa̱，螢 ɣ（w）>ɣwieŋ

那麼它們的上古來源是：

早 期 上 古	上 古 晚 期	中　　古
*g（一、二等）	g	ɣ
*gh（一、二等）	ɣ	ɣ
*gʷ（一、二等）	gw	ɣw
*ghʷ（一、二等）	ɣw	ɣw

再來看斯氏構擬的群母字的上古來源：

早 期 上 古	上 古 晚 期	中　　古
*g（三等）	g	g（//ʒ前*e,*i）
*gh（三等）	gh	g（//ʒ前*e,*i）
gʷ（三等）	gw	gw
ghʷ（三等）	ghw	gw

現在我們已經很清楚了，斯氏認爲，上古匣母和群母是互補分配，實爲一個聲母，到了中古時期，匣、群才徹底一分爲二。

但對於少數匣母字和雲母字諧聲的現象又如何解釋呢？如：

	γ（w）	x（w）	w	wh
於	華γwạ	訐xü	於w（h）ü	
雲	魂γ（h）on		運wừn	雲whün

而且，匣、群、喻三（雲）三個聲母的上古形式之所以各家構擬不同，「主要的原因是中古這三個聲母出現的環境成爲並不完全互補的狀態：

一等　　匣

二等　　匣

三等　　群（大部分是開口音）　喻三（大部分是合口音）

四等　　匣」（梅祖麟 2000：363）

斯氏（1989：P298）指出，上古晚期的音位*gh 在一些含有一、二等韻的字裏出現，其中含有介音 W 的字，音位 ghw（或是γhw）來源於早期上古的*wh。在一、二等韻裏，聲母是 ghw（或γhw），這應該是匣母字，*wh 是雲母的上古形式。這就解釋了少數匣、雲通諧的原因。

綜上所述，鄭張先生和斯氏對影、曉、匣、雲四母的構擬如下：

	鄭張尚芳			斯　氏			
	上古早期	上古晚期	中古	原始漢藏語	早期上古	上古晚期	中古
影	*q	ʔ	ʔ	*ʔ/*γ	*ʔ	ʔ	ʔ
曉	*qh	h	h	*x/*χ	*h	x	x
雲	*G	ɦ	ɦ	*x+qʷ	*ɦʷ＜w	w	w
匣	*G	ɦ	ɦ		*wh	ghw/γhw	γ
	*g	g	ɦ		*g（一、二等）	g	γ
					*gh（一、二等）	γ	γ

4．章組字的上古來源

章組字章、昌、禪、書、船的中古音值各家一致擬爲舌面前音 tɕ、tɕh、dʑ、ɕ、ʑ，但上古音值較有分歧：高本漢擬作舌面前音ṭ、ṭh、ḍ、ɕ、ḍh，王力與之略有區別，定爲ȶ、ȶh、ʑ、ɕ、ȡ，但也是舌面前音。鄭張先生則與李方桂基本一致，擬作 tj、thj、dj 等。斯氏的處理更是簡單，直接擬作 t、th、d，不帶齶

介音 j。與鄭張先生和李方桂的構擬相比，斯氏的優點是簡潔明快，可問題是造成邪母字也不能帶 j 介音。於是斯氏將中古邪母的上古來源定為 lh，與以母 l 相區別。這就不得不使上古的濁音聲母分兩套，有濁送氣和濁不送氣的對立，否則即造成邪母和以母的擬音混同。所以斯氏的上古聲母系統有清濁四套對立，比較複雜。

5·二者對精組字的處理

我們先來看兩位學者構擬的精組字：

	精	此	從	齊	心	清
鄭張			z/dz		s	sh/tsh
斯氏	ć>c	ćh>ch	ʒ́>ʒ	ʒ́h>ʒh	s	sh

【表注】ć、ćh、ʒ́、ʒ́h指的是早期上古（公元前 14 至公元前 11 世紀）的音值，c、ch、ʒ、ʒh指的是上古晚期（3 世紀至 5 世紀）的音值。

但這並不等於說，在早期上古只有齶化音 ć、ćh、ʒ́、ʒ́h，而沒有嘶音 c、ch、ʒ、ʒh，它們在早期上古是並存的。請看斯氏總結的它們演變的過程：

早 期 上 古	上 古 晚 期	中 古
*c	c	c
*ch	ch	ch）
*ʒ	ʒ	ʒ
*ʒh	ʒh	ʒ
*ć	c	c
*ćh	ch	ch
*ʒ́	ʒ	ʒ
*ʒ́h	ʒh	ʒ

嘶音和齶化音在公元前 10 世紀時是對立的，到了 3 至 5 世紀時就合流了。前文我們已經談到，斯氏認為嘶音和齶化音在早期上古時代對立並存的依據是親屬語言，即在藏語和原始緬語裏有嘶音和齶化音成系統地對立，而在庫基欽語和克欽語裏也有複雜的映像系統。

不過斯氏只給早期上古構擬了嘶音 s、sh，而沒有相應地構擬 ś、śh，他的理由是*ś和*s 合流得要更早一些。所構擬的齶化音（ć、ćh、ʒ́、ʒ́h）和嘶音（*s、*sh）都可以和介音*r 組合形成複聲母。但帶*-r-的嘶塞擦音（如*cr-、 *ʒr-、*ʒhr-）還是在原始漢語時期就和齶化音合流了。

下圖是斯氏構擬的嘶音演變過程：

早 期 上 古	上 古 晚 期	中　　古
*s	s	s
*sh	sh	ch//s

與鄭張先生的構擬相比，斯氏的心母和清母與鄭張先生基本一樣，只有微小的區別，即斯氏的清母到中古時才有一部分演變爲 tsh-（ch-），而鄭張先生認爲清母在上古晚期就都演變爲 tsh- 了。此外，二者對從母在上古晚期的構擬一致，都擬爲濁塞擦音 dz-（ʒ-）。但對從母前期的處理不同：鄭張認爲是濁擦音 z-，斯氏認爲是齶化的濁塞擦音 dʑ-（ʓ-）。對從母早期上古音值處理的不同實際上反映了二者對整個精組字在早期上古的音值的不同觀點。鄭張先生曾舉出大量事實證明塞擦音是後起的，精組字在早期上古時應是冠 s 的擦音。而斯氏也舉出了許多難以駁倒的證據證明，在公元前 10 世紀精組字是由齶化塞擦音和嘶音共同組成的。在下文（對精組字的處理）我們將進一步討論這一問題。

鄭張先生給上古的精組字只確立了三個聲母：從 z/dz，心 s，清 sh/tsh。而中古的精母他認爲來源於心母，即ʔs-。斯氏擬的此母*ćheʔ＞chjé，鄭張先生擬爲 sheʔ。斯氏擬的齊*ʓhə̄j＞ʓhiej 母，鄭張先生擬爲 zliil。列表如下：

	精	此	從	齊	心	清
鄭張	心	清	z/dz	從	s	sh/tsh
斯氏	ć＞c	ćh＞ch	ʓ＞ʒ	ʓh＞ʒh	s	sh

中古精組還有邪母字，鄭張先生和斯氏都主張邪母來自複輔音，但對它的具體構擬不同：鄭張先生認爲邪母有舌音、喉音兩個來源，舌音由以母*l 加墊音 j 組成，發展過程爲 lj-＞ʎ-＞ʑ-＞z-；喉音由*ɢ加前冠音 s 組成，演變過程是 sɢ-＞sɦ-＞z-。這裡占多數的是 sɢw-，所以中古多爲邪母合口。斯氏則認爲中古的邪母來自舌音，請看：

早 期 上 古	上 古 晚 期	中　　古
*lh（三等）	zh/jh	z/j

例如，對邪母字「羨」，二者分別是這樣構擬的：

鄭張：羨 ljans

斯氏：羨（前上古）lhanh＞（上古晚期）zhjèn＞（中古）zjèn

鄭張先生認爲，精組字在上古 i 元音前還有另一種來源，即ʔlj-、hlj-、ɦlj-的齶化音。他指出，一般元音前ʔlj-變章母，hlj-變書母，ɦlj-變船母，但在前齶元音 i 母前，ʔli-、hli-、ɦli-也齶化爲章、書、船母；結果導致ʔlji-變精母，hlji-變從母，ɦlji-變心母。這一特殊來源是斯氏系統所缺少的。

總之，鄭張先生構擬的精組字主要來自 s 聲母和 s 冠複聲母，而斯氏的精組字正如前文所述來自齶化塞擦音和噝音 s，且很少來自複聲母。應該說，二者的上古聲母系統裏，對精組字的處理是分歧較大的。

5．上古有無邊塞擦音

斯氏給上古聲母系統增加了一套邊塞擦音ĉ、ĉh、ʒ-、ʒh-。斯氏的這套邊塞擦音與各家相比，可以說相當特殊，它們所對應的中古聲母包括透 th-、書 ś-、徹 ṭh-、定 d-、以 j-、崇 ḍ-，比較雜亂。

斯氏構擬這套邊塞擦音的初衷是這樣的：他發現有大量這樣的諧聲系列，聲母 th、d、dh、ṭh、ḍ、ḍh 之間可以互相交替，但這諧聲系列裏絕對缺乏普通的不送氣清聲母 t、ṭ。此外，此類諧聲系列裏經常出現聲母 ś和 ź，較少出現聲母 ĉh，完全缺乏聲母 ĉ、ʒ、ʒh；經常出現聲母 j（較少出現 jh），還有聲母 s、zh。以上這些特點把這類諧聲系列與普通的帶齒輔音的系列略微區別開來。

第一個指出存在這種類型音組的學者是蒲立本，但斯氏不同意蒲立本把它們構擬成齒間音＊ð，＊ʝ。雅洪托夫把它們構擬成＊l 和含＊l 的複聲母，也被斯氏（1986:221）找到了破綻。斯氏把這類音組分成兩類：

ṭh-/ḍh-組：th-，d-，dh-，ṭh-，ḍ-，ḍh-，ś-，j-；

s-/zh-組：th-，d-，dh-，s-，zh -，ź-，ś-，j-，jh-。

斯氏認爲，上古一個聲母＊l（即使是在不同的聲母組合裏）的假說不能解釋兩種類型音組的存在，也不能解釋這一組裏的上古晚期和中古的聲母反射的多樣性。於是斯氏主張分別構擬它們的上古來源，只在 s-/zh-組裏構擬聲母＊l（和＊lh）：

早 期 上 古	上 古 晚 期	中　　　古
*l（一等）	d	d
*l（三等）	ź/j	ź/j[14]
*lh（一等）	dh	d
*lh（三等）	zh/jh	z/j[14]
*sl（一等）	th	th
*sl（三等）	ś	ś
*slh（一等）	th	th
*slh（三等）	s	s

於是斯氏把音組 ṭh-/ḍ（h）擬成了邊塞擦音：

早 期 上 古	上 古 晚 期	中　　　古
*ĉ,ĉh（一等）	th	th
*ĉ（三等）	ś	ś
*ĉh（三等）	ṭh	ṭh
*ȝ（一等）	d	d
*ȝh（一等）	dh	d
*ȝ（三等）	j	j
*ȝh（三等）	ḍh	ḍ

　　因為這組邊塞擦音與聲母*l 的發展類似[如*ȝ、*l＞d（一等）、j（三等）、*ĉ、*sl＞th-（一等）、ś（三等）]，所以斯氏認為，*ȝ和*l、*ĉ和*sl 較早地合流了。不過斯氏同時也注意到了，*ȝh和*lh、*ĉh和*slh 不完全一致。

　　斯氏總結了漢藏特殊的對應關係：

漢　　　語	藏　　　語
ĉ,ĉh	lt//lĉ（少數是，隨著 l－的失落，藏語ś）
ȝ,ȝh	ld（//lȝ）（但還有 lt,lĉ）

　　鄭張先生的上古聲母系統裏沒有這套邊塞擦音，不僅鄭張先生沒有，據我們瞭解，迄今為止只有斯氏構擬了這套邊塞擦音。這樣構擬的優點正如沙加爾所說，可以避免邊音和-r-這種帶標記的複輔音組合，「然而他取而代之的卻是一套同樣代標記的邊塞擦音。此外，邊塞擦音（如果可以用來指 tl-、thl-、dl-這類複輔音）在東亞語言中很少見，一般都能追溯到 tVl-（如占語）或早

期的 Kl-或 Pl-複輔音（如苗瑤語）。所以 Starostin 的解決辦法在語音上並沒有自然到哪裏去。他的處理也不簡潔，新增一套輔音，使上古漢語音系明顯複雜化。」（沙加爾 2004：45）

斯氏沒有進一步給漢藏共同語構擬一套邊塞擦音，雖然他已經找到了相當多的例子可以在漢藏語裏構擬這套音。斯氏的結論是，這套邊塞擦音在漢語裏保留下來了，在藏語裏給出的是特殊的映像。在緬彝語、庫基欽語和克欽語裏，這套音與*1（和*lh）的映像一致。鄭張先生認爲，藏文這類音是後起的流音塞化變式（緬彝等語的流音才是原有形式），不應引入原始漢藏語。

第二節　問題討論

2.1　複聲母問題

鄭張先生對複聲母設專節討論，條理清楚，而斯氏的複聲母散見於各章。爲便於比較，現以鄭張先生的思路梳理一下斯氏的複聲母。由於斯氏對上古音的年代劃分比較細，故對其複聲母的闡釋也要明確指出其所屬時期。

（一）後墊式複聲母

1・斯氏所擬的前上古（公元前 10～公元前 6 世紀）時期的複聲母特點是：

墊音只有 r、l 兩個，沒有墊音 j。由於斯氏把唇化舌根音和唇化喉音看作獨立聲母，不像鄭張先生增加一個音位 w 作墊音，所以斯氏這一時期沒有墊音 w。此時期斯氏所擬的後墊式複聲母只有 Cr-和 Cl-兩種。Cr-是中古二等和重紐三等字的上古來源，這一點與鄭張先生的處理一致。Cl-發展到中古屬於一等和三等字。斯氏還構擬了一個雙後墊送氣音結構，即 Clh-，它發展到中古屬於一等和三等字。鄭張先生所擬的雙後墊音結構 kwj-、kwr-、klj-等斯氏都沒有，原因當然是不言自明的。

2・上古早期（前 5 到前 3 世紀）

這一時期出現了複聲母 kw,因爲 $k^w \to kw$，$?^w \to ?w$。這樣斯氏的後墊式複聲母就增加到 3 種類型了。

3・西漢時期

斯氏認為，舌根和唇音聲母后的墊音 r 在這一時期還保存著，而舌尖音後的墊音 r 已經消失了，演變成了捲舌音，如*tr→ṭ，*cr→ç。還有一點斯氏著作的正文沒有提到，但他的字表表明：墊音 j 在這一時期出現了，這樣此時的墊音已經達到了 4 個。

4·東漢時期

在所有的前元音前都出現了墊音 j，其中，舌尖音的塞擦化使所有短元音前的舌尖聲母開始變為與-j-組合的，接著演變成顎化塞擦音，如*tj→ć。

出現在短前元音前的上古的*w 和*wh 在這一時期相應地演變成*źw、*źhw。

5·上古晚期

最顯著的變化是舌根和唇音聲母后的墊音 r 都消失了。這樣墊音 r 在所有字中都不再出現。

斯氏所構擬的墊音（流音 r、l）從上古到中古的演變過程是：

早 期 上 古	西 漢	上 古 晚 期
kr-/pr	kr-/pr	k-/p-
tr-	ṭ	ṭ
cl	cl	c

鄭張先生所談及的流音塞化現象在斯氏系統中沒有。

（二）前冠式複聲母

鄭張先生有五類冠音：嘶、喉、鼻、流、塞。斯氏的系統與此相比就簡單多了，做冠音的主要是嘶音 s-。

（三）前冠後墊式複聲母

這種結構的在斯氏的字表中很少見，只有*sn（h）r 這種。

與鄭張先生複雜的複聲母結構相比，斯氏所擬的上古複聲母系統可謂是相當簡單了。不過兩者都把墊音 r 作為二等和重紐三等的標誌，應該說是很重要的共同點。而兩者較明顯的差異是鄭張先生提出的流音塞化現象。如果按照鄭張先生的擬測，上古聲母中好像就有 l-、r-、ḷ-、ṛ-、l'-、r'-六種流音了，正如潘悟雲（2000：273）所說，很難找到這樣的語音類型。對這一問題鄭張先生（2003：135）的解釋是：「上古音系音位上，流音仍只有清濁 l、r 兩套，帶塞

化標誌的流音-l'、-r'只是爲了說明演變導向的方便而加標記，並未列爲另一類獨立的流音音位，這跟前述各兄弟語言中雖多流音塞化而其流音並不分立是一致的。在上古漢語裏塞化也只是一部分字的現象，在各個諧聲系列裏常屬少數的特例。」

2.2 精組字的古值

各家對精組字的上古音值擬測如下（參考鄭張 2003：227）：

類	中古紐	上古基聲母	鄭張尚芳	高本漢	王 力	李方桂
精組	精	心 s	ʔs	ts	ts	ts
		以 l	sl'	ts	ts	ts
		端t,影q見k,幫p	st,sq,sk, sp	ts	ts	ts
		明m, 疑ŋ	sml',sŋlll	ts	ts	ts
	清	清 sh	sh	ts'	ts'	tsh
		禿 th	sth	ts'	ts'	sth
		溪kh,滂ph	skh,sph	k's歛,ts'	ts'	skh, tsh
		灘nh,胎lh,撫mh,哭 ŋh	snh,slh smh,sŋh	ts'	ts'	tsh, sth悅
	從	從 z	z	dz'	dz	dz
		定d,群g,並b	sd,sg,sb	dz'	dz	sd,sg,dz
	心	心 s	s	s	s	s
		呼qh	sqh歲	s	s	sk
		泥n,明m,疑ŋ	sn,sm,sŋ	sn襄	s	sm喪,sn需,
		以l	sl,slj	s	s	st（sk秀）
	邪	以l	lj	dz	z	rj,sdj
		雲 ɢ	sɢ	dz	z	sg（w,j）

類	中古紐	上古基聲母	董同龢	斯氏	潘悟雲	周法高	藤堂明保
精組	精	心 s	ts	ć＞c	st＞sts＞ts	ts	ts
		以 l					
		端t,影q見k,幫p			sp（1）,sk（1）＞ st ＞ ts,sq（1）＞s		

	明m, 疑ŋ					
清	清 sh	ts'	sh, ćh＞ch		ts'	ts'
	禿 th		ćh＞c			
	溪kh,滂ph		sph（1）,skh （1）＞sth＞ tsh			
	灘nh,胎lh, 撫mh,哭 ŋh					
從	從 z	dz'	ʒ＞ʒ		dz	dz
	定d,群g,並b					
心	心 s	s	sh,s		s	s
	呼qh		sqh（1）＞sh ＞s			
	泥n,明m,疑ŋ	s	s		s	s
	以l	s	sl＞sļ		s	s
邪	以l		lh			
	雲 ɢ		sɢ（1）＞sɦ ＞z			

2.2.1　四派的擬音

　　上表所列各家對精組字的擬測大致可分四派：高本漢、王力、董同龢、周法高、藤堂明保的構擬可以歸結爲傳統派，他們對精組字上古音值的擬測與中古的差距甚微，幾乎是把中古音上推到上古音而已。李方桂的構擬則豐富、進步了許多，對解釋精組字與舌根音、舌齒音的諧聲現象有利得多。直到現在，李方桂的許多構擬也是不落伍的，如清母字有的擬成 skh、sth，心母字 sm、初母字 sthr，以及他提出的「從 s 詞頭來的字只有《切韻》的齒音字」（李方桂 1980：88）等等都使鄭張先生和潘悟雲得到啓發。可以說，李方桂對精組字的處理是傳統型向複合型的過渡階段。複合型即是指給精組字所擬的大量複聲母，這在鄭張先生的系統裏體現得最明顯。他的體系裏，整個精組字基本上由 s 音和 s 冠複聲母組成，這一處理得到潘悟雲的支持。從漢藏比較、諧聲現象、詞族關係等方面看，精組字在上古帶 s 冠音應該說沒有疑義。潘氏運用包擬古和李方桂的研究成果，結合紮壩語的語音實際進一步提出如下設想：精母的st-＞sts-

>ts-，認爲是 s-的擦音性質使後頭的 t-變成了塞擦音，而後 s-脫落。這一觀點否定了很多音韻學家認爲的 st->ts-是一種換位音變的設想，使精母的演變過程更自然合理。斯氏的構擬與各家都不同，顯得非常特別。他認爲在早期上古存在齶化音和噝音的系統對立，故給精母字的上古音值擬爲 ć>c，有的精母字直接來源於 c。關於噝音和齶化音在早期上古成系統對立的漢語內部材料斯氏並沒有找到，他依據的是親屬語的比較，即下圖：

原始漢藏語	漢 語	藏 語	盧謝語	克欽語
*c	c	ʒ [注 22]	th // č	ǯ // č
*c	ʒ	c	th // č	ǯ // č
*ch	sh	s/c （//Xʒ）	th//s	c//s
*X+ch	ʒh	z	?	?
*ʒ	s	ʃ （//Xz）	?	z
*X+ʒ	s	z	th	z
*ʒh	c	c	f	š
*X+ʒh	ʒ	ʔ	f	š
*s	s	s	th	s
*ć	ć	ć （//Xʒ́）	th // č	ǯ // č
*X+ć	ʒ́	ʒ́	th // č	th // č
*ćh	sh	（Xʒ́）	č	c
*X+ćh	ʒ́h	ʒ́	č	c
*ʒ́ ʔ				
*X+ʒ́	ʒ́	ʒ́	čh	s
*ʒ́h	ćh	ć	f	š （//č）
*X+ʒ́h	ʒ́h	?	f	š （//č）
*ś	s	ś	s//th	š

此圖表明，只有藏語裏保存了部分齶化音，盧謝語和克欽語中並沒有真正意義上的齶化音，斯氏把他們所保留的解釋爲齶化音的複雜的映像系統，未免牽強。此外，7 世紀的藏語裏含有齶化音也不能直接推得：早期上古的藏語裏已有齶化音。總之，斯氏把精組字的上古音值定爲齶化音，我們認爲理由並不充分，證據不足。

至於莊組字，斯氏同鄭張先生、潘悟雲、李方桂的看法一致，都認爲是精

組字加 r 形成莊組字。這一結論對解釋精、莊兩組字的密切關係十分有利，持此看法的學者越來越多。

2.2.2 與唇塞音諧聲的精、莊組字的上古來源

與唇塞音諧聲的精、莊組字數量不多，對這些字的上古來源蒲立本、鄭張尚芳和潘悟雲的處理如下：

蒲立本	*sb->dz-	*sbl->dz-	*sphl->tsh-
鄭張、潘悟雲	*sp（l）->ts-	*sb（l）->dz-	*sph（l）->tsh-
	*spr->tʂ-	*sbr->dʐ	*sphr->tʂh-

但正如潘氏所指出的，這種構擬會在心（山）母字上遇到麻煩：「瑟」從「必」得聲，「屑」從「八」得聲（筆者注：《說文・屍部》屑從𡰪聲，不從八聲），「掃」與「婦」諧聲，這些聲母如何構擬很難解決。鄭張先生把「瑟」字擬為*smrig＞srig，但這好像體現不出從「必」得聲，因為「必」鄭張先生擬為*plig，斯氏擬為*pit，都與*smrig 有距離。「婦」鄭張先生擬為*bɯʔ，斯氏擬作*bəʔ，而「掃」鄭張先生則作會意擬為*suuʔ 和*suus。斯氏的複聲母系列裏不包括 sp-、sb-、sph-等唇音冠 s 的複輔音。

2.2.3 st->中古精母還是中古心母

這一問題引起了很多學者的關注，在潘悟雲先生所做工作的基礎上，我們把各家觀點列表如下：

	st-	sth-	sd-	sdh-
蒲立本	精	清	從	—
鄭張尚芳	精	清	從	—
潘悟雲	精	清	從	—
李方桂	心	清	從	—
包擬古	心	清	精	從
白一平	心，精	清	從	—
金理新	心	書	邪	—
斯氏	—	—	—	—

大概是由於諧聲系統裏端組和精組的諧聲關係比較疏遠，斯氏沒有構擬 st-、sth-、sd-、sdh-這些複聲母。其他學者對 st-的歸屬問題大致分兩派：蒲立

本、鄭張先生和潘悟雲認爲 st-後來發展爲中古的精母，依據分別是：

①蒲立本：揵陀訶盡 Gandhahastin（T224），漢語的「盡」tsin（或 dzin）對譯印度的 stin。②鄭張先生舉的例子是：「載」st-與「戴」諧聲等。③潘悟雲的推理過程是：既然 sth、sb 已經被清、從兩母占去了，剩下 st-不能兼對精、心兩個。雖然與塞音諧聲的精組字中確有許多心母字，如「掃、修、泄」，但是也有精母字，如「接、井、載」。於是潘悟雲先生選擇了精母，但唇塞音與心母字也諧聲的矛盾無法解決，不知「瑟」、「屑」、「掃」等字如何構擬。其中的「掃」字，鄭張先生（2003：143）指出是個會意字，可以不予考慮。

金理新贊成李方桂的觀點，認爲 st->中古心母，不過他也沒有舉出十分有力的證據。

根據陸志韋（1947：229）先生對《說文》諧聲的統計，端母與精母一等諧聲一次，與心母無諧聲關係；透母與清母無諧聲關係；定母與從母三等諧聲一次，與心母一等諧聲 3 次，與心母三等諧聲 8 次。詳見下表：

	精一	清一	從一	心一	精三	清三	從三	心三
端	1					3	1	
透			1				1	3
定	1	1		3			1	8

看來從諧聲關係上無法找到 st-發展形式的依據，因爲例子極爲有限。包擬古（1980:35）在對漢藏兩語同源詞的研究中發現了相當多的例子表明*st-變爲 ts-，不過他同時也找到了一些同源詞則表明*st-有時變爲 s-。請看下表：

*st-類型的 ts-和 s-兩種反映形式	
ts-反映形式	s-反映形式
1. 藏文（sten-pa）「抓住」 藏文（rten-pa）「依靠」 藏文 bsten-pa「信心」	信 sɪěn/sɪěn-「誠信，信用」
2. s-tay「肚臍眼」　臍 dzʑiər/dzʑiei「肚臍」	
3. sdig-pa「罪，罪過」疾 dzʑɪət/dzʑɪět 　　　聖 dzʑɪək/dzʑɪěk「疾病， 　　　疼痛，嚴重的缺陷，惡」	
4.stab-pa「急忙」　疌 dzʑɪap/dzʑɪäp「快」 　　　捷 dzʑɪap/dzʑɪäp「敏捷，機警」	

以下是我們找到的例子：

一、st-類型反映成漢語*ts-的：

1・「贊」（精母）：*tsans，《釋名・釋典藝》：「稱人之美曰贊。」藏文 bstod-pa 稱讚（施向東先生 2000）。

2・「遵」（精母）：*tsjən，《說文》：「遵，循也。」藏文stun使符合；mthun 符合，相合，和睦，和順（施向東先生 2000）。

3・夏河 htəm＜stim（pa）「滲透」：廣州 tsam⁵＜*tsjəmh「浸」（薛才德 2001）。

4・夏河 htaŋ＜stiŋ（ba）「譴責」：廣州 tsaŋ¹＜*tsriŋh「諍」（薛才德 2001）。

二、st-類型反映成漢語*s-的：我們沒有找到一例，施向東（2000）、薛才德（2001）、全廣鎭（1996）等專門研究漢藏語同源詞的書中都沒有。

從上面所舉的例子我們不難看出，st-發展成中古精母字的例子遠多於發展成中古心母字的。包擬古雖然把 st-定爲發展成心母，但他的根據顯然不足：上圖中只有一例是發展爲心母的。我們贊同蒲立本、鄭張尚芳、潘悟雲等學者的處理。

金理新（2002：331）運用陸志韋統計的《說文》諧聲材料試圖說明，包擬古提出的精組上古漢語爲*st-系列複輔音聲母假設的前提不能成立，「因爲精組和端組，甚至包括知組和章組在內，兩者的諧聲關係充其量只能算是零星的接觸，而不能算是諧聲規則。」 但金理新提出的 st->中古心母，從《說文》諧聲材料看似乎更無依據，因爲端母和精母在《說文》中的諧聲數量雖然極爲有限，畢竟還有一個，而端母和心母竟無一例諧聲。再看親屬語言比較材料，端母和精母諧聲的數量要多於端母和心母諧聲的數量。但通假材料裏端母和精母相通的卻少於端母和心母相通的次數。總之，端母與精母、心母發生聯繫的機率是少數的、個別的，這大概就是斯氏沒有構擬*st-的原因。白一平（Baxter1992）把*st-的發展一分爲二：*st->s-中古心母，*st->ts-中古精母。前者他認爲是複輔音簡化，後者則認爲是換位音變，寫作*S，作爲*s 的變體。潘悟雲（2000）提出質疑，「*s 爲什麼會有兩個變體？*s 與*S 的音值有什麼不同？」

在越南語裏，中古的精母字和心母字一律寫作聲母 t-，這似乎也暗示著，上古的*st-有兩個發展方向，一是*st->ts-（精母），一是*st->s-（心母），白一平即這樣處理的。但鄭張先生（鄭張賜教）指出：其它南亞語裏的 s 在越南語

裏也變 t，如「髮」 南亞語 sok，越南語 tok。s 變 t 是這一地區的地區特徵。*st->ts-的具體演變可能正如潘悟雲所設想的，實際過程是 st->sts->ts-，前面的 s 最終失落。當然，正如包擬古（1980：35）所猜想的那樣，*st-發展爲漢語的兩個聲母也可能是由於方言的分歧。

2.2.4　sp->中古精母還是中古心母

幫組字是相對比較封閉的系統，他們除自諧外極少與其它聲母相諧，我們來看一下陸志韋（1947:230）對《說文》諧聲的統計，幫組與其它各組的諧聲次數分別是：

日、泥三、泥一、來三、來一、精一、清一、從一、心一、

幫								
滂								
並	1							

精三、清三、從三、心三、邪、莊、初、崇、山、幫、滂、并

幫										35	
滂										27	10
並			1		1				68	19	45

在《說文》中幫組字與精組、心母都沒有諧聲關係，可見幫組和它們的關係是相當疏遠的，後來有個別的諧聲例子（如潘悟雲先生找到的「瑟」、「屑」、「掃」等，金理新找到的「喪」）就顯得彌足珍貴了。

金理新（2002）認爲 sp->中古心母，這樣構擬使「瑟」從「必」得聲的問題迎刃而解。除金理新舉的幾個擬定其詞根輔音爲雙唇塞輔音的心母字外，我們找到的例子是：

四（心母），藏文 bʑi、浪速 pjik、門巴（錯那）pli、怒語 bɹi、高山 pat、亿佬語 pu、佘語 pi、瑤語 pjei、佤語 pon、德昂語 phʋn、苗語 pʐei、京語 bon、門巴（墨脫）phi。

這裡我們想重點討論一下潘氏提到的「掃」字。掃，中古爲心母字；帚，中古爲章母字。鄭張先生擬「帚」上古音爲 pjuʔ。潘悟雲認爲，如果把與唇塞音諧聲的精母字擬爲 sp-，那麼與唇塞音諧聲的心母字就無法再擬成 sp-，這樣

「瑟」、「屑」、「掃」等字不能解決。其中「掃」字鄭張先生認爲是會意字，不必考慮諧聲問題。今查《說文解字》中無「掃」字，只有「埽」字，《說文》：「埽，棄也。從土，從帚。」會意，以帚掃土之意。鄭張先生大概由此認爲不必考慮「帚」的讀音，但段玉裁注：「會意。帚亦聲」。「埽」字也作「掃」，今「掃除」之「掃」通作「掃」，而「埽」專用爲「埽工」字。由此看來，我們也許要考慮「帚」與「掃」發音上的關係，「掃」是個會意兼形聲字。

潘悟雲先生（2000：306）提到的音變 sP-、sK->sT->Ts-可以解釋精組字與唇音發生關係的現象，雖然與精組字有聯繫的唇音字很少，但正如潘氏所說，蒲立本找到的幾個例子是成立的。蒲立本找到了幾個對應精母字的例子，金理新找到了對應心母字的例子。那麼如何取捨呢？如果說 sp-都發展爲後來的精母字了，那麼這些保留唇音特徵的同源詞無法解釋。不過我們在這裏還沒有充分的理由判斷，所有的 sp-都演變爲中古的心母字了，因爲在親屬語言裏我們可以找到零星的中古精母字聲母是 sp-的。鄭張先生和潘悟雲先生都認爲 sp->中古精母，我們覺得有點可疑。金理新十分肯定地認爲 sp->中古心母，我們也覺未免不夠謹愼。蒲立本（1962：105）也認爲上古漢語存在 s-加唇塞音的複輔音，他還舉了一個諧聲的例子：

「罪」M.dzuəi'：非 M.pᵻəi

不過這樣的例子十分有限，蒲立本也提到了，直接的證據很少，他推測也許是大多數的 s-消失後沒有留下任何跡象。

斯氏沒有構擬 sp-這個複聲母，我們想他並不是沒有看到心母、精母與端母在諧聲和親屬語言裏的聯繫，但這種聯繫還不成系統，不是大量的，所以沒有得出結論。他在分析唇音字的諧聲情況時有下面的注釋：

	p	ph	b	bh
74. 必	必 pjit	phiet	苾 b（h）iet	

注釋：與 m-諧聲：宓 m（h）it 及派生字。不規則的：瑟 sit。

斯氏把諧幫母「必」的「瑟」（心母）字看作例外，因爲在諧聲裏這樣的例外太少見了。

施向東（2000）、薛才德（2001）、全廣鎭（1996）等學者的著作裏關於「漢語藏語同源詞聲母的對應」中也沒有 sp-這個複輔音。看來只有隨著漢藏比較的

進一步深入發展這個問題才能最終解決。

　　總之，各家給中古精組字所擬測的大量複聲母在斯氏的著作裏體現得不明顯。無論是正文的闡述還是末尾的字表，斯氏好像都迴避了與端組、幫組、見組、影組諧聲的精組字。我們猜測，也許是由於精組與端組的諧聲關係很疏遠，可以找到的例字相當有限，所以斯氏沒有對此作深入討論。對一部分的複聲母問題我們在斯氏的書中找不到太多可以借鑒、比較的觀點，但他提出精組字來源於齶化塞擦音，並在藏語、盧謝語和克欽語裏找到了根據，爲我們提供了另外一種起源的啓示。但爲什麼認爲這種塞擦音是原始的呢？

2.2.5　sd->中古從母還是中古邪母

　　前文我們引用的潘悟雲先生的比較表中，大多數學者認爲 sd->中古從母（包擬古[1980：32]中所述與潘氏所引不相符，前文已指出），金理新（2002：238）提出新說，*sd->z-邪母和ʑ-船母。所以這裡有必要再討論一下該問題。

　　根據陸志韋對《說文》諧聲的統計，定母和邪母諧聲共有 13 次，而定母和從母諧聲只有 1 次。

　　a 定、邪諧聲（筆者注：鄭張先生視為邪/lj、定/l'、d 之間相諧）：

　　1、襲，邪母字，ljɯb；聲符龖，定母字，l'ɯɯb。

　　2、待，定母字，dɯɯʔ；聲符寺，邪母字，ljɯs。

　　3、特，定母字，dɯɯg；聲符寺，邪母字，ljɯs。

　　4、辝，邪母字，ljɯ；聲符臺，定母字，l'ɯɯ。

　　5、鉿，邪母字，ljɯʔ；聲符臺，定母字，l'ɯɯ。

　　6、習，邪母字，ljub。慴、褶，定母字，l'ūb；鰼、騽、颲、榴、霫，邪母字，ljub。

　　7、舀、窞、啗，定母字；焰，邪母字。

　　8、漾，定母字；像、象、橡、螺、襐、劙、鱌、瀁、嶑，邪母字。

　　9、哂、誕、蟺、蛋，定母；涎、邪母。

　　10、馳、池、髢，定母；杝，邪母。

　　11、苗、笛、迪、頔，定母；袖、軸、岫，邪母。

　　12、途、酴、駼、鵌、塗、梌、荼、盫、捈、舍、筡，定母；徐、俆、敘，邪母。

13、竇、覿、贕、蘦、殰、瀆、櫝、牘、儥、髑、戴、瓄、瀆、饡、贛、
　　嬻、犢、匱，定母；續、薈，邪母。

特例：聲符覃，定母，l'ɯɯm。

定母字：潭、譚、鐔（l'ūm）、薄、禫、檀、醰、嘾、蟫（l'ūm）、燂（l'ūm）、
　　　　贉、暺、簟、驔、磹

邪母字：鐔（ljɯm）、燂（ljum）

以母字：蟫（lɯm）、潭、鐔（lɯm）、鱏、鷣、撢

從母字：燂（zlom）、薈（zlɯm）

特例：尋，邪母；蕁，定母；撢，從母。燖，邪母。

這些是我們找到的諧聲例子，從中不難得出，定母和從母諧聲的機率非常
有限，它們之間的關係比定母和邪母的關係疏遠得多。中古定母字各家一致認
爲聲基是 d，如果從母一部分來自 sd-，那麼它們諧聲的次數不會如此有限。包
擬古認爲（1980：32）*sd-由於複輔音易位而演變爲 dz-，此說很是令人懷疑。

　b. 定、從諧聲

1. 褻、墊，定母；熱，從母。

周祖謨和金理新都主張*sd-應該歸屬邪母字。金理新甚至認爲，*sd-不僅發
展爲中古的邪母，還有一部分發展爲中古的船母，即*sd＞ʐ-，但論據好像並不
充分。他只找到了 6 個例子，且除了「朕」之外，其他字所對應的藏語同源詞
都沒有*sd-複聲母。即使是「朕」對應的藏語 sdoŋ-ba「結伴、陪伴、會同」，
也是值得商榷的。藏語 sdoŋ-ba「結伴、陪伴、會同」一詞對應漢語的「同」或
「從」應該更合適，《說文》：「同，合會也」。同，定母，筒、洞都諧此聲。《一
切經音義》二十二：「筒，竹管也。」藏語 dong-pa 箭筒。《文選·西京賦》薛
注：「洞，穴深且通也。」藏語 dong 地洞，地坑。

鄭張先生（鄭張賜教）認爲，邪母開口其實不屬於精組字，它的上古形式
屬於流音。這一觀點得到斯氏的支持，斯氏的上古聲母系統裏沒有*sd-複輔音，
對於金理新所擬測的上古來自*sd-的邪母字，斯氏把它們擬爲*lh，與鄭張先生
的*lj-很接近。李方桂也曾給一部分邪母字擬爲流音，不過擬的是 rj。鄭張先生
和斯氏同時給中古的一部分定母字擬了流音，只不過鄭張先生擬的是塞化流音
*l'（ɦl'），而斯氏則是*l 和邊塞擦音*ʑ（ʑh）。斯氏的列表顯示，*l 和*ʑ（ʑh）

到了上古晚期就演變爲 d-了，這大概可以解釋 7 世紀的藏語裏邪母字帶 d。

我們的觀點是：*sd->中古邪母的理由是很不充分的，金理新所舉的一些例子在藏語、緬甸語、盧謝語、克欽語裏保留了 l。l-發展爲 d-在音變上也可以接受。下面是斯氏所舉的幾個邪母字的對應情況：

古代漢語	藏　　語	緬甸語	盧謝語	克欽語
襲 zhjip（*lhəp）「蒙上」	k-lub「蒙上」			gəlúp 「 合上，蒙上」
尋 zhjim（*lhəm）「長度單位(8尺)」	ã-dom（＜*ã-l-）「俄丈」（俄國舊長度單位）	lam「俄丈」	hlam	ləlām
夕 zhjek（*lhiak）「晚間，夜間」	źag（＜*r-j-）「白天」	rak「晝夜」（＜*r-j-）（緬彝語 *r-jakx「夜間」）	riak（＜*r-j-）「過夜」	já?「白天」

金理新用藏語 g-tibs-pa「遮掩、掩蓋」對應漢語「襲」字，又沒得到其它親屬語的支持。與斯氏的對應相比，說服力略顯不足。「尋」字金理新找到的藏語是 -dom「兩臂之間的距離」，這跟斯氏相同。

總之，邪母字擬成流音 *l 較 *sd- 證據更充足些。金理新把邪母字和與邪母諧聲的喻母、書母、船母的一部分都擬作 d 類或 th 類複聲母，這很難解釋親屬語言裏保留的大量流音。

與邪母諧聲的一部分定母字，鄭張先生處理爲塞化的流音 *lʼ（ɦlʼ），斯氏處理爲 *l 和 *ʒ（ʒh），我們覺得都較金理新的處理合適些。因爲定母和邪母無論從諧聲還是同源、通假上看，關係都十分密切，它們上古來自同一個 *l（*lh）的可能性很大。只是由於處於不同的語音條件才導致後來的分化。斯氏（1989：221）列表如下：

早 期 上 古	上 古 晚 期	中　　　古
*l（一等）	d	d
*l（三等）	ź/j	z/j[14]
*lh（一等）	dh	d
*lh（三等）	zh/jh	z/j[14]

斯氏這種處理同樣能說明各母字之間的諧聲關係，但不足之處是使上古的流音增加到 6 個（l、lh、r、rh、l̥、r̥）。鄭張先生（2003：135）的塞化流音則

很好地避免了這一現象，「上古音系音位上流音仍只有清濁l、r兩套，帶塞化標誌的流音-l'、-r'只是爲了說明演變導向的方便而加標記，並未列爲另一類獨立的流音音位，」看斯氏的聲母系統，我們不禁對上古有6個流音音位感到詫異。

2.3 幫組字的古值

斯氏對幫組的擬測可以說沒有什麼突破，除了並母有*b-、*bh-兩個來源，明母有*m-、*mh-兩個來源外，就與高本漢、王力、李方桂的構擬一致了。這個微小的區別緣於斯氏對上古漢語有無濁送氣音的認識，前文我們已談到，斯氏認爲上古漢語有 b-──bh-、d-──dh-、g-──gh-、gʷ-──ghʷ-、w-──wh-、dz-──dzh-、dʐ-──dʐh-、ʑ-──ʑh-的對立。至今爲止持類似看法的好像只有包擬古（1980）和斯氏，不過他們的論據並不充分，而且從漢語內部證據來看（潘悟雲 2000：308），沒有支持它們對立的依據，所以高本漢、王力、李方桂等多數學者或認爲有送氣濁音，或贊成有不送氣濁音，但都只有一套濁音。

看斯氏（1989：683）所列的字表我們還發現了一個特殊的擬音：

	前上古	上古早期	西漢	東漢	上古晚期	中 古	現 代
漂	pʰew	pʰew	pʰjaw	pʰjaw	pʰjew	pʰjew	piao

全書只有一個滂母字的聲母擬成*pʰ-而不是*ph-，這該是寫法而非音位差異。

鄭張先生與高、王、李、斯相比，給幫組字增添了許多新成員：

類	中 古 紐	上古基聲母	鄭張尚芳
幫組	幫	幫 p	mp
		影 q, 見 k	p－q, p－k 丙
	滂	滂 ph	mph
		撫 mh	mh
		呼 qh, 溪 kh	p－qh 烹, p－kh
	並	幫 p	ɦp
		雲 G, 群 g	p－G，p－g
	明	並 b	mb 陌
		雲 G, 群 g	mG, mg 袂
		泥 n, 疑 ŋ	mn 弭, mŋ
		影 q	m－q

　　鄭張先生構擬的這些複聲母對於解釋幫組與其它聲母的諧聲關係無疑是有利的。比如：丙、炳、邴、恟、芮、蛃、昺、昞、窝、柄、鍋、病，都是幫母字；　更、粳、埂、浭、稉、梗、哽、緪、鰄、捸、骾、郠，都是見母字，兩組字諧聲。斯氏（1989：141）也看到了這種關係，但對此的解釋是：不規則地發展，屬於例外。也許斯氏的理由是幫、見諧聲的例子成批的只有這一對，而這一組字實際上是丙、更二字諧聲。的確，幫母字與見母字諧聲的次數很少，陸志韋對《說文》諧聲情況的統計裏，幫、見只諧聲 2 次。通假方面，「丙」字通見母字「景」。「分」（幫母）通「匀」（見母），如《漢書・循吏傳》：「京兆尹張敞舍鶵雀。」顏師古注：「此鶵音芬，字或作鳻，此通用耳。」「皀」有彼側切、彼及切和居立切三個異讀，正是幫、見關聯的好例子。

　　不過個別與影母諧聲的幫母字，鄭張先生確定其上古基聲母爲 q，我們覺得還值得商榷。據陸志韋對《說文》諧聲的統計，整個幫組字只有明母與影母諧聲 1 次，幫母 1 次也沒有。我們現在能找到的大概只有一例：斌，幫母；贇，影母。以「斌」爲聲符的再無第二個字。這唯一的例子我們覺得看作例外應該更合適些。

　　滂母與曉母的關係類似於幫母與影母的關係，諧聲例子只有一個：烹，滂母；　亨，曉母。實際上「烹」是「亨」的後起字，《說文》中只有「亨」字。「亨」有三個反切：許兩切，普庚切，許庚切。「亨」這個異讀字同時有滂母和曉母兩個聲母，派生字「脖」、「悙」、「哼」等都讀曉母。那麼這個異讀字的滂母讀音可能來自方言。總之，根據這個特例而構擬 p-qh 這樣的複聲母不很令人信服。異讀字「鑌」字的聲符「奔」是幫母字，鑌有奉母、曉母兩讀，但也只是這一例，其它聲符爲「奔」的字都是幫組字。

　　滂母與溪母、并母與雲母、并母與群母諧聲的機率也是十分罕見的，據陸志韋對《說文》諧聲的統計，滂母與溪母諧聲 0 次，並母與雲母諧聲 2 次，並母與群母諧聲 2 次。我們所找到的例子中，雲母和幫母有異讀現象，如鼙有卑吉切和王勿切。但雲母與並母、群母與並母的聯繫並不明顯。筆者還沒有找到它們有聯繫的證據。即使偶而有個別異讀字把它們聯在一起，據此構擬 p-kh、p-G、p-g 大概理由也不十分充分，也許像斯氏那樣視爲例外較謹愼些。

　　「撫」的聲符爲「無」，微母字。「撫」中古爲敷母，上古爲滂母，於是

鄭張先生構擬「撫」爲 mhaʔ。嫵，滂母字，鄭張先生擬作 mhaa。類似的還有「派」字：派，滂母，本身即是聲符，鄭張先生擬作 mhreegs，因爲「派」做了許多明母字的聲符，如脈、㹠、眽、覛、霡。不過這樣的例子好像也很少見，況且把滂母字擬作 mh-，不知後來如何發展成 ph-的。大概因鄭張先生的 mh-等同於m̥ʰ，而m̥ʰ的音讀起來很像 ph-。斯氏把「撫」擬作 phü，雖然他也看到了「撫」與「無」的諧聲關係。鄭張先生還把徹母字「薑」擬成了 mhraads，這樣滂母 mh-應該和徹母 mhr-有一定的諧聲關係，可據陸志韋對《說文》的統計，滂、徹諧聲的只有一次。昌母字聲母也有 mh-的，如「麨」鄭張先生擬作 mhjewʔ，但昌、滂在《說文》中的諧聲次數是 0 次。斯氏的上古聲母系統裏由於有 m-，mh-的對立，那麼斯氏把 mh-是看作單聲母的，在他的字表中屬於 mh-的自然都是明母字，如：歿、夢、濛、問、毛、麻、務、米、卯、罵、摸、帽、抹、微、蚊、貓、網、名、妹、面、物、密、默等。

明母與雲母的諧聲次數據陸志韋對《說文》的統計是 2 次，明母與群母是 1 次，明母與泥母是 1 次，明母與疑母是 1 次，明母與影母是 2 次。不過聲符爲雲母、疑母、影母的明母字還沒找到。「弭」字鄭張先生擬爲 mniʔ，上古基聲母確定爲泥，「弭」的聲符是耳，日母字。聲符爲耳的明母字還有㖡、洱、䚕三個弭的派生字。此外，彌的聲符「爾」也是日母字，還有獼的聲符「爾」。這樣，聲符爲上古泥母的明母字有弭及其派生字，爾及其派生字，彌等。不過聲符「爾」和「爾（尒）」關係密切，《說文》:「爾，尒聲」。那麼所有與泥母有關聯的明母字的實際聲符只是「爾」和「耳」兩字，它們的讀音又近似。我們覺得，據此構擬複聲母 mn-，證據上略顯單薄。

鄭張先生（2003：147）推測「聞」和藏文 mnjan 同源，因爲「聞」很早就有「聽、嗅」二義。鄭張先生還舉了幾個例子：明母字「涾」可能對藏文 mnol 污染，《說文》:「涾，污也。」「娩」mron 可能來自 mnon，相當於藏文 mnun 奶孩子。「弭」對藏文 mnje 揉平，也對的很好，因爲「弭」通「敉」，敉，《說文》:「撫也。」總之，與鄭張先生構擬的複聲母 p-q，p-k，mh, mG, m-q 等相比，mn 在諧聲和同源詞上的證據要多一些，藏文中也有 mn-這個複聲母。

以見母字爲聲符的明母字有：姏，明母，鄭張先生擬作 mgaam，聲符甘是見母字；袂，明母，鄭張先生擬作 mgweds，聲符夬是見母字。其它諧甘和夬的字都非明母字，這兩個字顯得很特殊。況且他在行文中（2003：147）又把「姏」

擬爲*m-Gaam。斯氏所列明母字的表中沒有諧夬和甘的。姏是個後起字，不見於《說文》，大概最早出自《晉書·會稽王道子傳》：「又尼姏屬類，傾動亂時。」

mŋ-這個複聲母雖然藏文中也保留了，但在諧聲上的例子幾乎沒有，鄭張先生（2003：147）在談及 m- 冠音時只提到了「麑」字，可在後面的字表中並未擬出 mŋ-這個音。「麑」讀棉批切時同「麛」，「麛」有「幼鹿」和「幼獸」二義，鄭張先生據「幼獸」義而認爲「麑」與藏文 mŋal 胎同源。胎，《說文》：「婦孕三月也。」《禮記·月令》孔穎達疏：「胎，謂在腹中未出。」我們覺得「麑」對應「胎 mŋal」好像不很適合。況且這樣的例子極其少見，爲此構擬一個複聲母 mŋ-，似乎理由還不充分。

「瀴」有三讀：於孟切，影母；煙泲切，影母；莫迥切，明母。其它聲符爲「嬰」的字都是影母字，如鸚、櫻、纓等。只有「瀴」的莫迥切是例外，鄭張先生據此構擬了複聲母 m-q。瀴，《廣韻》煙泲切，又莫迥切。這個同義又讀字形成的原因當有多種：既可能有古今音、方音的區別，文白異讀，也可能有師承不同、訛讀等等，我們覺得根據這個異讀字就構擬一個連藏文都沒有保留的 m-q 複聲母，有點不妥。他還曾給「貉」擬了*m-qraag，根據是《說文》引孔子曰：「貉之爲言『惡』*qaa 也。」「貉」的常見讀音是莫白切，所以擬成 m-q。但後面的字表裏讀莫白切的「貉」擬的卻是 mgraag。

鄭張先生給幾個幫母字擬了 mp-複聲母，它們是秘，兵媚切，mprigs；泌，兵媚切，mprigs。我們知道這兩個字常見的現代讀音都是 mì，可在古代並未見它們讀明母。「秘」是「祕」的俗字，《廣韻·至韻》：「祕，密也；神也。俗作秘。」《說文》：「祕，神也。從示，必聲。」《廣韻》中，祕爲兵媚切，幫母字。與「祕」通假的「毖（bì）」、「庇（bì）」等字也都不讀明母。祕，舊讀 bì。泌，《說文》：「泌，俠流也。從水，必聲。」《廣韻》：毗必切，又兵媚切，又鄙密切。今「分泌」的音 mì，字書並無記載。總之，「秘」、「泌」這兩個異讀字的明母讀音來源不明，也許上古本無此讀音。鄭張先生把它們擬作 mp-複聲母，我們覺得還有待商榷。還有一個幫母字，「趵」，鄭張先生擬作 mpreegs。《玉篇·廣部》：「趵，到別」。該字在《集韻》裏寫作「辰」：《集韻·卦韻》：「辰，舍別也」，卜卦切。《廣韻》：趵，方卦切。可見，「趵」和「辰」爲異體字，聲符爲「辰」，滂母字做幫母字的聲符本來很常見，但鄭張先生給「趵」擬了 mp-複聲

母，大概考慮到還有一些聲符爲「爪」的明母字，如脈、峠、眽、覛等。上文也談到，鄭張先生把「派」擬成了 mhreegs。我們的問題是：「秘、泌」後來的音是 mì，那麼這是失去了基聲母 P，而「庍」後來的音是 bài，那它是失去了前綴 m。它們同屬幫組字，按鄭張先生的構擬，聲母都是 mpr，可後世有不同的發展。這中間分化的條件是什麼？

　　鄭張先生給滂母字「洦」構擬了複聲母 mph-，大概因爲「洦」有「明、滂」兩讀：莫白切、普伯切。但這樣的例子非常罕見，是否有必要爲這個特例給上古增加一個複聲母 mph- 呢？如果上古果眞有 mph- 這個複聲母，我們應該會再找到一些痕跡。對於這樣的個案我們覺得還是暫且存疑爲好。

　　上面談了很多不同意鄭張先生構擬的幫組字的複聲母，但對於他擬測的 mb-，我們還是十分贊成的。他給聲符爲「白（並母）」的明母字擬了 mb- 複聲母，即：陌、帞、袹、蛨、貊、佰、洦、鉑、帕。這 9 個字中有幾個是異讀字：洦，普伯切，滂母；莫白切，明母。帕，普駕切，滂母；莫鎋切，明母。佰，博陌切，幫母；莫白切，明母。袹，博陌切，幫母；莫鎋切，明母。陌，莫白切，明母；用同「佰」，量詞，幫母。這麼多明母字有幫母、滂母的異讀，應該不是巧合，極有可能是這些明母字在上古是 mb- 複聲母，後來隨著語音的演變，m- 後的濁音消失了。此外，聲符爲「卑」的「螷」字也有並、明兩讀：符支切，並母；彌遙切，明母。聲符爲「票」的「篻」字：敷沼切，滂母；彌遙切，明母。三個不同的諧聲系列擁有一個共同的特徵：有明母和並母（或幫母、滂母）的異讀字。斯氏也看到了聲符爲「白」的唇塞音字與明母的聯繫，但和他對其餘類似的現象處理的方法一樣，斯氏只是指出了這一聯繫，並沒有做進一步大膽的假設。

　　這一部分我們對鄭張先生和斯氏的幫組字做了比較，二者的特點是一目了然的：鄭張先生的思路是藏語有鼻冠聲母，漢語陌等字也證明其有，則應有一系列：mp、mph、mb 等。雖然其他字諧聲上例子少些，從系統性考慮，應予列出。「方言」之音也應有所繼承，予以說明。故先生對與其它聲母有諧聲、異讀等關聯的幫組字提出了大膽的假投，構擬了許多複聲母，儘管很多假設我們覺得尚有進一步商討的必要，但這種切實解決矛盾的治學態度是十分令人欽佩的。也許上古的確存在這些複聲母，只不過有利的證據至今仍十分有限。隨著

親屬語同源詞研究的發展，希望更多例詞得到同源詞的證明。當然，漢語內部的材料仍是基礎，這方面也有待深入。

第四章　上古韻母系統的比較

第一節　異　同

1.1　斯氏的韻母系統

與介紹斯氏的聲母系統一樣，我們對他的韻母系統先分期介紹，再綜合闡述。

1.1.1　原始漢語

由於這一時斯缺乏詩歌文獻，故而有關韻母系統的資料斯氏只得通過比較早期上古的構擬系統和原始漢藏語的構擬系統來獲得。他認爲發生在它們之間的主要變化是：

（1）在原始漢藏語*a 的位置上一系列含有元音*ə的韻母無端地發展。

（2）原始漢藏語雙元音的消失和早期上古新的雙元音*-ia-的產生；

（3）響音韻尾的轉換：*-l＞*-j,*-ɬ＞*-n ，在發生（前元音後的）*-r＞*-n 演變的情況下。

1.1.2　早期上古漢語

這一時期與下一時期（前上古時期）相比，斯氏認爲有如下特點：

（1）這一時期韻母*ət 和ît 不僅在舌根和唇音聲母后對立，而且在齒音後對

立。不過由於缺乏直接證據，無法確定該在哪些齒音後構擬*ət（s），哪些構擬*ĭt（s）。

（2）這一時期，元音*ĭ後有*-k——*-t，*-ŋ——*-n 對立。

（3）斯氏較肯定地認爲這一時期應構擬後綴*-s，它向下一時期（前上古）的演變如下：

-ps,-ts → ć

-ks,-øs → -h

-ʔs → -ʔh

-kʷs → -wh

-ms,-ns,-rs,-ngs,-ws → mh,-nh,-rh,-ngh,-wh

-js → -ć（在窄的非唇化元音後）

-js → -jh（在其餘位置）

（4）斯氏認爲這時期應構擬成對的韻母*UT-*əT，*OT-*AT（T 是任意一個齒音韻尾），不過他對此不太肯定。構擬的這些對韻母出現在唇音和唇化聲母后，到前上古時期它們就合流了。

（5）斯氏推測，這一時期還存在對立的韻母*UP-*əP，*OP-*AP，到前上古時期它們也合流了：*UP → *əP，*OP → *AP。

1.1.3　前上古時期

這一時期的韻母系統是斯氏分析的重點，他所據的材料主要是《詩經》用韻，獲得的是不早於公元前 8 世紀的韻母系統。

（1）齒音聲母后的 UT、OT 保持不變，齒音聲母后的 UP、OP → əP、AP。

（2）韻母*IT、*ET 沒有相應地變成前上古的*əT、*AT。

（3）這一時期雖然存在韻母 ET、IT、EP、IP、UT、OT，但斯氏認爲它們的穩定性已經開始消失。斯氏推測，這些韻母裏的元音 e、i、u、o 可以任意地被發成高元音 ia、iə、uə、ua，導致這些韻母偶而與韻母 AT、əT、AP、əP 押韻。

（4）斯氏把早斯上古到前上古發生的韻母演變總結如下：

1.3.-ĭCc → -ĭCⅡ（筆者注：Cc 代表任意一個中間輔音，CⅡ 代表任意一個前輔音）

2.1.-ps,-ts→-ć

2.2.-ks,-øs→-h

2.3.-ʔs→ʔh

2.4.-kʷs→-wh

2.5.-ＶНеɜ、ВЫс-js→-ＶНеɜ、ВЫс-ć（筆者注：ＶНеɜ，ВЫс代表任意一個非後高元音）

3.1.-ＣcＯＨ·s→ＣcＯＨ·h（筆者注：ＣcＯＨ代表任意一個響輔音）

1.1.4　上古早期

這一時期與前上古時期相比，變化不大。總的特點如下：

（1）UT- əT、OT-AT 的對立消失了，但 IT- əT、ET-AT 的對立還存在。這樣，齒音韻尾前的ŭ→wə̆、ŏ→wă，介音 w 產生了。斯氏指出，這意味著聲母系統的本質變化。

（2）斯氏根據在早期完全缺乏的韻母 ăj 和 ĕ 之間有不確定的韻而判斷，這一時期開始發生 ăj→e 了，不過這一過程的完成是在東漢時期。

（3）äj 像 ăj或ĕj 一樣，既可以和 ăj 押韻，也可以和ĕ押韻。斯氏推測，這一時期的ĕj 已失去了 j。

（4）在-ʔ→-ø 時，相應的字裏產生了中古的上聲聲調。相應的，-ʔh→-h。

以上四點是這一時期所有文獻的特點，斯氏又把這些文獻分爲了兩組，分述了各自的特點。

老子《道德經》的特點是：

（1）韻尾*r→n，這樣，韻尾爲-r 和-n 的字可以自由押韻了。

（2）斯氏推測，在《老子》方言的開口韻和韻尾爲-ŋ的韻裏，已經開始ŏ→wă。

荀子、屈原、宋玉詩歌的特點是：

（1）宋玉的詩歌裏，*ăr——*ăn 的對立還保存著，但已經出現*ə̆r→ə̆n。荀子和屈原的詩歌裏沒有*ăr，只有*ăn。

（2）*T（齒音）ə̆n 保存著，但 Tĭn→Tĭŋ。

（3）荀子和宋玉的詩歌裏，-i-和-ə-，-e-和-a-對立得很清楚，但屈原的詩歌

裏，只有-e-和-a-還對立，-i-和-ə-已經合流了。斯氏認為這顯然證實了-i->-iə-的演變，他得出了一個重要結論：屈原的詩是第一個可以推測產生了介音-i-的文獻。

（4）在這一時期的前期，三位詩人的詩歌裏*-ć→-ś。更晚的詩應該發生了*-ć→-s→-j。

（5）唇化舌根韻尾開始演變，這樣，*-ik^w>*-iuk，*-ek^w>*-euk，*-ak^w>*-auk 的雙元音化過程屬於這一時期。

1.1.5　晚期古典上古

1・西漢時期

這一時期與上一時期相比，有如下特點：

（1）帶舌根聲母和韻母為*wə的字已經和幽韻（韻母*ŭ——西漢*ə̆w）相押。

（2）上古早期的魚韻（*ă）和侯韻（*ŏ）自由相押。

（3）這幾組對立完全消失：ET—AT、EP—AP（以及 EW—AW，EUK—AUK）、IT—əT、IP—əP（以及 IW—U，IVK—UK）。

斯氏在解釋（2）的演變過程時提出了兩個很重要的觀點：

a、在談到*ro→*rwā（類似於*ŏ→*wā）演變時，斯氏說：介音的一貫性在漢語史上任何時期都不起作用，因為*rwā不可避免地與已有的韻母*wrā合併了。

b、演變*rō→*wā是我們知道的漢語史上的第一個可以有把握地說某個韻母裏的介音 r 消失的例子。整個過程是：*rō→*rᵿō→*ᵿō→*wā。這一過程在西漢時期都應該發生在*Cr-→*C̣-之前。

斯氏在解釋（3）的演變過程時得到的最重要的結論是：在西漢時期介音 j 產生了，這樣：ET→JAT、EP→JAP、EW→JAW、EUK→JAUK、IT→JəT、IP→JəP、IW→JəW→əW、IUK→JəUK→əUK。

對於西漢時期的韻尾，斯氏推測，大概發生了*-ć→*-ś，並且注明，在某些方言裏這一演變在上古早期就已發生了。

對於西漢時期的聲調，斯氏較肯定地認為，韻尾*h 在這一時期還沒有脫落，它是在中古隨著去聲的出現而脫落的。相反，上聲字的韻尾*ʔ脫落了。

2．東漢時期

a、介音：在長元音前有這幾種介音的對立：

介音 ø（*kān）、介音 j（*kjān＜西漢*kjān＜上古早期*kēn）、介音組合 jw（＊kjwān＜西漢＊kjwān＜上古早期*kwēn）、介音 r（＊krān）和 r 與其它介音的組合（＊krjān＜西漢＊krjān＜上古早期*krēn；＊kwrjān＜西漢＊kwrjān＜上古早期*kwrēn）。

在短元音前有在長元音前所有的介音和它們的組合，但在分佈上有限制，兩個位置的主要區別是，在長元音前-r-和-rj-對立，而在短元音前只有-rj-。

斯氏還對東漢時期介音 r 的保存問題做了考察，結論與他的導師雅洪托夫提出的假設（東漢時期介音 r 已經脫落）不同，斯氏（1989：465）認爲這一時期還保存著介音 r。他找到了一些對音和藉詞上的證據，據此斯氏推測，這一時期-r-的發音搖擺於-r-和-l-之間。

b、韻母：與西漢時期相比，東漢時期的押韻系統有如下特點：

（1）*rā從魚部（西漢的*ă）→歌部（西漢的*aj），類似的還有*-iă。

（2）*ăj 從歌部（西漢的*ăj）→支部（西漢的*ĕ）。少數韻母爲*-iăj 沒有發生這種演變。

（3）*răŋ從陽部（西漢的*ăŋ）→耕部（西漢的*ĕŋ）；而*răk 卻沒有出現類似的過程，即鐸部（西漢的*ăk）和錫部（西漢的*ĕk）保持自己的成分不變。

除以上三點外，東漢和西漢的押韻一致，甚至精確到小韻的聲調。

以上三點的演變過程是：

＊（r）āj→＊（r）ā；*-iăj →*-jă ；*rā →*rā ；*-iă →*-jă ；＊（r）ăj →＊（r）e

*-rĕŋ → *-rjĕŋ → -rĕŋ

*-răŋ → -rĕŋ

斯氏據此認爲，東漢時期韻母系統最本質的變化是*ăj 的消失和開口字裏元音*ă的產生。

這一時期還發生了*-jh→*-ś。

根據*āj→ā，*rā →*rā，斯氏得出了一個重要的推論：漢語裏長短元音對立消失的趨勢開始於東漢時期。在上古晚期進行的長短元音音質上的分離過程

最終導致中古新的元音系統有原則地形成。斯氏認爲東漢時期的演變*āj→ā̆，*rā→*rā̆是這一過程的開始，但這一過程只涉及帶長元音的韻母。

1.1.6 上古晚期

1・上古晚期的前期（3世紀）

這一時期的韻母系統斯氏所用的材料是嵇康和阮籍的詩韻文獻，它們與東漢時期的區別是：

（1）之韻（東漢*ə̆）分爲兩類，第一類的字帶*ə，第二類帶*ɜ。這時*wə̆（而不是*wrə̆）演變成幽韻。與之韻類似的還有幽韻（東漢*ə̆w）、脂韻（東漢*ə̆j），蒸韻（東漢*ə̆ŋ）、冬韻（東漢*ə̆uŋ）。此外，職韻（東漢*ə̆k）、侵韻（東漢*ə̆m）、沃韻（東漢*ə̆uk），緝韻（東漢*ə̆p）也與之韻類似，只是侵、沃、緝三韻的字相當少。眞部（東漢*ə̆n）和質部（東漢*ə̆t）分三類。宵部（東漢 *ăw）、元部（東漢*ăn）、月部（東漢*ăt）、祭部（東漢*ăś）、談部（東漢*ăm）、盍部（東漢*ăp）都分兩類。

（2）歌部（東漢*ā）、陽部（東漢*āŋ）、東部（東漢*ŏŋ）、耕部（東漢*iĕŋ）、屋部（東漢*ŏk）的成分沒有改變。藥部（東漢*āuk）還保存著，雖然韻的數量很少。

（3）魚部（東漢*ā）原則上保存了與東漢類似的結構，支部的東漢韻母*iē多半發生了某種變化。

（4）很難判斷：鐸部（東漢*āk）和錫部（東漢*iēk）的成分改變與否；韻母*rə̄、*rə̄n、*rə̄t、*rə̄ŋ、*rə̄k、*rə̄m、*rə̄p、*rə̄w、*rə̄uk是否已經演變成其它的韻部。

（5）韻尾及聲調：斯氏根據早期梵文拼音材料判斷，這一時期還保存著韻尾ś（大概被濁化爲ź）。而韻尾*h，斯氏推測，可能已經脫落了，理由是在任何拼音裏都沒有它。斯氏認爲，在脫落的*-h 的位置上去聲的最終形成正是在這一時期。

2・上古晚期的中期（4世紀）

斯氏研究這一時期韻母的材料是陶淵明和謝靈運的詩歌文獻。從中斯氏觀察到了南方方言和北方方言的對立。謝靈運的韻裏，*ə̄n（中古ʌn）和*ăn（中古ən）互押，陶淵明的*ə̄n獨立，但*ăn和*ĕn（中古en）互押。這兩類漢語方

言的基本對立起於 4 世紀。

從上古晚期的前期到中期發生了如下演變（以謝靈運的方言為主）

（1）-ə̄w → -āw

（2）.-（i）ə̰w → -ā̰w

（3）-iə̰w → -ā̰w

（4）-ăuk → -ăk

（5）ə̰ → iə̰

（6）-ōw → -ə̄w

（7）-ĭw → -ə̆w//不在-j-後

（8）-iə̰- → -iə̰-

（9）-ś（=-ź）→ ˋj

對於最後一點，斯氏分析到，早期只是帶韻尾*-ś特徵的去聲調，中期在語音上已經開始相關了。斯氏總結到，中古的聲調系統最終形成於 4 世紀左右。

3·上古晚期的後期（5 世紀）

這一時期斯氏所據的材料是鮑照的詩韻。他與謝靈運的用韻有幾點區別：

（1）*ə̄、*iə̄ → 脂部的長的小韻，於是之部的長的小韻消失了，即-ə̄j、-iə̄j。

（2）-iə̄j → -iə̄j，所以*iə̄j 不與韻母*iē̄j 相押，但與韻母*ə̄j 相押了。

（3）*ĭj → i

（4）-ōC → -wōC

（5）-ə̄uC → -ōC

1.1.7　中古早期

中古早期與上古晚期韻母系統的區別斯氏認為是：

（1）元音長短的對立消失了，它被鬆緊的對立所取代。

（2）wǒ → u；wōk → uk；ok → ouk，ek → ăik[31]；ōk → auk，ēk → äik。

（3）wəC → oC，wɨC → uC，wɨj 不變。

（4）iē̄，iə̄ → ä。

（5）中古的-iŋ，-ik 的北方發音像-iŋ，-ik。

（6）與上古晚期的介音唯一的區別是：在唇音聲母后，長元音ə、ā前自動生成介音 w，這種韻的韻尾是齒音或無韻尾。

1.1.8　介音問題

斯氏給上古漢語構擬了 3 個介音：w、j、r。

斯氏假定，在一部分中古的三等韻裏，上古的介音 r 消失了。這意味著，斯氏所構擬的介音 r 不僅出現在二等裏，而且出現在三等裏。這與鄭張先生上古系統裏 r 的分佈條件相似（鄭張先生的 r 出現在二等和三等 B 類裏），請看下表：

上古音	中古音
r＋長的非前元音	二等
r＋長的前元音	二等
r＋短的非前元音	三等
r＋短的前元音	三等

要注意的是，r 只出現在一部分而不是所有的短的非前元音前，其餘的短的非前元音到了中古也是三等。

1.1.9　元音長短與「等」

斯氏借助外部比較材料確定，漢語裏各「等」之間的區別同庫基欽語裏長——短元音之間的區別是對應的，對應關係如下：

（1）中古的一、二、四等——盧謝語的長元音（32 例）；

（2）中古的一、二、四等——盧謝語的短元音（42 例）；

（3）中古的三等——盧謝語的短元音（72 例）

這裡需要解釋的只是第（2）類，斯氏認為形成這種對應關係的原因有兩種：a. 上古漢語裏發生過第二次延長；b. 盧謝語裏發生過第二次縮短。斯氏認為第一種可能性大，但他對此也不十分肯定，因為沒有什麼根據。不過，這不是問題的關鍵，根據第（1）類和第（3）類的對應關係斯氏已經可以得出如下結論了：在上古漢語裏，元音的長短音有過系統的對立，而且這種對立一直持續到 5 世紀。斯氏的依據是，鮑照的詩韻反映出，儘管三等字的一些韻母構成了特殊的韻，但仍有一等和三等（或四等和三等）字之間押韻的現象。這說明所有長、短元音音質上的最終分離還沒發生，長、短元音的對立還保存著。

元音的長短和鬆緊之間的聯繫斯氏是十分確信的，即：長元音對應中古的鬆元音（一、二、四等），短元音對應中古的緊元音（三等和重紐 A 類）。

斯氏的元音長短與等的對應關係如下（關於 r 介音前文已介紹，此處省略）：

　　　　上古音　　　　　中古音

　　　　長的非前元音　　一等

　　　　長的前元音　　　四等

　　　　短的非前元音　　三等

　　　　短的前元音　　　四等 A 類

1.1.10　韻尾和聲調

前文已介紹，斯氏的中古韻尾有 9 個，其中-p、-t、-k、-m、-n、-ŋ斯氏認為它們在上古也是這樣的，而-w、-j、-ø 則不同，他通過對異讀字的分析做出如下假設：*ps、*ts→-j，*ks→-j、-ø、-w。同樣，斯氏認為上古還存在韻尾ms、ns、ŋs，後來 s 脫落後導致在中古產生了降調。但問題並不如此簡單，在這一時期：ps、ts、ks、ms、ns、ŋs 已經開始合流了。斯氏的這一判斷根據有二：a.漢代和早期佛教拼音材料（即上古晚期）表明，s（或ś、ź）只出現在上古 ts 尾的字裏，其它的例子缺少拼音材料證據，即使有也不是發 s 音了。b.上古詩歌文獻裏最早的韻很清楚地表明，這一時期帶-s 的韻已經發生了合流。帶-ps 和帶-ts 的字相押韻，-ks 和-øs 相押韻。據此斯氏認為，帶-s 的音組屬於最早期（如諧聲字形成期），它們在上古發展成：

　　　　-ps,-ts→上古*-C

　　　　-ks,-øs→上古*-H

　　　　-ms,-ns,*-ŋs→上古*-mh,*-nh,*-ŋh。

其中，-C 是齶化的-ć，而-H 是喉音的-h，斯氏的依據是早期佛教拼音，在佛音裏-C→ś和 ź。

斯氏的結論是，在上古沒有去聲。這證實了清代學者段玉裁的判斷，段氏的根據是《詩經》裏去入相押，諧聲字又去入兩通的現象，這與斯氏不謀而合。斯氏認為，在上古韻裏存在形式上的去聲，這些韻的字在中古有去聲，而在上古它們的韻尾是*ć、*h、「響音+h」。後來，所有的*-h 消失了，並在相應的字裏引起了去聲的產生。而*-ć→*-ś→-j，同時也產生了去聲。

對於上古是否有上聲，斯氏贊成蒲立本的觀點，即在有中古上聲的字裏

把韻尾構擬成喉音尾。但能夠證明此觀點成立的材料並不多，梅祖麟運用當代方言是一個很好的嘗試，不過能夠證明上古存在喉音韻尾的拼音材料直到現在仍沒找到。面對這種窘況，斯氏另闢蹊徑，從上古的韻裏找到了些蛛絲馬跡。即開尾字有時與舌根韻尾-k 接觸，對這眾所周知的事實，各家解釋卻大相徑庭：高本漢把中古開尾字構擬為-g 韻尾，蒲立本擬平聲調開尾字為-ɦ韻尾，上聲調開尾字為-'。斯氏通過比較《詩經》裏平、上、去聲調開尾字與-k 尾字的接觸頻率，做了如下處理：1）不同意蒲立本將平聲開尾字擬為-ɦ尾，因為斯氏已給去聲擬了-h 尾，同一系統裏不太可能存在兩個喉音韻尾。斯氏的觀點是：中古平聲開尾字在上古仍是開尾字；中古上聲開尾字在上古是帶-'的閉尾字；中古去聲開尾字在上古是帶-h 的閉尾字。他的根據是：平聲調開尾字與-k 尾韻有聯繫的很少，《詩經》裏只有 3 次，而上聲調，去聲調裏分別有 18 次和 19 次。

這樣，中古韻尾是-m、-n、-ŋ的上聲字，上古韻尾是*-m'、*-n'、*-ŋ'。但不存在韻尾-p'、-t'、-k'。斯氏還預計在上古早期存在韻尾-ʔs，這一方面是根據與*-ps,*-ts,*-ks 類似，一方面有異讀字來證明。不過*-ʔs 在《詩經》時代是*-ʔh，後為是*-h。

斯氏的結論是：在上古有兩種類型的韻尾：*p、*t、*k、*m、*n、*ŋ、*ć、*ø 和後綴*ʔ、*h。後綴與韻尾相組合還可形成*mʔ、*nʔ、*ŋʔ、*mh、*nh、*ŋh。這裡，純韻尾是：*p、*t、*k、*m、*n、*ŋ、*ć、*ʔ、*h。斯氏認為，在上古大多數韻尾是純韻尾。

塞韻尾

斯氏給上古音構擬了 5 個塞韻尾：p、t、 k、ć、kʷ，後兩個是鄭張先生和白一平所沒有的，比較特殊。ć這個韻尾我們前文已介紹了，它是後起的韻尾，來自帶-s 的韻尾組合。從早期上古漢語向前上古的演變是：

-ps,-ts → -ć

-js → -ć（在窄的非唇化元音後）

與-p、-t、-k 不同，-ć沒有相對應的鼻響音韻尾（而-p → -m,-k → -ŋ,-t → -n），也就是沒有鼻化的對應體，kʷ也沒有。斯氏把沃部分為兩小類：沃 A、沃 B，其中沃 B 沒有對應的鼻音韻尾。藥部的兩個小類藥 A 和藥 B 也都沒有鼻化對

應體，斯氏把這三小類（沃 B、藥 A、藥 B）的韻尾擬成-kʷ，認為它們在上古是唇化的。白一平也把藥部和覺部各分兩小類，並把藥 A、藥 B 和覺 B（相當於沃 B）擬成-wk。分法與斯氏完全一樣，只是擬音略有不同。鄭張先生則把相當於斯氏藥 A、藥 B、沃 B 的韻尾定為-ug＜wG。可見，三位學者一致認為藥 A、藥 B 和沃 B 應獨立出來有一個唇化的韻尾（很多學者並不持這種觀點），只是具體擬音略有差異。

濁韻尾

斯氏和多數學者一樣，認為上古的濁韻尾除了鼻音-m、-n、-ŋ外，還有非鼻化的響音韻尾。斯氏一共構擬了 3 個：-r、-j、-w。

斯氏所擬的*-r 在中古主要發展為-n。高本漢也給上古擬了韻尾*-r，但高氏和斯氏的韻尾*-r 內涵並不一致：高氏所擬的韻尾*-r 在斯氏的系統裏有對應*-r（是少量中古方言的字）的，但主要對應著*-j。而斯氏擬成*-r 的大多數字對應的是高氏的*-n，如：單，斯氏 tār，高本漢tân；乾，斯氏kār，高本漢kân；端，斯氏tōr，高本漢 tuân。不過斯氏所擬的*-r 到了中古也有一部分發展成-ø 和-j，斯氏把這看成是某種方言的演變，即在上古的某種方言裏，*-r 不是演變成-n，而是-j。斯氏所擬的*-r 韻尾主要分佈於文部和元部的小韻類裏，這些小韻類不與文部、元部的其它小韻類互押，而且一定不是二等字，這符合在同一字裏不允許同時有介音*r 和韻尾*r 的規則。

除了濁韻尾*-r 和*-j 外，斯氏還構擬了*-w。帶有*-w 韻尾的韻部是幽 B、宵 A、宵 B，因為這些韻部的上聲和去聲字有韻尾*wʔ和*wh，這實際上與ʔʷ和hʷ很接近，可以和帶*-kʷ韻尾的字相押。

濁韻尾*-r、*-j、*-w 都分別有相應的上聲調和去聲調，所以還有*-rʔ、*-rh、*-jʔ、*-jh、*-wʔ、*-wh。

綜上所述，斯氏所擬的上古韻尾列表如下：

	塞 韻 尾	濁 韻 尾					
		鼻 韻 尾			非鼻化韻尾		
唇音	p	m	mʔ	mh			
齒音	t	n	nʔ	nh	r	rʔ	rh
舌根音	k	ŋ	ŋʔ	ŋh	ø	ʔ	h
齶化音	ć				j	jʔ	jh
唇化舌根音	kʷ				w	wʔ	wh

從上古到中古，這些韻尾的變化如下：

（1）-ʔ和-h 脫落了，在相應的字裏出現了上聲和去聲；

（2）-ć演變成-j（在前元音的後面還演變成-ø），並且在相應的字裏出現了去聲；

（3）-kʷ演變成-k（在這種情況下有時引起上述元音的唇化）；

（4）-r 演變成-n（而在某些方言裏大概還演變成-j 或-ø，取決於上述元音）；

（5）-j 和-w 保留下來，但在某些元音後，-j 演變成-ø。

1.1.11 韻母系統

斯氏研究這一時期上古韻母系統所用的材料是：《詩經》、《老子》、《荀子》、《楚辭》。具體的研究方法是：

①討論每一個韻部之前先列出該部的中古韻母材料，分成一等、二等、三等、重紐 A 類，並且再按平、上、去聲分列（入聲韻部除外），條理清晰。

②列出這些中古韻母的上古來源，它們當然有共同的元音，如果不同（如元部等）則分別列出。

③對特殊的擬音做解釋說明。

④ 歸納該部韻母的發展全圖。

這一部分是斯氏上古韻母系統的重點，我們將放在「1.3 異同」一節與鄭張先生的韻母系統做對比時再詳細介紹。

1.1.12 六元音系統

斯氏的上古韻母系統裏主元音也是 6 個：i、e、ə、a、u、o。與鄭張先生的區別只在之部的主元音不同，斯氏沿襲舊說，仍從高本漢作ə，而鄭張先生主張用u的不圓唇音ɯ。

元音和韻尾的組合：我們先來看一下斯氏的上古韻母系統（分 57 類韻類）（鄭張 2003：64）：

	-p	-m	-t	-n	-r	-k	-ŋ	-0	-ć	-j	-kw	-w
i	緝B	侵B	至	眞	O	O	O	O	脂F	脂B	沃B	幽B
e	葉B	談B	月B	元B	O	錫	耕	支	祭B	脂D	藥B	宵B
ɔ	緝A	侵A	質A	文A	文C	職	蒸	之	脂E	脂A	O	O
a	葉A	談A	月A	元A	元D	鐸	陽	魚	祭A	歌A	藥A	宵A

| u | o | o | 質ʙ | 文ʙ | 文ᴅ | 沃ᴀ | 中 | 幽ᴀ | 脂ɢ | 脂ᴄ | o | o |
| o | o | o | 月ᴄ | 元ᴄ | 元ᴇ | 屋 | 東 | 侯 | 祭ᴄ | 歌ʙ | o | o |

上文已經介紹了斯氏所擬的上古韻尾，除了常見的收唇、收喉、收舌韻尾外，還有齶化韻尾等。鄭張先生把斯氏的韻尾分爲五類，現在我們來一一介紹。收喉各部（韻尾爲-k、-ŋ、-ø）與鄭張先生所擬很像，都是一部一元音，只不過沒有與元音 i 相配的收喉韻尾，出現了三個空檔。收唇、收舌各部則比較雜亂，大部分韻部都分爲幾個小分部（上古韻類），有的甚至一部再分爲 7 個小韻類，如脂部。在鄭張先生的體系裏，脂部只分爲 2 個韻類，白一平的脂部只有一類。

總的來看，斯氏的 57 韻類與鄭張先生的 58 韻類相比，空檔較多：斯氏有 15 個空檔，鄭張先生只有 2 個空檔。齶化韻尾-ć比較特殊，收此尾的只有脂、祭兩部。

1.2　鄭張先生的韻母系統

同聲母系統一樣，由於鄭張先生的上古韻母系統沒有與斯氏相應的歷史分期，我們直接做綜合的介紹，如果不做特殊說明，那麼所指的是《詩經》時代的韻母系統，相當於斯氏的「前上古時期」。下文比較的重點也是這一時期。

1.2.1　介音問題

鄭張先生認爲，上古只有三個介音：w，j，r，他稱它們爲後置墊音。鄭張先生（2003：169）指出，上古沒有元音性介音，「事實上元音性介音都是後起的，今天的廣州話、老派溫州話中元音性介音還很缺乏」。高本漢所擬的 u 介音應該取消，上古只應有一種圓唇成分 w，他的理由是：無論上古還是中古，收喉各部的合口介音都只限於喉牙聲母。這說明原來只有一套帶圓唇成分 w 的 k 類聲母，如果有合口介音 u，它的分佈不會如此有限。此外，高本漢所擬的介音 i 鄭張先生主張也應該取消，理由是「四等韻主要來自上古前元音 i、e，而 i 介音是前元音分裂複化後才產生的。」

鄭張先生贊成李方桂給二等字擬的捲舌化介音 r，但同 w、j 一樣，他稱 r 爲墊音，只是在分析韻母時把 r 看成準介音。受共同壯語和現代武鳴話的啓發，他認爲，漢語的二等介音經過了如下變化：

r＞ɣ＞ɰ/ɯ＞j＞i

除了二等有 r 外，鄭張先生指出，在唇、牙、喉音，即三等 B 類字裏也有 r 存在。當然，李方桂給三等的莊、知組裏擬的 r 介音他也贊成，這些三等字都有與來母通轉的。

1.2.2　元音長短與「等」

三等韻和一、二、四等韻好像總是隔隔不入，天生就要分為兩類。首先，中古各韻四等的分配不均勻，三等韻自己的韻數佔了 49%，近一半，一、二、四等韻一共占 51%。但對這種現象多數學者認為是在中古帶不帶 j/i 介音的對立，鄭張先生則進一步追問：上古是否也如此？斯氏也有同樣的疑問，因為二位先生都看到了這一事實：「漢語的各親屬語言中齶化音跟非齶化音不是平列的兩類，並不均等，而且都是非齶化音大大多於齶化音的。」（鄭張尚芳 2003：172）鄭張先生通過漢語親屬語言跟漢語的同源詞比較得出結論：漢語三等的齶介音是後起的。

但三等韻和一、二、四等韻之間除了齶介音問題外還有區別：從聲韻配合關係看，一、二、四等韻拼的都是十九母，而三等韻所拼聲母要超過十九個。於是鄭張先生設想，它們應該是對立的兩類，原來有兩類對立的元音。從漢藏系語言的情況看，元音對立的三種形式（長短、鬆緊、捲舌與否）中長短對立最普遍。他舉了許多親屬語言中的類似情況，而且發現今天漢語方言也存在元音長短的對立。古代的術語「緩氣」、「急氣」也指元音長短。

那麼，一、二、四等和三等，長元音和短元音之間有怎樣的關係呢？鄭張先生從粵方言、溫州方言和親屬語言中找到了答案。特別是獨龍語，長短音保留得很完整，六個固有元音都分長短，並且都與不同韻尾結合，獨龍語中讀長元音的詞多跟漢語的一、二、四等字相對應，讀短元音的多跟三等字相對應。還有，侗臺語如武鳴壯語和龍州壯語中，漢語影母字的同源字，三等讀短音，一、二、四等讀長音。

鄭張先生進一步設想，三等裏i介音的增生就是由於三等字原來只有短元音，它的出現起了一種均衡音節使之與長元音等長的作用。i的增生過程，大概經過鈍元音前為ɯ/ɨ，然後銳元音前為i的階段。

這樣，鄭張先生的上古韻母系統裏，六個元音都有長短對立，它們的長短

與等的具體對應關係他列表為：

元音長短		聲母墊音	銳元音*i*e	鈍元音 *a*ɯ*u *o
長元音	甲	-0-、-l-	四等	一等
	乙	-r-	二等#	
短元音	甲	-0-、-l-	三A（重四，重唇、但越語 t 化）	三C（輕唇化）
	乙	-r-	三B（重三，重唇）#	三D（庚蒸幽鈍聲母字）（重唇）#

關於長短元音之間的叶韻問題，鄭張先生指出，古音長短元音音值的一致性大，相叶應該比較容易，並舉了瑤語長短元音叶韻例。不像現在許多語言中長短元音往往音值已不一致，相葉自然不易和諧。

1.2.3　六元音系統

鄭張先生主張，上古有 6 個元音，即：i、ɯ、u、o、a、e,其中閉元音（高）為 i、ɯ、u；開元音（低）為 e、a、o。a 是最低的元音，也是音系的基準點，鄭張先生接受汪榮寶的考定，定 a 為上古魚部的元音。

下圖是鄭張先生（2003：168）所擬的上古韻母組合結構表：

		i	ɯ	u	o	a	e
A.收喉	-∅	脂（豕）	之	幽（流）	侯	魚	支
	-g	質（節）	職	覺	屋	鐸	錫
	-ŋ	眞（甸）	蒸	終	東	陽	耕
B.收唇	-w	幽（叫）	幽（攸）	= u	宵（夭）	宵（高）	宵（堯）
	-wG	覺（弔）	覺（肅）	= ug	藥（沃）	藥（樂）	藥（的）
	-b	緝（執）	緝（澀）	緝（納）	盍（乏）	盍	盍（夾）
	-m	侵（添）	侵（音）	侵（枕）	談（凡）	談	談（兼）
C.收舌	-l/ i	脂	微（衣）	微（畏）	歌（戈）	歌	歌（地）
	-d	質	物（迄）	物（術）	月（脫）	月（曷）	月（滅）
	-n	眞	文（欣）	文（諄）	元（算）	元（寒）	元（仙）

從上表發現，鄭張先生與高本漢、陸志韋、董同龢、周法高、王力等人不同，把 i 定為上古的主元音而不是介音，這是一個十分有意義的重要突破。正如鄭張先生所說，各個語言裏元音中最主要的是 a、i、u。上古缺乏主元音 i 是極不正常的，這無法解釋上古-k 尾字如何變成了-t 尾字。對這一現象的解

釋，他運用了頻譜分析聲學的理論，引進銳音和鈍音的概念。s、t、n、i、e 為銳音，p、m、k、ə、ɯ、u、o 等是鈍音。語音學上有銳音和鈍音的對立，-t 和-k 即形成對立，如：曀和匿、乙和肒等。他通過分析對立兩組字的諧聲、通假、轉注的關係，認為「匿」、「肒」等字自古就收-k 尾，而「曀」、「乙」等收-t 尾的字可能從-k 尾轉來，發生轉化的條件是：由於前高銳元音 i 的影響使韻尾由鈍音變成了銳音-t。他發現，鼻音韻尾-in、-iŋ 也有類似關係，即中古-n 尾字，上古應來自-iŋ尾，鼻尾字同樣是以 i 為主元音才會引起-ŋ韻尾銳音化為-n。

鄭張先生的上古六元音中，i、e 為銳音，ə、ɯ、u 為鈍音沒有疑義，至於 a，他根據它在後世的發展斷定，上古漢語的 a 應是偏後的，所以列入鈍音之列。

收喉、收唇、收舌各部的元音分佈情況：

收喉各部陰、陽、入三類韻尾共 18 部，陰聲韻韻尾-ø 也列入收喉部分，因為元音起首舊稱深喉音，而舌根音稱淺喉音。陽聲韻收-ŋ，入聲韻收-g。它們都是一部一元音，元音比較分明。形成這種局面的理由很簡單，各部由於以喉音收尾，抑制了元音的發展演變，「元音多能保持本值，不像收唇各部元音容易出現央化位移，所以收喉各部因元音一致而異尾互叶的，比與非收喉各部相叶要多」（鄭張尚芳 2003：162）。

收唇、收舌各部的分佈：與收喉各部相比，鄭張先生所擬的收唇、收舌各部的元音分佈沒有限制，即 6 個元音都可以和收唇韻尾、收舌韻尾結合，空檔較王力、李方桂少得多。鄭張先生分析他們的系統空檔較多的原因是，收唇、收舌各部由於受韻尾的影響，元音發音空間變窄，不如收喉各部那樣界限分明，結果導致合韻現象的產生。古音學者把合韻多的韻類合併為同部，就人為地減少了韻類，相應地就使韻尾結合出現了空檔。所以，他為把許多混為一部的韻類恢復原狀，就出現了上表中所反映出的一部又分為兩至三個小類的局面，收唇、收舌各部都無一例外，每一韻部都分為二、三個小類。這樣，鄭張先生的體系中，上古共有 58 個基本韻類，若把上聲-ʔ尾 35 韻、去聲-s 尾 58 韻加上則韻數達 151 韻。

1.2.4 韻尾和聲調

鼻音韻尾：與各家所擬一致，鄭張先生認為上古有-m、-n、-ŋ三個鼻音韻尾。

塞音韻尾：多數學者把上古的塞音韻尾擬作-p、-t、-k，鄭張先生則擬了三個濁塞尾：-b、-d、-g。理由有：

①俞敏先生在其著名的《後漢三國梵漢對音譜》中提出，漢魏時期的入聲應收濁塞音，同藏文一樣是-b、-d、-g。

②鄭張先生找到了許多今方言的證據論證了上古應為濁塞尾。

③如把上古的塞尾擬成濁的，對說明-d＞-r（唐西北方言），-l（朝鮮譯音）也更方便。

流音韻尾：鄭張先生給歌部字、微部字和一部分脂部字構擬了流音尾-l，後來-l→-i。

唇化舌根音尾：鄭張先生贊成賴惟勤、李方桂等人給覺、藥部構擬的唇化舌根音尾，指出這種韻尾在現今達斡爾語中也有。但他主張改為-ug（＜-wɢ，-ɢ前易生 w），因其看到這種韻尾在漢方言中常表現為-uk。此外，和斯氏、白一平一樣，鄭張先生也給宵部字和一部分幽部字擬了韻尾-w（＞-u）。

喉音韻尾：鄭張先生和斯氏、白一平一致採用奧德里古、蒲立本的上聲來自-ʔ尾說，所以又增了-ʔ、-mʔ、-nʔ、-ŋʔ四個韻尾。鄭張先生還指出-ʔ更早時期來自-q尾。

噝音韻尾：鄭張先生和斯氏、白一平一致採用奧德里古、蒲立本的去聲來自-s（＞-h）尾說，所以又增了-s→h、-ms、-ns、-ŋs、-bs、-ds、-gs 七個韻尾。

鄭張先生曾在《上古韻母系統和四等、介音、聲調的發源問題》一文中總結了聲調與韻尾的關係，即下表：

	平　聲	上　聲	去　聲	入　聲
後置尾	-0	-ʔ	- s →h	
鼻　尾	-m　-n　-ŋ	-mʔ　-nʔ　-ŋʔ	-ms　-ns　-ŋs	
塞　尾			-bs　-ds　-gs	-b　-d　-g
伴隨調	33	35	31	3

我們在上表基礎上再擴充一下，即可全面反映鄭張先生的上古韻尾情況：

	濁　韻　尾							
	塞　韻　尾		鼻　韻　尾			非鼻化韻尾		
聲調	入聲	去聲	平聲	上聲	去聲	平聲	上聲	去聲
唇音	b	bs	m	mʔ	ms			
齒音	d	ds	n	nʔ	ns	l→j	lʔ	ls
舌根音	g	gs	ŋ	ŋʔ	ŋs	ø	ʔ	s→h
唇化舌根音	wG→ug					w→u	wʔ	ws

1.3　異　同

在這一節裏我們將分別歸納兩位學者上古介音、元音長短和「等」、韻尾和聲調、韻母系統四方面的異同。

1.3.1　上古介音

相同之處

（1）鄭張先生和斯氏都認爲上古只有三個介音：w、j、r。也就是說，他們都反對高本漢給上古擬的介音 i 和 u，這意味著兩位學者一致認爲，上古沒有元音性介音，中古的元音性介音是後起的。對此鄭張先生做了明確、詳細地論述，而斯氏沒有明確表示，但他的擬音反映了這一點。

（2）在鄭張先生和斯氏的上古系統裏，發展爲中古二等和重紐 B 類的字都帶介音 r，發展爲中古莊組的三等字也都帶介音 r。也就是，r 在兩者的上古系統裏，分佈大致一致：

鄭張先生	斯氏
二等字	二等字
三等 B 類字	部分三等幫系字、見系字
三等莊組字	部分三等莊、知組字

略微不同的是，鄭張先生的知組 r 爲冠音而非墊音。

（3）上古的 w 可以出現在各個等裏，分佈不受等的限制。

（4）輔音性的介音 j 在兩者的系統裏分佈都受限制，斯氏 j 的分佈見下文，鄭張先生的體系裏，j 出現在中古變章系和邪母的字裏。

不同之處：

（1）二位學者雖都認爲上古存在中間輔音 w、j、r，但對它們的叫法不同，

斯氏認爲它們是上古的 3 個介音，而鄭張先生始終沒有明確表示它們是介音，認爲它們是後置墊音，即使是在分析韻母時也只把 r 看成準介音。這是由於兩者的觀點不同：鄭張先生認爲這三個音是屬於聲母部分的，和韻母沒有關係，所以不能稱爲介音。

（2）在斯氏的系統裏，圓唇成分 w 正式演變爲介音 w 是在上古早期（公元前 5 至公元前 3 世紀）。而在鄭張先生的上古系統裏，圓唇成分 w 始終沒有轉化成介音，轉化發生在南北朝，且用 u 表示。

（3）輔音性的介音 j 在兩者的系統裏分佈也有區別，很明顯的一點是，鄭張先生的章系及邪母帶 j，斯氏不帶。此外，在斯氏的系統裏，介音 j 產生在西漢時期，個別的東漢時期才產生。不過出現的位置從他的字表上看，與他所描述的中古介音 j 的位置差別很大。中古的 j「只出現在元音 e 和 i 前，舌根音（喉音）和唇音聲母后」，「在一等鬆元音和二等捲舌元音前沒有介音 j；而三等緊元音前的介音 j 總是出現在嘛音聲母后」。據我們觀察，兩漢的 j 除出現在元音 e 和 i 前外，還出現在元音ə、a 前。如：「織」，西漢 tək → 東漢 tjək；「渚」，西漢 tá → 東漢 tjá等。至於這一時期 j 前的聲母也不僅僅是舌根音（喉音）和唇音，如「繡」，上古早期 siwh → 西漢 sjəwh；「愁」，上古早期 criwh → 西漢 ɕjəwh；「鳥」，上古早期 tíw → 西漢 tjə́w。三等緊元音前的介音 j 也不總是出現在嘛音聲母后，如：「穆」，上古早期 m（h）riuk → 西漢 m（h）rjəu；「臭」，上古早期 khiwh → 西漢 khjəwh；「炙」，西漢 tiak → 東漢 tjiak 等等。不過，發展爲中古一等的上古字裏的確沒有介音 j。部分二等字裏有介音 j，如：拜，上古早期 prēć → 西漢 prjáś；界，上古早期 krēć → 西漢 krjáś等。這樣，斯氏上古系統（西漢時期）裏介音 j 的分佈情況是：一等字裏沒有介音 j，部分二等、三等字裏有介音 j，四等字裏有介音 j。二等、三等字裏介音 j 的分佈是：

	二　等	三　等
幫組	×　✓	×　✓
知組	×	×
見組	×	✓
影組	×　✓	
精組（邪母）		✓
章組		✓

莊組	× ✓	× ✓
三等 B 類	×	
三等 A 類	✓	

注：×✓表示這組字一部分有介音 j。

　　儘管斯氏的介音 j 的分佈條件看起來不是很有條理甚至有點雜亂無章，但從他的字表中我們發現，斯氏和鄭張先生對於介音 j 的看法有一點是高度一致的，可以說也是十分重要的，即認爲漢語的介音 j 是後起的，不是原來就有的（筆者注：鄭張上古的 j 稱爲墊音）。斯氏所擬的 j 無論隨著後世的發展，j 進入了二、三、四等字的哪一等裏，但 j 最早都是在西漢時期才出現。兩者的這一高度一致有力地駁斥了某些學者提出的三等與一、二、四等隔隔不入是由於帶不帶 j 介音的對立。因爲帶 j 介音的中古三等字在上古原來是沒有 j 的，那麼本質上三等與一、二、四等的區別就與 j 無多大關係。要解決這一問題，看來需要另闢蹊徑了。兩位學者又一致發現了元音長短和「等」之間的微妙關係。

1.3.2　元音長短和「等」

相同之處：

　　在元音長短和「等」的關係上，斯氏和鄭張先生的結論是一樣的：一、二、四等韻和上古的長元音相對應，三等韻和上古的短元音相對應。在得出這一結論的過程中，二者都很重視這一現象：中古各韻四等的分配不均勻，一、二、四等共占一半，三等韻自己占近一半。這一現象與漢語的各親屬語言比起來顯得與眾不同，由此兩位學者自然把它們分爲了兩類。

　　2005 年底在復旦大學召開的漢語上古音國際研討會上，各國學者的發言使我們意識到，一、二、四等和三等分兩類的觀點已被多數人接受。但三等韻對應上古的短元音、非三等韻對應長元音的理論許多學者還沒有接受，包括新起三家中的白一平。法國學者沙加爾在近年出版的著作《上古漢語詞根》裏也談到了對這一理論的看法，「鄭張尚芳和 Starostin 的元音長短區別說（B 類爲短音，A 類爲長音）在漢代佛經對音中得不到證實，佛經翻譯中並無梵文長短音與漢語 A、B 兩類音節的對應（梵文短音與漢語上聲之間倒有較弱的對應關係）。」

　　佛經翻譯所反映的最早也是東漢的音，而鄭張先生和斯氏所說的上古元音長短對立主要是指《詩經》時代，東漢時期的對立已經開始破壞。以元音 a 爲

例，東漢時期短 a 已經變爲ɯa，無法與長 a 對立了（鄭張賜教）。斯氏和鄭張先生提出這一理論的依據是：盧謝語（斯氏）、獨龍語、廣東話、苗瑤語、壯侗語（鄭張），它們很好地保留了元音長短的對立。鄭張先生（2003：175）還從漢語內部材料出發，認爲「緩氣」、「急氣」這一對立術語實際指的是元音長短。

不同之處：

證明這一對應關係成立的材料不同，鄭張先生依據的主要是獨龍語材料（前文已述），此外還有武鳴壯語和龍州壯語中影母字的對應關係。而斯氏的根據是盧謝語裏元音長短和「等」之間嚴整的對應關係。兩者運用不同的材料卻得到了一致的結論，且發表時間也很接近，眞可謂英雄所見略同。當然，在把一、二、四等和三等分爲兩類時鄭張先生還有個依據就是：一、二、四等韻拼的都是十九母，而三等韻拼的要超過十九母。

我們來把兩位學者所擬的元音長短和「等」的關係做一對比，分析其中的異同：

鄭張先生（2003：184）：

元音長短		聲母墊音	銳元音*i、*e	鈍元音 *a、*ɯ、*u、*o
長元音	甲	-0-、-l-	四等韻	一等韻
	乙	-r-	二等（可拼莊系）	
短元音	甲	-0-、-l-	三 A（重紐四等，後代保持重唇音但唇音字在越南語中舌齒化的韻）	三 C（後代發生輕唇化的韻）
	乙	-r-	三 B（重紐三等，後代保持重唇音的韻）（可拼莊系）	三 D（庚、蒸、幽鈍聲母字，後代保持重唇音的字）（可拼莊系）

斯氏（1989：P96）：

上　古　音	中　古　音
長的非前元音	一等
r+長的非前元音	二等
長的前元音	四等
r+長的前元音	二等
短的非前元音	三等
r+短的非前元音	三等
短的前元音	四等 A 類
r+短的前元音	三等

通過比較，我們不難發現，兩者竟然十分相似。我們把它們統一列成一表即：

上 古 音	中古音（斯氏）	中古音（鄭張）
長的非前元音	一等	一等韻
r+長的非前元音	二等	二等（可拼莊系）
長的前元音	四等	四等韻
r+長的前元音	二等	二等（可拼莊系）
短的非前元音	三等	三 C
r+短的非前元音	三等	三 D
短的前元音	四等 A 類	三 A
r+短的前元音	三等	三 B

前四行兩位學者的觀點完全一致，後四行由於斯氏沒有細分三等韻的特徵，不好立即下結論，讓我們來考察一下。

（1）後四行中，倒數第二行兩位學者的觀點一致，即斯氏的四等 A 類相當於鄭張先生的三 A，它們的共同特徵是具有短的前元音。

（2）由於斯氏的中古系統裏沒有分出一個三等 B 類字，這樣，最後一行中，鄭張先生的三 B 與斯氏所列的「r+短的前元音」不完全相符，因為他的三 B 類字是指重紐三等，後代保持重唇音的韻，可拼莊系。有時鄭張先生的三 B 類字包括他的三 D 類字。這些三 B 類字的元音並非都是前元音，a、ɯ、o、i、e 都可作三 B 類字的元音。另一方面，鄭張先生列為三 B 的字，斯氏給其所擬的元音也是不分前、後的，如 a、i、o、ə、e 都做過三 B 類（鄭張先生所列）字的主元音。

（3）倒數第三行中鄭張先生的三 D 類字是指庚、蒸、幽鈍聲母，後代保持重唇音的韻，可拼莊系。但鈍聲母字並不等於元音是非前元音，如幽部字「謬」，鄭張先生擬為 mrɯws，斯氏則擬為 mriwh。若不比較兩者對同一個字的擬音，那麼鄭張先生的三 D 類字的確符合「r+短的非前元音」。

（4）倒數第四行中鄭張先生的三 C 類字是指後代發生輕唇化的韻，如「腹」，鄭張先生擬為 pug，斯氏擬作 puk；「婦」，鄭張先生擬作 bɯʔ，斯氏擬作 bə?；「富」，鄭張 pɯgs，斯氏 pəh；「符」，鄭張 bo，斯氏 b（r）o；「夫」，鄭張 pa，斯氏 pa；「飛」，鄭張 pɯl，斯氏 pəj；「豐」，鄭張 phuŋ，斯氏 ph（r） uŋ；等等。總之，查看兩位學者所製的字表，三 C 類字的確沒有前元音 i、e，兩者都認爲這類字的元音應是非前元音。所以這一行的三 C 與「短的非前元音」是相符的。

　　總之，通過上文的對比，我們已經看到，兩位學者對「元音長短和等」之間關係的處理竟然達到高度的一致。不僅是等與長短音的對應關係完全一樣，而且對元音前、後（鄭張先生稱爲銳、鈍）和等的關係的分配也極其相似。雖然三 B 類字我們通過考察（主要依據鄭張先生《上古音系》裏的古音字表）發現元音並不都是前（銳）元音 i、e，其來源還有 a、o、ə等（只分 AB 不用 CD 時也包括 D），但按照鄭張先生所製的「元音長短與等」的關係表來看，三 B 類字是與斯氏的「r+短的前元音」完全一致的。這樣兩者對此問題的處理就沒有任何區別了。這在上古音研究史上也是不多見的，兩位學者各自獨立研究，沒有交流，卻幾乎同時得出了相同的結論，而且所依據的是完全不同的材料。這一結論應該引起學界的重視。

1.3.3　六元音系統

相同之處：

　　（1）兩位學者都採用六元音系統，這與董同龢所擬的 20 個主元音、蒲立本所擬的ə、a 二元音相比，更符合一般語言元音系統的特點，即 a、i、u、e、o 五元音系統最爲常見。

　　（2）兩位學者都把上古魚部定爲 a，認爲高本漢所擬的 o 不是上古早期音，而是漢代以後的音。這樣，兩者的收喉韻部魚、鐸、陽的主元音都是 a，葉（盍）、談、歌、月、元、祭、宵、藥各部也都有一韻類的主元音是 a。

　　（3）兩位學者不同於以往的上古音研究者，一致認爲元音三角中的 i、u 是主元音中所不可缺少的。從全世界六千種語言的元音系統看來，元音三角 i、u、a 是必不可少的，一種語言中沒有這三個元音是不可思議的。鄭張先生和斯氏不僅否定了舊說（上古沒有元音 i），而且一致認爲脂部的主元音是 i，幽部的是 u。

　　（4）兩位學者都贊同王力的觀點，認爲支部的主元音是 e，侯部的是 o。這樣，收喉六部支、錫、耕、侯、屋、東的擬音基本一致，即 e、eg（ek）、eŋ、o、og（ok）、oŋ。

（5）關於幾個韻部再分為小部（上古韻類）的元音安排上，兩位學者也有相同之處：

①宵、藥、葉、談四部斯氏把它們一分為二，元音是 e、a。o 元音處是空檔。鄭張先生把這四部一分為三，o 元音處沒有空檔，所以這四部的元音都包括 e、a、o 三個。白一平介於斯氏和鄭張之間，宵、藥一分為二，元音是 e、a；盍、談則一分為三，元音是 a、e、o（筆者注：鄭張先生賜教，藥部字少，o 的設定的確還要斟酌）。

②月、元、祭三部的元音兩位學者認為都包括三個：e、a、o。其中，月、祭二部兩位學者都一分為三，元部鄭張先生仍是一分為三，白一平也是，而斯氏則是一分為五。不過元部的五個小韻類的元音沒有 e、a、o 以外的。歌部鄭張先生和白一平也都一分為三，元音仍是 a、e、o 這三個。斯氏則將歌部一分為二，元音是 a、o。

不同之處：

之部的主元音，鄭張先生認為ɯ更恰當，斯氏則仍延用舊說，用的是ə。ə 從高本漢用作之部主元音以來，許多學者都採用了這一構擬。鄭張先生和黃典誠擬作ɯ依據的主要是方言材料。白一平將之部擬作ɨ。關於孰優孰劣我們將在下一節討論。

1.3.4　韻尾和聲調

相同之處：

（1）兩者都接受了奧德里古、蒲立本的上聲來自-ʔ、去聲來自-s（-h）的仄聲起源於韻尾的說法。

（2）兩者都擬了四個後來發展為入聲的塞韻尾，即斯氏：-p、-t、-k、-kʷ；鄭張：-b、-d、-g、-ug。

（3）兩者都擬了三個鼻韻尾，且它們的平聲和上聲形式完全一致，即：平聲-m、-n、-ŋ，上聲-mʔ、-nʔ、-ŋʔ。

（4）陰聲韻尾中兩者都擬了-ø、-w，它們的上聲形式分別是-ʔ、-wʔ，去聲形式也都接受-s→-h、-ws→-wh。

不同之處：

（1）塞韻尾一清一濁：斯氏構擬的四個入聲韻尾都是清塞音，即-p、-t、

-k、-kʷ，這一構擬是大多數學者所採用的。鄭張先生則把四個入聲韻尾都定爲濁塞音，即-b、-d、-g、-wɢ/-ug。採用-b、-d、-g爲韻尾的還有俞敏先生（1984）。-wɢ/-ug 這一構擬是在賴惟勤（日）和李方桂的唇化舌根音尾主張的基礎上改的。

（2）齶化韻尾一有一無：斯氏給上古漢語擬了四個齶化韻尾，即：-ć、-j、-jʔ、-jh。帶-ć韻尾的包括祭部字和一部脂部字，帶-j（及-jʔ、-jh）韻尾的包括歌部字和一部脂部字。這一點斯氏和白一平的構擬很相似，白一平也把全部歌部字擬爲-j 韻尾，脂部字則沒有一分爲二，全都擬作-j 韻尾。鄭張先生的上古系統裏完全沒有齶化韻尾，既沒有較特殊的-ć，也沒有極常見的-j。歌部字都擬作了-l（→-i）韻尾，脂部字一部分是-l（→-i），一部分是-ø，祭部字則是-ds 尾。他把-j 認爲是上古後期（漢代）後起的變化。

（3）唇化舌根音尾一新一舊：前文已提到，鄭張先生贊同（日）賴惟勤和李方桂提出的上古有唇化舌根音尾的主張，但他根據漢語方言常表現爲-uk 而改爲-ug（<-wɢ，-ɢ前易生 w）。斯氏沒有改，仍主張是-kʷ。

（4）去聲韻尾一今一古：鄭張先生和斯氏都贊成去聲源於-s 尾，也都認爲-s 後來變作-h，但在古音字表和上古韻尾系統表中，鄭張先生寫作-s，斯氏則給相應的去聲字定爲-h。形成這一差異的原因是兩者對-s → -h 的時間界定不同：斯氏的主張前文已述（見「斯氏的韻尾和聲調」一節），鄭張先生則根據在漢代還有反映-s 的拼音材料，而把-s 作爲上古漢語的去聲韻尾。

（5）斯氏認爲上聲調產生在公元前 5 到公元前 3 世紀，去聲調產生在公元3 世紀；鄭張先生則認爲四聲都在晉至南北朝之間產生。

1.3.5　韻母系統

爲了便於討論兩者韻母系統的異同，我們先來看一下兩家韻母系統表（鄭張尚芳 2003：64）：

1. 斯氏的韻母系統（分 57 韻類）：

	-p	-m	-t	-n	-r	-k	-ŋ	-0	-ć	-j	-kw	-w
i	緝 B	侵 B	至	眞	o	o	o	o	脂 F	脂 B	沃 B	幽 B
e	葉 B	談 B	月 B	元 B	o	錫	耕	支	祭 B	脂 D	藥 B	宵 B
ə	緝 A	侵 A	質 A	文 A	文 C	職	蒸	之	脂 E	脂 A	o	o

a	葉A	談A	月A	元A	元D	鐸	陽	魚	祭A	歌A	藥A	宵A
u	o	o	質B	文B	文D	沃A	中	幽A	脂G	脂C	o	o
o	o	o	月C	元C	元E	屋	東	侯	祭C	歌B	o	o

2. 鄭張先生的韻母系統（分58[64]韻類）：

	-0	-g	-ŋ	-u	-ug	-b	-m	-l／-i	-d	(-s)	-n
i	脂衣	質節	真電	幽勼	覺弔	緝揖	侵添	脂齊	質	〔至〕	真
ɯ	之	職	蒸	幽蕭	覺肅	緝澀	侵音	微尾	物迄	〔隊〕氣	文欣
u	幽媤	覺睦	終	×	×	緝納	侵枕	微畏	物術	〔隊〕	文諄
o	侯	屋	東	宵夭	藥沃	盍乏	談贛	歌戈	月脫	〔祭〕	兑 元算
a	魚	鐸	陽	宵豪	藥樂	盍	談	歌	月曷	〔祭〕泰	元寒
e	支	錫	耕	宵堯	藥的	盍夾	談兼	歌地	月滅	〔祭〕	元仙

比較兩表，我們發現：

相同之處：

（1）兩者的收喉各部都是一部一元音。除收喉部外，其它各部都含不止一個元音。

（2）收舌各部中，兩者都將月部一分爲三，元音都是 o、a、e 三個，除了韻尾所定的清濁不同外，月部的處理兩者是基本一致的。文部兩者雖然所分韻類的數量不同（鄭張先生分二類，斯氏分四類，但文部的主元音都集中在ɯ（ə）和 u 上。從本質上看，斯氏和鄭張先生都是將文部一分爲四的，且韻尾都是-n和-l（-r）。只不過鄭張先生採納了微、文分韻的主張，而斯氏沒有從文部中分出一個微部來。元部的情況與文部類似，雖然鄭張先生一分爲三，斯氏一分爲五，但兩者所擬的主元音都是 o、a、e。斯氏把元部的兩個小韻類定爲-r 尾是其特色。

不同之處：

（1）收喉各部中，元音爲 i 的三個韻類斯氏都處理爲空檔，即認爲上古沒有 ik、iŋ、i 這三個韻母。鄭張先生則依諧聲把它們確定爲脂、質、眞的一個韻類，即 ig 質（節）、iŋ 眞（電）、i 脂。此外，鄭張先生所定的覺部 ug 斯氏則定爲沃部。沃部在鄭張先生和白一平的體系裏都沒有，沃字本身屬藥部，但斯氏的沃部正相當於鄭張先生的覺部。中部和終部實際上也是同一韻部，即王力所定的冬部。這樣看來，收喉各部兩者的劃分是最接近的。

（2）收唇各部中，緝部斯氏分兩個韻類，鄭張先生分三個韻類；葉（盍）部斯氏分兩個韻類，鄭張先生分三個韻類；侵部斯氏分兩個韻類，鄭張先生分三個韻類；談部斯氏分兩個韻類，鄭張先生分三個韻類。具體的擬音區別是：鄭張先生認爲一部分緝部字元音是 u，一部分盍部字元音是 o，一部分侵部字元音是 u，一部分談部字元音是 o。而斯氏則沒有構擬這些韻類，把它們處理成空檔。

（3）唇化音中，斯氏把藥部、宵部都分爲兩類，而鄭張先生則分爲三類；斯氏把幽部、覺（沃）部共分爲兩類，收唇化韻尾的各一類，鄭張先生則把幽、覺（沃）二部共分爲三類，收唇化韻尾的各分兩類。

（4）收舌部中，斯氏將質部的兩個韻類都列入收舌系列，韻尾都是-t，只是主元音不同，而鄭張先生雖也將質部一分爲二，但認爲其中的一個韻類應收喉音尾，即收-g，另一韻類與斯氏處理一致。

（5）斯氏的體系裏沒有微、物二部。

鄭張先生把歌部、微部和一部分脂部擬作-l（→ -i），而斯氏把歌部和脂部的四個小韻類韻尾定爲收-j 的。

鄭張先生把與入聲字諧聲的去聲字獨立出來，擬成閉尾的-gs、-ds、-bs 等，而斯氏和大多數古音學家一樣，不區別來自入聲的去聲字和不來自入聲的去聲字，一律擬成開尾音。

總體看來，鄭張先生的體系空檔較少，只有兩個，而斯氏的有 15 個。

第二節　問題討論

2.1　元音問題

鄭張先生和斯氏、白一平都是六元音系統，這新起三家的分歧正如前文所述，是之部的擬音不同：鄭張擬作ɯ，斯氏擬作ə（同高本漢），白一平擬作ɨ。

之部主元音的擬測歷來爭議較大，我們總結一下各家的觀點，大致可分爲四派：高本漢、李方桂、王力等傳統一派影響最大，擬之部爲ə，斯氏即屬此派；鄭張先生、黃典誠則據方言和民族語擬爲ɯ，潘悟雲先生屬此派；美國的包擬古、白一平師生擬爲ɨ；金理新近著《上古漢語音系》將之部擬爲 e，別有新意。

我們來看一下 ɨ、ɯ、ə 這三個音在元音舌位圖上的位置：

$$i \qquad ɨ \qquad ɯ\ u$$
$$e \qquad\qquad o$$
$$ə$$
$$a$$

我們發現，三家沒有爭議的五個元音 i、e、u、o、a 正是藏語裏的五個韻腹元音，它們和漢語有這樣的對應關係（薛才德 2001：126）：

藏語	漢語
a	*a、*ia、*ua、*ə、*iə、*i
i	*i、*ə、*iə
u	*u、*ə、*iə
e	*ə、*iə、*a、*ia、*ua、*i
o	*u、*a、*ia、*ua、*ə、*iə

其中，藏語元音 i 和 u 跟漢語高元音和央元音對應，藏語元音 a 和 e 可以跟漢語*u 以外的所有元音對應，藏語元音 o 可以跟漢語*i 以外的所有元音對應。而漢語元音ə則可以跟藏語的所有元音對應，沒有任何條件和限制。鄭張先生認爲，漢語的元音ə是後起的，上古是沒有的。正如金理新（2002：348）所說，藏緬語中元音系統比較簡單的藏語和景頗語都只有 i、e、u、o、a 這五個元音。而「藏緬語有ɯ元音是普遍現象。藏緬語中除了藏語支一些語言外，普遍有ɯ元音」，如普米語蘭坪話、普米語九龍話、卻域語、貴瓊語、史興語、呂蘇語、獨龍語、阿儂怒語、達讓語、格曼僜語、博嘎爾珞巴語、義都珞巴語、仙島語、怒蘇怒語、彝語、傈僳語、哈尼語、拉祜語、基諾語、納西語、嘎卓語、土家語、克倫語等。其中土家語的單元音韻母只有 5 個，就含有ɯ。

學者們擬之部主元音爲ə的原因也許正像王力所說的，「之蒸對轉就好解釋了」。而鄭張先生將之部定爲ɯ，理由更加充分：一是之部和幽部押韻；二是根據武鳴壯語：「伺」sɯ⁵、「拭」sɯk⁷、「升」sɯŋ¹，他認爲擬之部爲ɯ同樣能解之、職、蒸對轉，而更有方言、民族語的根據，如閩方言用ɯ而不用ə、ɨ（鄭張尚芳 2003：60）；三是用ə、ɨ都不易解釋之部何以中古變出-u、-i 兩個韻尾，而用ɯ則容易說明這一演變過程：

ɯɯ＞əɯ＞ɐɯ＞ʌɨ＞ɨ「哈」（wɯɯ＞wʌɨ「賄」）

wɯ＞wu＞ɨu「有」

其中間變化段əɯ→ɐɯ→ʌɨ也跟林氏所擬 eü、俞敏所擬ɐi 的想法接近。收喉音尾的ɯŋ、ɯg 對蒸、職兩部（鄭張尚芳 2003：60）。

法國學者沙加爾（2004）採取的是白一平的構擬，之部為ɨ。元音ɨ作為高、央元音的確具有較強的區別性，但若把它納入六元音系統裏，則有一些麻煩。余迺永在《上古音系研究》中提出質疑：「幽部元音屬 u，則諧聲、詩韻何得叶其屬*ɨ元音之之部？昔林語堂感之部有中古哈、灰、尤、侯韻字，謂之古讀*ü、哈古讀 eü。」我們來看一下余迺永（1985：101）所引的「之、哈演變圖」（引自《支、脂、之三部古讀考》）：

	之（ü）	哈（eü）
唇音以 P 代表	pü ⎰ pwi（脂） ⎱ piu＞piəu＞peu（尤）	peü＞pweü＞pwoi＞pwai（灰）
h 音	hü ⎰ hi（之） ⎱ hwi（脂）	heü ⎰ hoi＞hai（哈） ⎱ hwoi＞hwai（灰）
舌尖舌叶音以 t 代表*	tü＞ti（之）	teü＞toi＞tai（哈）
舌後音以 k 代表	kü＞ki（之）	teü＞kieu（尤）
無聲母	ü＞i（之）	eü＞iəu（尤）

*余氏引作舌後音，據林氏原作改正。

李方桂對此早有反駁：之、哈於詩韻時相往來，謂 ü、eü得經常押韻，未免牽強。余迺永進一步提出質疑：之部元音既不為 ü，何得押 u 元音幽部？對白一平提出的以下異化構擬，余氏的反駁也很有力：

軌*kʷrju：→*kʷrjɨ：

九* kʷju：→*kʷjɨ：

余氏指出，「圓唇聲母與圓唇元音排斥，甚而與圓唇韻尾排斥，至少漢語有此特性；此點驗諸侯、屋、東與幽、覺、中、宵、藥等開、合口不對立之韻部可證。」對於余氏的反駁請詳見《上古音系研究》第 102 頁至 103 頁。

擬之部為ɨ也不容易解釋之、魚二部在《詩經》中的密切關係。請看下圖（符號「√」表示具備此特徵，「×」則表示不具備）：

	高	前	圓唇
i	√	√	×
u	√	×	√
e	（×）	√	×
a（魚）	×	√	×
o	（×）	×	√
ɨ（之）	√	×	×
ɯ	√	×	×
ə	×	×	×

很明顯，ɨ和a在舌位圖上的位置決定了它們的押韻關係不會太密切。若按白一平的構擬，ɨ和a在《詩經》裏則要大量押韻了。

到底把之部的主元音定成什麼更符合語音實際，這要結合諧聲、《詩經》用韻和同源比較來確定。從《詩經》用韻上看，正如金理新（2002）所說，之部和魚部在《詩經》裏的押韻關係非常密切，《詩經》中魚部和之部的通叶次數最多。段玉裁《六書音均表》中指出魚部還和侯部通叶，次數爲二。金理新對此提出質疑，認爲《詩經》中魚部和侯部很可能不存在通叶關係。金理新（2002：350）的考證很嚴密，較有說服力。即使魚部和侯部通叶成立，次數也是極有限的，而魚部和之部的通叶則是大量的。這方面金理新找到了很多例子，加上段玉裁、朱駿聲所列的例子，數量相當可觀。金理新還發現，《詩經》同一章中常常存在魚部和之部之間的轉韻。此外，金文中之部、魚部廣泛通叶也是有力證據。金理新用來證明之、魚兩部主元音十分接近的依據還有：

①漢藏同源對應中，魚部和藏語的 a 韻母語音對應是十分常見的。而除魚部外，上古漢語的之部和藏語的 a 韻母也存在大量的語音對應關係（可參看金理新 2002：355-356）。此外，之部還和藏文 od（或 ad）對應，如（施向東 2000）：

裁，*tsəg（施向東先生擬音，下同），《說文·衣部》：「裁，製衣也。」藏文 chod 裁，割斷，決斷。

辭，*ljəg，《易·繫辭下》：「吉人之辭寡，躁人之辭多。」藏文 rjod-pa 話，句子。

才，*dzəg，才作副詞古寫作裁。《後漢書·馬援傳》注：「裁，僅也。」

藏文 gzod 然後，才。

基，*kjəg，《爾雅·釋詁》：「基，始也。」藏文 rkhod 建立，創立（房屋等）。

姬，*kjəg，《列子·黃帝》「姬，將告汝」注：「姬，居也。」藏文 rkhod 坐，放置，在。

②上古漢語的魚部還和藏語的 o 元音大量對應，這一點之部如同魚部一樣。此外，之部的入聲職部與藏文 ag/og 對立，除金理新的例子外，筆者找到的例子是（上古音採用鄭張先生的構擬）：

漢　語	藏　語
*lɯg/b·lɯg 翼	lag 手
*nɯg 匿	r-nog 隱匿
*tjɯgs 織	thag 紡織，thags 織物
*djɯg 寔	drag 病癒，完全

③上古漢語中除了魚部外，充當語氣詞最多的就是之部字。這說明之部字和魚部字都具備充當語氣詞的特性，即「表達人們因某種感情激發而產生的一種自然聲音」（金理新 2002：353）。這正能說明兩者的主元音接近。

④上古漢語的之部和魚部之間存在主元音的替換。金理新推測，之部的主元音應該是一個和 a 讀音相近又可以和 a 交替的主元音。

金理新對將之部主元音擬爲ɨ的反駁我們是贊成的，但他將之部主元音定爲 e，我們又覺得論據並不充分。他的理由有：

①魚部和之部兩者都和藏語的 a/o 元音存在語音對應關係。之部跟藏語的 a/o 語音對應，而之部（主要是職部）也跟藏語的 ag/og 語音對應。魚部本應對應 a，之部對應 o，之所以會有魚部對應 o，之部對應 a 的現象是由於藏語的 a/o 是一對可交替元音。不過，金理新沒有簡單地擬之部爲 o，理由是，之部中古爲開口，構擬爲圓唇元音 o 是難以解釋之部的發展演變的，也無法解釋之部和魚部之間的押韻關係。在藏語的元音交替中，o 和 e 都是元音 a 的可交替元音。於是金理新作出結論，既然不是 o，那麼必然應該是 e。

②金理新（2002：365～366）找到了一些上古漢語的之部和藏語 e 元音之間對應的例子，如：滋，藏語 skje-ba；子，藏語 skjes-pa；時，藏語 de（那）；態，藏語 steg-pa；址，藏語 s-tegs；怡，藏語 b-de-ba 等。

③e 是一個開口度較大的元音，上古用於語氣詞也是十分適合的。

對於第一個理由，我們的疑問是，之部字中古都是開口的嗎？灰韻就是合口字。之部中古是有開口有合口的。若把之部元音擬爲 e，那麼如何解釋之部和幽部的大量通叶關係呢？e 和 u 的距離太遠了些，讓它們押韻有點困難。況且，漢越語、朝鮮文、白語蒸、職韻的元音也是ɯ。

對於第二個理由，上古漢語的之部和藏語 a、i、u、o 元音之間也都有對應的例子，如（參看薛才德 2001，上古音採用鄭張先生的構擬）：

藏語-a-	上古漢語之部字
ma「母親」	*mɯʔ ＞muʔ「母」
ma「表示陰性」	* mɯʔ ＞muʔ「母」
ma「根本」	* mɯʔ ＞muʔ「母」
btsaɦi（mo）「生育」	*ʔslɯʔ「子」
藏語-i-	上古漢語之部字
ɦbri「母氂牛」	*rɯ「氂」
ɦbri（ba）「寫畫」	*rɯʔ「理」
藏語-u-	上古漢語之部字
nu（ma）「乳房」	*njoʔ「乳」
nu（bo）「弟弟」	*njos「孺」
skru（ba）「乞求」	*gu「求」
khu（bo）「伯、叔」	*guʔ「舅」
dgu「九」	*kuʔ「九」
phru「糠秕」	*phuw「稃」
ɦphru（ba）「陶器」	*puʔ /pluʔ「缶」
ɦphru（ma）「衣胞」	*pruɯ「包」
藏語-o-	上古漢語之部字
ɦgro（ba）「世間」	*Gʷaʔ「宇」
sgro「翎」	*Gʷaʔ「羽」
sgro「高舉」	*la「舉」
ɦgro（ba）「往來」	*Gʷa「於」
tsho「聚」	*shoos「湊」
tsho「聚」	*zloʔ「聚」
gso（ba）「安慰」	*go「劬」
gso（ba）「醫治」	*kus「救」

況且，「滋」是否和藏語 skje-ba 對應，「子」是否和藏語 skjes-pa 對應，還有待商榷。一般認爲漢語「子」對藏文 sras 或 tsha，skj 是否能對精母字還待證。藏文 de（那）對「時」，更可以對支部的「是」。bde 對「怡」還不如對「禔」。stegs（階）對「址」，也不如對「墑」。steg 對「態」，但「態」聲符原是「能」，聲母是 n 不是 t。

對於第三個理由，金理新所提到的諸如「之」等語氣詞在上古主要是結構助詞。說上古的語氣詞一定要開口度大，好像證據還不夠充分。

小結：斯氏從高本漢給之部擬爲ə，我們覺得是不可取的。看漢藏同源詞就會發現，漢語的ə可以和藏語的任何一個元音對應，即ə和 a、i、u、e、o 都有對應關係。許多古老的語言裏沒有ə，不僅藏語沒有，緬語也沒有，日語的元音 a、i、u、e、o 和藏語一樣。朝鮮語有ɯ，並且和之部字對應，朝鮮語裏的ə對應的卻是上古的魚部字。白語裏的ɯ也和漢語的之部字對應。ə這個央元音是個相當自然的音，很容易從其它元音演變而來。

2.2　介音問題

2.2.1　上古有無元音性介音

自從高本漢給上古漢語擬了元音性介音性介音-i-後，很多學者都認爲上古和中古一樣，有元音性介音的存在。我們來看一下各家的觀點：

1．高本漢：高氏給上古漢語擬了-w-、-ĭ-、-i-三個介音。其中，元音性介音-i-出現在發展爲中古的四等韻裏，-ĭ-則用在發展爲中古的三等韻裏。

2．董同龢：董氏（1944：63）認爲，「中古是有一種介音-i--，在三等韻的帶輔音性，在四等韻的帶元音性而已。」「不過在上古，分別三等韻與四等韻的介音-i-卻是必不可省的」。即董氏認爲，上古有介音-i--和-ĭ-的不同：帶輔音性的-ĭ-的字，中古發展爲三等字，帶元音性的-i-的字，中古發展爲四等字。如：要*·ĭog→·(j) ĭäu：麼*·iog→iou。至於合口介音，董氏認爲上古只有一個合口介音-w-。

3．雅洪托夫：雅氏（1986：206）的觀點很特別，他認爲「上古漢語中，在聲母和基本元音之間可以出現不同的、不構成音節的 i 類音。它們約有 4 個。」不過這些「介音都被簡化了：它們通常寫作ĭ；只是在中古，介音如果影響主

要元音變爲e，或引起了聲母的特殊變化的情況下才寫作i」。「在上古漢語典範時期（筆者注：大致指公元前三世紀）出現了新介音：u」。

4·陸志韋：陸氏（1947：104）沒有對上古漢語的介音做專門的討論，不過我們看他的擬音不難發現，他至少給上古漢語擬了-w-、-i-、-ɪ-三個介音，它們又可以組成兩個複合介音-ɪw-、-iw-，請看：

咍 əg	尤（ɪəg）	之 iəg
灰 wəg	ɪwəg	（iwəg）
德 ək	屋（ɪək）	職 iək
wək	ɪwək	iwək
登 əŋ	東（ɪəŋ）	蒸 iəŋ
wəŋ	ɪwəŋ	（iwəŋ）

5·蒲立本：蒲氏（1962：52）認爲輔音性介音-ɪ-/-j-不是上古漢語本有的，而是後起的。從他的構擬中可以看出，合口介音-w-上古漢語已經存在了。他沒有擬元音性的介音-u-。那麼可以說，蒲氏也認爲上古沒有元音性介音，他甚至認爲，連輔音性介音-ɪ-/-j-上古也沒有。

6·潘悟云：潘氏認爲中古二等和重紐三等字在上古帶介音-r-。他同時贊成鄭張先生的觀點，即介音i是後起的。

7·王力：我們看看王氏（1985：50）所擬的先秦古韻元部的音值：

開一寒	an	合一桓	uan
開二刪山	ean	合二刪山	oan
開三元仙	ɪan	合三元仙	ɪuan
開四先	ian	合四先	iuan

王氏認爲，先秦古韻的「開口一等無韻頭，二等韻頭e（或全韻爲e），三等韻頭ɪ，四等韻頭i，合口一等韻頭u，二等韻頭o，三等韻頭ɪu，四等韻頭iu。」顯然，王氏的上古系統裏既有元音性介音又有輔音性介音，介音系統比較複雜。

8·羅常培：羅常培先生關於「周秦古韻的擬音」一直沒有發表，我們把他的手稿部分摘錄如下：

（一）薹絲得類

（甲）薹部（段第六部，王江孔章蒸部，戴膺部，黃登部）

登等嶝　*-əŋ　　　　　　*-wəŋ

蒸　　　*-ɨəŋ

　　　　　東（弓）*-ɨwəŋ

（乙）絲部（段第一部，王江孔章之部，戴噫部，黃咍部）

咍海代半　*-əɡ　　　　　灰賄隊半　*-əɡ

之止志　　*-iəɡ　　　　　脂旨至半　*-ɨwəɡ

　　　　　　　　　　　　尤有宥半　*-ɨwə̆ɡ（k-，p-）

　　　　　　　　　　　　厚　　　　*-wə̆ɡ（ᶜp-）

（丙）得部（段附第一部，王江孔章之部，戴億部，黃德部）

德　　　*-ək

職　　　*-ɨək　　　　　屋（服）　*-ɨwə̆k

麥半　*-ə̆k　　　　　　　　　　　*-wə̆k

從中我們不難看出，羅常培先生給上古漢語構擬了三個介音：-ɨ-、-i-、-w-，它們可以組成兩個複合介音-ɨw-、-iw-。

上面我們介紹了各家對上古介音的看法，鄭張先生和斯氏的觀點在前文已談過，即他們都沒有給上古漢語構擬元音性介音。和他們的主張一致的是蒲立本、雅洪托夫、潘悟雲幾位先生。這裡較一致的看法是：上古沒有合口介音 u，中古的介音 u 是後起的。鄭張先生主張取消 u 介音的論據非常充分，即「不論上古、中古，在收喉各部合口介音都只限於喉牙聲母，舌齒聲母後是沒有的（幫系是唇音，無所謂開闔）。這合於廣州話、老派溫州語，應是原來的面目，即原只有一套帶圓唇成分 w 的 k 類聲母。舌齒音帶合口介音只在收舌各部出現，上面說過，這些音原來讀 u、o 元音，後來分裂複化 u＞uə；o＞ua/-d-n-i（-l）」。雅洪托夫（1986：202）在 1965 年發表的《上古漢語》一文中也有類似主張：「公元前三世紀末以前，如果不考慮新聲調（去聲）的出現，漢語韻母系統的變化是很小的。《詩經》和屈原的詩相距幾百年，但韻幾乎是一樣的。出現的唯一新現象是舌尖音前面的唇化元音的『分裂』：在 n，t、r 和 s（ps、ts、rs 中的 s）之前的 u 變成了 uə，o 變成了 uä（如，un→uən，ot→uät 等等）。因此，漢語

中出現了新的介音：u」。看來取消上古的合口介音 u 是沒有問題的。不過，取消上古漢語的元音性介音 i 好像比較麻煩。上文談到的各家中，高本漢、董同龢、陸志韋、羅常培等學者都給上古漢語構擬了元音性介音 i。其中，陸志韋先生還多擬了一個元音性介音ɪ。

鄭張先生和斯氏都沒有給東漢以前的上古漢語構擬介音 i，他們和李榮、陸志韋一樣，都主張中古四等韻原來沒有介音 i，i 是後起的（但後起的具體時間鄭張和斯氏的觀點不同）。對此問題李榮先生在《切韻音系》裏曾設專章討論，他認為「在切韻音系裏四等沒有[i]介音，主要元音是[e]，反切分組的趨勢跟聲韻配合的情形，這兩個困難全可以避免。一二四等全沒有[i]介音，三等有[i]介音，所以反切上字為求介音和諧，有分組的趨勢。一二四等全沒有[i]介音，所以不跟前齶音章[tś]組拼。我們取消四等的[i]介音，照樣可以解釋方言的音變。據高氏說法，[i]介音後面的主要元音總是[e]，主要元音[e]前頭總有[i]介音，[ie]老在一塊兒，[ie]能解釋的方言音變，[e]也能解釋。」李榮的這段論述切中要害，很難反駁。陸志韋先生也主張放棄 i 介音，不過他只是說在純四等韻裏不必擬 i 介音，而並不是他的上古體系裏完全取消了介音 i。這就使「上古有無元音性介音」這一問題變得複雜起來。前文提到的蒲立本、雅洪托夫等人都沒有明確提出上古沒有元音性介音，雖然他們的構擬反映了這一點。第一個明確主張應該取消元音性介音的學者是鄭張先生，他認為「四等韻主要來自上古前元音 i、e，而 i 介音是前元音分裂複化後才產生的（i 易複化為 ei，e 前易增生過渡音 i）」，由此鄭張先生（2003：169）主張應該取消 i 介音。

斯氏雖然沒有明確提出「上古沒有元音性介音」，但從他的論述和古音字表中我們可以斷定，他沒有給東漢以前的上古漢語構擬元音性介音 i。而且他的韻母系統的某些韻部上古到中古的發展過程也呼應了鄭張先生的觀點「i 介音是前元音分裂複化後才產生的（i 易複化為 ei，e 前易增生過渡音 i）」，請看他對脂部、至部、祭部、月部的處理：

韻部 24（脂 F）		
上古	中古	
	齒音、舌根音和唇音聲母	唇化聲母和 w-
ī ć	ǐej	wǐej

韻部 28（至）		
上古	中古	
	齒音、舌根音和唇音聲母	唇化聲母和 w
īt	iet	wiet

韻部 30（祭 B）		
上古	中古	
	齒音、舌根音和唇音聲母	唇化聲母和 *w
ếć	ìej	wìej

韻部 33（月 B）		
上古	中古	
	齒音、舌根音和唇音聲母	唇化聲母和 *w
ēt	iet	wiet

2.2.2　中古漢語的三等介音是否後起

中古漢語四等介音後起說經陸志韋、李榮等學者提出、論證後現在已為多數人接受，而三等介音的上古來源問題仍是討論的一個熱點。我們先來看一下各家對此問題的處理：

1·高本漢一派：高氏對中古的三等韻除止攝外都擬了介音ḭ，止攝高氏對其是否有齶介音還不太肯定，於是一律以（j）表示。這樣，無論是純三等韻、一般三等韻還是重紐韻，介音沒有區別，都是輔音性的。他對上古漢語介音的處理可以說和中古沒有什麼大的區別，即高氏認為中古漢語三等介音的上古來源還是ḭ，這似乎是自古就有的。王力的構擬和高氏接近，只不過把符號ḭ寫作ǐ。上古、中古介音的處理沒有什麼變化。屬於高本漢這一派的還有董同龢、周法高、羅常培、陸志韋等學者。當然，其中有的學者承認重紐的存在，並以不同的齶介音相區別。但他們都給三等韻的上古形式擬測了齶介音，這一點是一致的，即他們都認為中古的三等韻自古就有齶介音。

2·蒲立本一派：早在 60 年代，蒲立本已對「三等齶介音自古就有」的觀點產生懷疑了，他在其著作《上古漢語的輔音系統》（P52）一書中明確指出，「有許多證據說明舌面半元音ḭ/j 在原來的音系結構中是沒有的，它們是在上古

和中古之間發展出來的」。蒲氏舉出了很有說服力的證據，即正像潘悟雲（2000：141）所總結的那樣，「三等字常用來對譯外語中不帶 j 的聲母」。除潘氏列舉的「焉耆」Argi、「央匱」aṇkwaṣ、「優波塞」upä saka、「扜彌」khema、「扜泥」khrani、「大宛」Tahoroi、「于闐」khotan 外，蒲立本還找到了這些證據：

①夏德（Hirth）認爲漢語的「鬱金」ʔɨuət-kɨim 與波斯語的 kurkum 有關。「鬱」爲中古三等字。

②匈奴王后的稱號：關氏 M.ʔat（或ʔɨat）cɨe＜*ʔăt–tēfi，突厥語的 qatun/xatun 可能來自這個詞。「氏」爲中古三等字。

③漢代把烏滸河（Oxus）叫作「媯」M.kɨwe。M.kɨwe 來自上古的*kwað（鄭張先生賜教：kwað = kwɑl）。蒲立本猜想這個轉寫的原來音值可能是*ʔwā。「媯」爲中古三等字。

④比伊潘羅 M.bjí-ʔji–phan・la ＝梵文 bṛhatphala。「比」、「伊」中古皆爲三等字。

⑤大益 M.daì-ʔj ek（或 thaì-，dà-），西方國名，大約 110B.C，它的古代名稱爲 Daha-等。「益」爲中古三等字。

⑥大宛 M.daì-ʔɨwan（或 thaì，dà），等於希臘文的 Τόχαροι，Τάχοροι，拉丁文的 Tochari，梵文的 Tukhara，Tuṣara 等等。「宛」爲中古三等字。

⑦佛經中用「劫」M.kɨap 來對譯 kalpa。「劫」爲中古三等字。

⑧譯音材料裏，「耆闍」M.gɨi-dzɨa＝梵文 gṛdhra-。「耆」爲中古三等字。

⑨《後漢書》和《魏略》都提到「阿蠻」M. ʔɑ-man，「蠻」在中古不是三等而是二等字，但宮崎市定認定它代表亞美尼亞（Armenia）。蒲立本認爲這種說法的可能性大一點。

蒲立本所找到的這些證據是非常有說服力的。如此多的三等字對應的外文中沒有 i 或 j，這不能不使我們對「三等介音自古就有」的觀點產生懷疑。

接受了蒲立本這一主張的學者至今數量還不多，但可喜的是鄭張先生和斯氏都認爲漢語三等介音不是原本就有的，斯氏甚至認爲，即使發展到中古時期有的三等字也沒有齶介音。斯氏的中古擬音裏只給重紐 A 類字擬了齶介音 j，其它的三等字都沒有介音。斯氏（1989）的依據是：

①統計材料表明，在三等裏不該有介音。比如，拿一些出現在上古詩（包括漢代詩人的詩）韻裏的字來說，三等字佔了一多半（2156 個字），剩下的部分（1544 個）都是一、二、四等字。我們知道，在任何漢藏語裏，含有顎介音的字和沒有這個介音的字相比都不佔多數。

②早期梵文拼音與中古顎化的三等介音沒有任何一致的地方。

③斯氏考查了朝鮮語、日語和越南語中三等韻母的映像，他指出這些語言裏所反映的系統很重要，因爲在這些系統裏保留了三等和重紐 A 類之間的區別。特別是朝鮮語，裏面保留有任何一個顎介音或央介音（i 或 ɨ）的資料。但在朝鮮語裏斯氏發現，如果在重紐 A 類的映像裏有規律地存在介音 i，那麼在三等韻母的映像裏無論如何都沒有介音，例外斯氏只找到了一個，「宵」〉朝鮮語-io。在日譯吳音和漢越語裏，三等和重紐 A 類的映像裏根本沒有介音（斯氏在注中也舉了例外，參見《古代漢語音系的構擬》P504，第一章[注 8]）。

由此斯氏提出了大膽的假設，中古三等韻中根本沒有介音。看來，他是認爲三等韻裏的介音是中古以後才產生的。不過斯氏指出，重紐 A 類中顎介音 j 在朝鮮語、日語和越南語中都被反映出來。這裡我們不免有些困惑，斯氏曾提到在日譯吳音和漢越語裏根本沒有反映出重紐 A 類的介音，與此處的闡述相矛盾。

前文已述，雖然兩位學者在四等韻的介音問題上意見不一，但對三等介音的上古來源卻是高度一致的，即他們都認爲三等韻在上古沒有顎介音。

潘悟雲先生論證此問題的材料也相當充分，具體是：

①潘氏通過浙江南部吳語和閩語的文白異讀材料證明三等顎介音是後起的，如：「長」，文讀 tɕiã²，白讀 tɔ̃² 等等。這樣的例子潘氏（2000：143）舉了 58 對之多。

②潘氏通過日本的漢音和吳音材料來證明三等顎介音後起，如：「強」，漢音 gio，吳音 go 等等。這樣的例子潘氏舉了 24 對。因爲吳音所反映的歷史層次比漢音早，這些例子來證明顎介音後起是很有說服力的。

③梵漢對音材料中，三等字所對的梵文音節往往是沒有 i 的。

④漢語三等字所對應的親屬語同源詞中一般沒有 i 介音，潘氏舉了 8 對漢

藏同源對應的例子，如「滅」*met，藏文 med（不存在）等等。我們也找到了幾對（參看薛才德 2001：上古音採用李方桂先生的構擬）：

（1）廣州 kau⁶＜*gwjəgh「舊」：夏河 khok＜ɦikhogs（pa）「陳舊」

（2）廣州 nek⁷＜*njək「匿」：夏河 hnok＜r nog（pa）「隱匿」

（3）廣州 sek⁸＜*djək「食」：夏河 hʑe＜bʑes（pa）「食物，吃」

（4）廣州 khau²＜*gjəgw「求」：夏河 htʂə＜skru（ba）「乞求」

（5）廣州 nau³＜*hjəgwx「朽」：夏河 kok＜gog（po）「朽敗」

（6）廣州 fok⁸＜*bjəkw「馥」：夏河 hwok＜spog「香」

（7）廣州 fau³＜*pjəgwx「缶」：夏河 tʂə＜ɦiphru（ba）「陶器」

（8）廣州 sok⁷＜*sjəkw「宿」：夏河 tshək＜tshugs（pa）「停留」

鄭張先生證明漢語三等介音後起說的材料大多是漢語內部證據，正如潘悟雲所評價的那樣，這比起譯音材料來更有說服力。具體的論據請參見潘悟雲《漢語歷史音韻學》P142-143。其中第一條是斯氏所使用過的。兩位學者幾乎同時用同種材料來證明「漢語三等介音後起」這同一觀點，眞可謂英雄所見略同。

2.2.3　中古漢語三等介音是怎樣產生的

既然中古漢語的三等介音是後起的，那麼我們必須確定產生這個介音（-ɨ-/-j-）的語音特徵是什麼。

首先對這個問題提出看法的是蒲立本先生（1999：52），他談到：「有些例子好像說明它們是介音-l-失落引起的，但是下文將討論到，介音-l-有其他的後世形式。我現在的假設是上古漢語原來有長短元音系統，長元音發生了齶化。」蒲氏認爲，齶化是個漸進的過程，直到《切韻》以後北方漢語還在進行之中。「在《切韻》時代，喻化影響到所有的長元音（至少在標準語中——有些方言可能比較保守）。到唐代，在元音 e 前發生了喻化，這樣 ei、en、eŋ與 jei、jen、jeŋ合流。」這裡我們注意到，蒲氏明確指出，元音前產生的 j 介音最早是在《切韻》時代。這一觀點和斯氏的看法不同，斯氏所擬的《切韻》體系裏，三等韻還沒有介音 j。其實蒲氏對於三等介音是否來自早期的長元音還不是十分肯定，他說：「不管中古的喻化音是否來自於早期的長元音，比起其他元音來，它在 i、e 之前顯然產生出一個較閉的變體。舌根音在這個

較閉的 j 前齶化，但是在較開的 i 前不受影響。舌齒塞音則與此不同，它們在 j、i 前都要齶化。」（筆者注：這裡蒲氏把元音長短的 j 化與 e 分裂引起的 j 化混為一談，好像不妥）

鄭張先生也認為三等介音的產生和上古元音的長短對立有關，但和蒲立本不同的是，鄭張先生認為介音產生於上古短元音。潘悟雲先生把鄭張先生的理由概括為五點，我們認為最有說服力的是 4 點：

①廣州話中元音尚有長短對立：入聲字四等長（33 調），三等短（5 調）。臨川贛語也是這樣，四等長，三等短，如：跌 tiɛt、質 tsit。這裡四等長的高元音裂化為低元音。

②古代專為對譯梵文短元音 ka、kha、ga 而設計的專用字母「迦、佉、伽」，到中古都變成了三等讀音，帶上了介音 i。

③在藏——獨龍語的同源詞中，有好些獨龍語讀短元音的詞跟藏文帶齶介音 j 的詞相對應。

④高誘的《淮南子》注和《呂氏春秋》注中，注急氣者為三等讀音，注緩氣者為非三等讀音。這樣的例子高誘共注了十個（參見潘 2000：148-149）。鄭張先生經考證認為第五例和第七例的注音實際上都是非三等字。他得出的結論是：中古的三等在高誘時代讀急氣，即短音；中古非三等字則讀緩氣，即長音。

斯氏認為中古的三等來自上古的短元音，一、二、四等來自上古的長元音。斯氏（1989：329）把中古各等的上古來源總結成：

上 古 音	中 古 音
長的非前元音	一等
r+長的非前元音	二等
長的前元音	四等
r+長的前元音	二等
短的非前元音	三等
r+短的非前元音	三等
短的前元音	四等 A 類
r+短的前元音	三等

斯氏得此結論的依據主要是域外比較材料。他發現，漢語裡各等之間的區別同庫基欽語裡的長短元音之間的區別是對應的，對應關係前文（1.1 斯氏的韻

母系統）已述。

斯氏指出，例子的數量可以很容易地增加，而上述規則的例外不超過 10 個。因此，斯氏得出結論：

（1）類對應關係裏的元音自古就是長元音；

（3）類對應關係裏的元音自古就是短元音；

（2）類對應關係裏的元音，要麼是在上古漢語裏有過第二次延長，要麼是在盧謝語裏有過第二次縮短。他考慮到漢語裏各等（元音）的頻繁交替，認為第一種可能性大。

斯氏運用盧謝語材料得到了與鄭張先生用獨龍語、壯語材料一致的結論，被美國學者柯蔚南譽為是「殊途同歸的妙例」。這一評價是十分貼切的。

2.2.4 中古漢語二等介音的上古來源是什麼

首先，中古的二等有沒有介音，這個問題還沒有一致的看法。斯氏和鄭張先生的觀點就分別代表舊、新兩派：斯氏和大多數學者一樣都接受高本漢後來的意見，認為中古的二等沒有介音（高氏最初擬過 i 介音，後因受批評而取消）。不過我們注意到，斯氏所擬的二等元音全都具有捲舌性，他用符號（•）表示，如：麻 $_2$ạ，肴 ặ（ɛ̣），佳 ạ，咸 ặ等等。鄭張先生和潘悟雲提出新說，認為中古的二等韻帶介音。鄭張先生確定為帶介音ɣ（＞ɰ），潘悟雲則認為即是ɰ。

儘管斯氏和鄭張先生對中等二等介音的有無問題意見不一，但他們一致認為，二等字在上古帶介音 r。這是他們接受了雅洪托夫、蒲立本、李方桂等人的觀點。雅洪托夫（1986）最早提出二等的上古介音為*-l-，後來他接受了蒲立本關於l＜*r 的假設。李方桂先生也認為二等的上古介音為*-r-，但他沒有舉出更多的證據來證明。鄭張先生、許寶華、潘悟雲則用更多的例子來證明了這一論點。這些主要包括：（詳見潘悟雲 2000：291）

①通轉例子：麥 *mrɯk～來*m•rɯ

②同源詞或藉詞例子：覺*kruk，藏文 dkrog 使覺醒

③漢語方言的證據：潘氏認為，古代的複輔音*Cr-在有些現代方言中演變

為一個半音節 C•l-，如：

太原方言

單字	切腳字
擺 pai	薄唻 pəʔlai

福州方言

單字	切腳字
閂 souŋ⁵⁵	so¹¹louŋ⁵⁵

除潘氏書中所列例子外，我們還找到以下證據：

①通轉例子：

古苓、笙通用。《呂氏春秋·古樂》：「吹苓管壎箎。」王念孫《讀書雜志·餘編上》：「引之曰：苓當爲筶，即笙字也。古從生之字，或從令聲。」筶從令聲，笙爲二等字，令 reeŋ/riiŋ～笙 sreeŋ。

②同源詞例子（參看全廣鎭 1996，上古音採用李方桂先生的構擬）：

漢　語	藏　語
pragʷ,phragʷ「胞」（鄭張-əgʷ擬爲-u）	phru-ma,phru-ba「子宮，胎盤」
krəgʷ「覺」	dkrog-pa「喚醒」
krəgʷ「攪」	dkrug「攪」
krəp「鞈」	khrab「盾牌、鱗甲、鎧甲」
grəp「洽」	ˊgrub-pa,grub「成就、完成、完美」
priat「八」	brgyad「八」
gʷrad「話」	gros「話」，gros-gleng「談話」
krar「加」	bkral-ba「徵收，放在上面」
gʷrar「樺」	gro「樺樹」
brian「辦」	brel-ba「在做事，從事，被雇」
brian「辨」	ˊbral-ba,bral「區別，分開」
srian「產」	srel-ba「養育，飼育，栽培」
gram「銜」	ˊgram「吞」
hrak「赫」	khrag「血」
gʷriak「韄」	ˊgrogs-pa「繫結，繫帶，縛」
kragʷ「交」	ˊgrogs「結交，交際」
sring「甥」	sring-mo「姊姊」
grung「巷」	grong「房子，村，村莊」

trjəg^w「肘」	gru-mo「肘」
krjəg^w「舟」	gru「船，渡船」
grjəng「承」（鄭張對擎 greng）	sgreng-ba「舉起，升起」
hrjəg^w「收」	sgrug「收集，集中，採集」

漢　　語	藏　　語	緬　　語
prak「百」	brgya「百」	a-ra「百」
khrjak「赤」	khrag「血」	hrak「羞愧，害羞」
krang「梗」，ngrang「硬，鞭」	mkhrang,khrang「硬，堅固，堅定」	rang「成熟，堅定」

斯氏在著作中沒有專門列舉二等在上古帶介音*-r-的證據，但他的古音字表裏，所有二等字都帶介音 r，我們上文曾介紹過，斯氏中古二等的來源有兩個：

　　　　上古　　　　　　　　　中古
　　　　r+長的前元音　　　　　二等
　　　　r+長的非前元音　　　　二等

斯氏（1989：439）在分析上古元音的特徵時，把介音*-r-安排在下面的位置：

	「前的」，或「齶化的」	「央的」，或「舌根化的」	「後的」，或「唇化的」
聲母	齒音（T,C, C, C）	舌根音，喉音（K, ʔ）	唇音，唇化舌根音和喉音（P,K^w, ʔ^w）
介音	j	r,ɨ	w
元音	前的（i,e）	央的（ə,a）	後的（u,o）
韻尾	齒音（T,j,ć）	舌根音，邊音（K, ʔ,h,ø）	唇音，唇化舌根音（P,K^w）

斯氏在論及西漢、東漢時期仍保留介音*-r-時，舉了一些例證：

①西漢時期：根據拼音類型判斷，舌根和唇音聲母后的介音*-r-保存在西漢時期（斯氏 1989：453）：

　　　　鄔昆*krēk-kwōn——吉爾吉斯人的名稱（請比較，古突厥語 qïrqïz＜
　　　　*qïrqïɣ），

　　　　虎魄*hā-phrāk——希臘語ἄρπαξ「琥珀」（布里尼亞的拉丁化形式）。

②東漢時期：關於介音*-r-保存在東漢時期的證據有這一時期的拼音，請比

較（斯氏 1989：465）：

　　阿蠻*ʔā̠-mrān——　亞美尼亞的稱呼（《後漢書》），

　　都密*tā-mrət——Tarmita（《後漢書》）。

可見，斯氏通過譯音材料、藉詞等來證明*-r-的存在，很有說服力。

2.2.5　上古漢語介音 w 的出現和分佈

　　鄭張先生和斯氏同其他學者一樣，都認為上古漢語有介音 w，但鄭張先生更習慣稱 w 為後置墊音。因為稱墊音表明 w 屬於聲母的一部分，稱介音則指它是韻母的一部分。而在上古很難說 w 屬於韻母的一部分。有時鄭張先生也稱其為墊介音，這是將上古和中古通觀的一種說法。關於*-w-的分佈，他（2003：123）闡述得很清楚：「墊音-w-涉及的是圓唇舌根音、喉音系列，包括舌根音 kw-、khw-、gw-、ŋw-和喉音ʔw-、hw-、ɦw-。後者早期分別是 qw-、qhw-、ɢw-，中古全反映為見系聲母合口，即見、溪、群、疑、影、曉、匣、喻等母的合口字」。

　　前文曾談到過，斯氏對於雅洪托夫提出的在早期上古存在一系列唇化舌根音和唇化喉音的觀點完全接受，這包括*kʷ、*khʷ、*gʷ、*hʷ、*ʔʷ。與鄭張先生所擬相比，沒有*ŋʷ、*ɦʷ 兩個聲母，更沒有早期形式*qʷ-、*qhʷ-、*ɢʷ-。斯氏認為這一系列唇化音的早期上古形式和上古晚期形式是：

早期上古	上古晚期
kʷ	kw
khʷ	khw
gʷ（一、二等）	gw
gʷ（三等）	gw
ghʷ（一、二等）	ɣw
ghʷ（三等）	ghw
hʷ	xw
ʔʷ	ʔw

　　關於上古的介音 w 何時出現的，斯氏在著作中有過幾處說明：

　　①前上古時期（公元前 10～前 6 世紀）：「這一時期的唇化舌根聲母和唇化小舌聲母保存了下來（其實，這些聲母借助於這一時期[可以認為這一時期缺乏

介音 w]韻部的幫助有希望構擬出來，結果 kw 型音組得到了唇化聲母的狀態）。

②上古早期（公元前 5～前 3 世紀）：「在 IT-əT，ET-AT 對立存在的情況下，UT-əT，oT-AT 韻部的對立消失了。這樣，可以認為，在齒韻尾前的 ũ→wə̃，õ̃→wã̃的前提下，介音 w 產生了（這意味著聲母系統的本質變化）」。

由上可知，斯氏認為上古介音 w 正式產生於公元前 5 到公元前 3 世紀，也就是他所劃定的上古早期。鄭張先生則認為由元音分裂形成的該為 u 介音，它的出現沒有這麼早，大概在南北朝時才出現（鄭張先生賜教）。

2.3 韻尾和聲調

2.3.1 上古的入聲韻尾是清還是濁

上文我們已分別介紹了鄭張先生和斯氏對上古韻尾的處理，通過對比，我們知道，斯氏擬上古的入聲韻尾為*-p、*-t、*-k，鄭張先生則擬為濁塞尾*-b、*-d、*-g。哪種擬測更合理呢？

自高本漢給中古的入聲尾擬作-p、-t、-k 後得到了眾多學者的支持。這是因為高本漢的依據是很難推翻的：日譯漢音和日譯吳音中的入聲字都是根據-p、-t、-k 而不是-b、-d、-g 翻譯。不過潘悟雲先生提出的質疑應引起我們的重視：「中古漢語的韻尾是-p、-t、-k 並不能證明上古漢語也一定是-p、-t、-k。」潘氏所舉俞敏和鄭張先生的證據極有說服力，我們節其扼要列舉如下（詳見潘悟雲 2000：165）：

①俞敏所依據的主要是早期梵漢對譯所反映漢語入聲字帶濁音尾：

漢字	梵音	原譯	原詞	原經律論
遏	ar	遏迦	arghya	摩登迦經

②鄭張先生（2003：188）的根據：

首先、這與藏文一致。藏文有清塞音字母也有濁塞音字母，當時用濁塞音記這些韻尾正是表明了早期藏語原為濁尾；藏文一些格助詞（如屬格、具格助詞 gji、gjis、業格助詞 du），其聲母是隨所附詞的韻尾變化的，塞尾後正作濁母，也顯示塞音韻尾確是濁音。漢、藏二語關係特別近，古漢語應與藏文的早期情況一致。

第二、朝鮮譯音與唐西北方音中舌音尾常變流音，朝鮮是-l，唐西北方音多數是-r。-d 變-l -r 自要比 -t 容易些。

第三、梵漢對譯中，漢語收舌入聲字多譯梵文的-d、–r、–l。

第四、今天也有些漢方言的入聲尾較濁，如廣東連山話（粵語系統）、江西湖口流芳話江橋話（贛語系統），流芳就是-g、-l 相配的。湖北通城等地贛語也收 -l 尾，甚至安徽桐城也有 l 尾（筆 pil）。鄭張先生調查過的方言中，凡是保留濁塞聲母又保留著非ʔ塞音尾的方言，這些塞尾都讀濁音尾。

③日本的上古漢語藉詞反映入聲濁塞音尾（參見潘悟雲 2000：166）：

-g 尾

　　麥 mugi　　琢 togu　　直 sugu　　削 sogu　　剝 pagu

-d 尾

　　筆 fude（＜pude）

-b 尾

　　甲 kabu，見於「甲兜」kabuto

我們同潘悟雲先生一樣，認爲俞氏和鄭張先生的證據相當充分。看來，上古漢語的入聲韻尾擬作濁音-g、-b、-d 更合理些。

我們找到的證據還有（上古音採用鄭張先生的構擬）：

藏　　語	漢　　語
grog 深谷	*kloog 谷
dbjig 珠寶	*peg 璧
thig 水滴	*teeg 滴
lag 武器	*lɯg 弋
bsad 屠戮	*sreed 殺
tɕhab 水	*kjub 汁
ldab 重疊	*l'ɯɯb 疊
ɦdab 薄片	*l'eeb 牒

2.3.2　上古的陰聲韻尾是開還是閉

中古陰聲韻的上古韻尾的性質，是一個討論已久但至今仍無一致結論的老話題。自高本漢提出中古陰聲韻在上古帶濁塞韻尾以來，支持這一學說的影響最大的學者是李方桂，至今他的弟子們仍堅持這一結論。即使支持這一派的陸志韋先生也開始表示懷疑，覺得這一結論是「不近情理的」。其中的不盡情理眾所周知，但堅持帶濁塞韻尾的學者們有認爲可以忽視這種「不近情理」的理由：

①諧聲系統中陰聲和入聲相諧，《詩經》中陰聲和入聲押韻。這一事實是堅持塞韻尾說的學者們最重要的依據。

②上古入聲帶塞韻尾*-p、*-t、*-k（鄭張先生等少數學者認為上古入聲帶的是濁塞韻尾*-b、*-d、*-g），那麼與入聲相諧或押韻的陰聲字的韻尾應與入聲韻的韻尾非常相似，擬成*-b、*-d、*-g 最合適。

我們如果給陰聲字都擬成塞韻尾，那麼上古漢語所有音節都是閉音節了。王力先生早在 60 年代就曾指出：「在現存的漢藏系語言中，我們絕對找不著一種語言像高本漢所擬測的上古漢語那樣，開口音節非常貧乏，更不必說像西門所擬測那樣，完全缺乏開口音節了。」語言中最常見、最自然的音節結構 CV 在上古漢語中如果完全不存在的話是不可思議的。

但如果要否定陰聲韻在上古帶濁塞韻尾，我們必須合理地解釋「諧聲系統中陰聲和入聲相諧，《詩經》中陰聲和入聲相押韻」這一事實。對這一問題潘悟雲先生（2000）和金理新（2002）分析解釋得相當充分，他們的核心觀點是：

①潘氏指出，解決這一問題首先要注意如何運用諧聲材料和押韻材料。「諧聲涉及到語音的問題，也涉及到構詞或構形的問題。所以我們在討論語音問題的時候，諧聲現象只能作為參考，不能作依據。」掌握這一原則可以避免很多界線不清楚的劃分。

②與入聲押韻的陰聲，其韻尾應與入聲相同或相近，但這並不意味著陰聲韻尾一定也是塞韻尾。潘氏舉了兩個例子：

a. 鄭張先生和潘氏已論證過，上古的入聲韻尾可能是濁塞韻尾*-b、*-d、*-g。歌、脂、微三韻部上古收*-l 尾，*-d 和*-l 的聲音就非常接近。

b. -k 如是唯閉聲，它的聲音與開音節也比較接近，特別是詩歌的韻腳都是要延聲歌唱的，字音一延長，-ak 與-a 也就差不多了。

我們覺得既然-ak 和-a 聽起來差不多，那麼-at、-ap 和-a 也是可以押韻的，因為*-k 如果是唯閉音，*-t、*-p 也應是唯閉音。不過部位收的不同，要勉強些。

③和入聲相諧的陰聲字大多數是去聲字。金理新認為，「我們應該把去聲從諧聲系統中剔除。要是剔除了去聲字，傳統所謂的脂部、微部、歌部等陰聲韻部就可以說已經不再和相應的入聲韻部——質部、物部、月部有諧聲關係。」

④鄭張先生（2003：187）認為，在民歌中韻律要求不嚴格的情況下，《詩經》中陰聲字跟入聲字或陽聲字有通押叶韻現象也不算什麼，但為此而給陰聲韻 都擬上濁塞音尾從而導致整個語言結構的改變可太不值得。如果把入聲韻都擬成濁塞尾的話，這與陽聲韻鼻音尾、陰聲韻的元音尾更接近，更易解釋它們通押的現象。

麥耘先生（1993：3～4）反對陰聲韻帶輔音韻尾的理由也很充分：一、部分有陰、入兩讀的韻腳字原來一般都是入聲字，後來分化為兩音。如吧這些兩讀字辨析出來，一些原來被認為是陰、入相押的韻段就應排除掉。二、《詩經》時代的「次入韻」具有塞音韻尾，所以可以同入聲字相押，又因其韻尾是阻塞作用不強的喉塞尾，所以也可以同元音韻尾的陰聲字相押，與之相關的韻段（約20 個）也就能夠獲得解釋了。三、《詩經》陰、入通押的韻段並不多，只達到正常押韻數的 5% 左右，可以看作是例外押韻。

新起三家白一平（1992）、鄭張尚芳（2003）、斯塔羅斯金（1989）一致把上古甲類韻（採用王力的名稱，把收 $*$-ŋ、$*$-k 的韻部及其對應的陰聲韻魚、支、之、幽、候等叫作甲類韻，把收 $*$-n、$*$-t 的韻部及對應的陰聲韻歌、脂、微叫作乙類韻，收 $*$-m、$*$-p 的韻部叫作丙類韻）中的陰聲韻（魚、支、之、幽、候）擬作 $*$-ø 韻尾，也就是以開音節收尾，這應該引起至今仍堅持給陰聲韻加上濁塞尾的學者們的思考。

藏語裏與魚、支、之、幽、候五部相對應的同源詞中以開音節收尾的例子如下（參看薛才德 2001，上古音採用鄭張先生的構擬）：

藏　　語	上　古　音
ma「母親」	$*$mɯʔ ＞muʔ「母」
ma「表示陰性」	$*$ mɯʔ ＞muʔ「母」
ma「根本」	$*$ mɯʔ ＞muʔ「母」
btsaɦi（mo）「生育」	$*$ʔslɯʔ「子」
ɦbri（ba）「寫畫」	$*$rɯʔ 「理」
ka（tça）「財物」	$*$klaaʔ 「賈」
ka（bed）「瓜」	$*$kʷraa「瓜」
rkja「繩的一股」	$*$klaaʔ「股」
rkja「單獨」	$*$ kʷaa「孤」

rgja「絡腮鬍」	*gaa/glaa「鬍」
rgja「漢人」	*graas「夏」
rgja「廣大」	*graas「夏」
rgja「網」	*kaaʔ「罟」
rgja「羌鹿」	*kraa「霞」
rgja「羚羊」	*klaaʔ「羖」
ska（ka）「澀」	*khaaʔ「苦」
na「水草地」	*njas「洳」
na「如果」	*njas「如」
pha「父親」	*baʔ「父」
pha「雄性」	*baʔ「父」
pha「雄性」	*ba「夫」
pha「彼處」	*ba「夫」
sa「處所」	*sqhraʔ「所」
sa「位置」	*sqhraʔ「所」
ɦgro（ba）「世間」	*Gʷaʔ「宇」
sgro「翎」	*Gʷaʔ「羽」
sgro「高舉」	*kla「舉」
ɦgro（ba）「往來」	*Gʷa「於」
tsho「聚」	*shoos「湊」
tsho「聚」	*zloʔ「聚」
gso（ba）「安慰」	*go「劬」
gse（ba）「砍開」	*se「斯」
gse（ba）「劃分」	*se「斯」
gse（ba）「砍開」	*greeʔ「解」
gse（ba）「劃分」	*greeʔ「解」
kju「彎曲」	*go「句」
mtɕhu「喙」	*tu「咮」
mtɕhu「星宿」	*tu「咮」
nu（ba）「吸奶」	*njoʔ「乳」
nu（ma）「乳房」	*njoʔ「乳」
nu（bo）「弟弟」	*njos「孺」
ɦbri「母犛牛」	*ruu「犛」

skru（ba）「乞求」	*gu「求」
khu（bo）「伯、叔」	*guʔ「舅」
dgu「九」	*kuʔ「九」
dgu「多」	*kuʔ「九」
phru「糠秕」	*phuw「稃」
ɦphru（ba）「陶器」	*puʔ /pluʔ「缶」
ɦphru（ma）「衣胞」	*pruu「包」
gso（ba）「醫治」	*kus「救」

對於乙類韻中陰聲韻（脂、歌、微）的構擬新起三家意見不太一致：

	鄭 張	斯 氏		白一平
	-l/-i	-cʼ	-j	-j
i	脂齊	脂 F	脂 B	脂
ɯ	微尾	脂 E	脂 A	微
u	微畏	脂G	脂 C	微
o	歌戈	祭 C	歌 B	歌
a	歌	祭 A	歌 A	歌
e	歌地	祭 B	脂 D	（歌）

高本漢給脂、微部和部分歌部擬了-r尾。李方桂只給歌部擬了-r尾，脂、微部都擬的是塞音尾-d。王力的擬音與新起三家比較接近，給脂、微、歌三部都擬了-i尾，其中歌部是採納了鄭張先生的建議由零韻尾改成了-i尾。

鄭張先生（2003：165）給脂、微、歌部構擬流音尾*-l的理由是：

①藏文的-r、-l尾與漢語是一半對應-i尾，一半對應-n尾：

-i	飛 phur	宜 dar 甘美	饋 skur	彼 phar	個 kher
-n	霰 ser	銑 gser 金子	搬 spor	版 par	粉 phur
-i	嘴 mtsul	弛 hral	破 phral 拆	荷 khal 馱子	加 khral 稅，職，加罪
-n	變ɦ phrul	連ɦ brel	爛 ral	涫 khol	倌 khol 僕人

這顯示-i上古有流音尾的來源。

②給歌部、微部加上流音尾，更有利於解釋歌元，微文間一些通轉、叶韻的例子。

③薛斯勒和俞敏都認為應該給歌部、微部擬-l尾。俞敏的根據是梵漢對音，他發現-l尾更多地用來譯歌、微部的字，而-r則更多用於譯入聲-d尾的字。

④上古歌、微兩部帶-l尾，到了上古晚期（漢代）則跟聲母 l 一樣經 ʎ 轉化爲 j。

⑤脂部大部分也帶-l尾，如「底」till 對藏文 mthil，「凄」 shiil 對藏文 bsil，「擠」ʔzliil/ʔsliil 對藏文 gzir。

潘悟雲先生（2000：179）也贊成把乙類韻的陰聲韻尾擬作*-l，後來*-l變作*-j。他指出：「蒲立本（pulley blank 1962-3）把乙類韻的陰聲韻尾擬作*-ð，用來與以母的*ð-對應。他的聲母*ð-後來改作*-l，韻尾*-ð-也當作*-l。中古的以母 j 在上古是*l-，這跟韻尾*-l 變作*-j 也正相平行。Schuessler （1974 a）論證了乙類韻部的陰聲韻尾爲*-l。」 我們前文已述，斯氏給原始漢藏語擬了*-l尾，即他認爲原始漢語時期*-l＞*-j。而鄭張先生則認爲這一演變發生得比較晚。

我們在親屬語言中還找到以下的同源詞，這也有助於說明乙類韻的陰聲韻尾上古是*-l（上古音採用鄭張先生的構擬）：

藏　　語	漢　　語
khal（ma）「馱子」	*klools「裏」（鄭張對「荷」gaals）
phral（ba）「分開」	*phral「披」
ɦbral（ba）「沒有」	*mral「靡」
ɦgel「樹之枝幹」	*kaal「柯」
ɦkhrol（ba）「奏樂」	*kaal「歌」
ɦkhjol（ba）「度過」	*klools「過」

斯氏的上古系統中脂、微不分部，以致脂部一共有 7 小類。其中三個小類的韻尾竟與去聲韻部祭部的三個小類相同，顯得非常特別。斯氏這是繼承了其師雅洪托夫的觀點，雅氏即把脂類分成兩大類，又各分三小類，但脂 A、脂 B、脂 C 不收-j 而收-r 尾，脂 E、脂 F、脂 G 不收-ć而收-s尾。

斯氏所擬的韻尾 ć（即 tɕ）也相當特殊，以齶化塞擦音作韻尾的學者很有限。在親屬語言裏，以這個音收尾的語言我們統計了一下，只有越南語，況且越南語也只是近似 tɕ，並不就是 tɕ，而是ȶ。斯氏沒有說明他構擬這一韻尾的根據。

潘悟雲先生給乙類陰聲韻的去聲字擬了*-ts 尾，這與白一平的處理近似。白一平擬祭部三個小韻類的韻尾都是*-ts。

結論：我們認為把上古陰聲韻尾都擬成濁塞音是說不通的，甲類韻的陰聲韻都是零韻尾，這一觀點已被新起三家一致接受，並得到越來越多學者的認同。堅持濁塞尾說的學者們必須找到更有價值的證據才能有說服力。

2.3.3　宵部、藥部、祭部的韻尾

新起三家對宵、藥二部韻尾的構擬略有分歧。下表直觀地反映了他們的觀點（鄭張尙芳 2003：64）：

	鄭　張		斯　氏		白一平	
	-u	-ug	-kw	-w	-w	-wk
i	幽勳	覺弔	沃 B	幽 B	幽	覺
ɯ/ə/ɨ	幽蕭	覺肅	o	o	o	o
u	o	o	o	o	o	o
o	宵夭	藥沃	o	o	o	o
a	宵豪	藥樂	藥 A	宵 A	宵	藥
e	宵堯	藥的	藥 B	宵 B	宵	藥

從此表看來，鄭張先生把宵部韻尾擬作-u，藥部韻尾擬作-ug。但這一結論與鄭張先生認為的上古無復元音相矛盾，所以先生又指出，宵部 -au 更早應該是-aw。「而藥部的-ug 尾前古開初可能只有個單-ɢ尾，從ɢ→wɢ變化而來。小舌ɢ是很容易增生 w 的」（鄭張 2003：164）。所以，鄭張先生的擬測-u、-ug 可以寫作-w、-wɢ。這樣一來，新起三家所擬的宵部韻尾就一致了，都是-w。

藥部韻尾看起來好像區別較大，斯氏所擬的和李方桂給藥部擬的-kʷ近似。而如果按照潘悟雲先生的說法，-k 若是一個唯閉音，那麼-wk 和-kʷ就沒有什麼不一樣（參見潘悟雲 2000：182）。這意味著斯氏（-kw）和白一平（-wk）的擬音實際上是十分接近的。

祭部這一乙類韻的去聲韻部，各家對它的韻尾的構擬分歧較大。我們先來看看新起三家的擬測：

	鄭　張	斯　氏	白一平
	-s＜-ds	-t	-ts
o	祭兌	祭 C	祭
a	祭泰	祭 A	祭
e	祭	祭 B	祭

蒲立本（1962）曾提到過他對韻尾*-ts 的看法：「到目前爲止我們所討論的譯音材料都是有關純嚓音的（在某些後來的佛經中還有一種齶化的濁音 ś 或 ź），沒有所擬的*-ts 韻尾的跡象。」單看蒲氏的意見我們很容易懷疑白一平的構擬，好像沒有根據。但潘悟雲先生卻找到了大量漢語*-ts 對譯-s 的例子（參見潘悟雲 2000：154－163），潘氏把這解釋爲*-ts 很早就變作了*-s。

2.3.4 去聲是否來自-s 尾

去聲來自-s 尾的觀點自奧德里古於 1954 年提出以後，經蒲立本、梅祖麟、沙加爾、斯塔羅斯金、鄭張尚芳、潘悟雲等學者的闡發、論證，許多學者接受了這一觀點。不過，反對的聲音還是存在的。我們看了發表在《語言學論叢》（第二十八輯）上的兩篇相關文章（張雁《上、去二聲源於韻尾說不可信》，李香《關於「去聲源於-s 尾」的若干證據的商榷》）後覺得潘悟雲（2000：163）先生所認爲的「漢語的聲調從韻尾變來是沒有疑問的，目前的爭論在聲調產生的時間」未免有點樂觀了，現在還很有必要討論聲調是否源於韻尾。

張雁一文影響不小，使許多朋友感到困惑，即使原來對新學說深信不疑的人也對文中的一些看法表示認同。有朋友在東方語言學網上發帖子支持張雁的觀點，如 huangxiaodon 於 2003 年 12 月 22 日發貼談到：「最新一期的《語言學論叢》中第 2、3 篇重新檢討了上古漢語上、去來源於韻尾的說法，我個人覺得有理有據，頗讓人信服。尤其是第 2 篇（筆者按：即張雁一文）置疑了上聲來源於-ʔ的觀點，與鄙見相同（我曾經與嚴修鴻先生討論過這個問題）。」

張雁一文概括了主張「去聲來自-s 尾」的學者們所採用的方法：漢外對音、漢藏比較、方言推源。她借用丁邦新先生、徐通鏘先生的觀點和某些材料來逐一駁斥這三種方法，最後得出的結論是用這三種方法證明去聲來自-s 尾是不能成立的。這一結論實際上包含兩層意思：a.去聲來自-s 尾這一觀點不能成立，b.用這三種方法研究、討論去聲是否來自-s 尾是站不住腳的。半個世紀以來，國內外眾多傑出的古音學者辛勤耕耘的結果不僅結論不能成立，連所共同採用的方法都站不住腳，這不能不引起我們的重視。

下面我們對張雁（及張雁提到的丁邦新先生、徐通鏘先生）提出的質疑一一審查，追根溯源，理清問題的分歧點，希望有助於學術的討論。這裡只是就事論事，疏漏之處，還望批評指正。

一、漢外對音

（1）丁氏對奧氏所使用的材料提出兩點質疑：

①越語中漢語借字的時代和方言無法確定；

②王力《漢越語研究》中的漢語去聲不只是對應於問聲和趺聲，也有對應於平聲、弦聲、銳聲和重聲的字（共 14 個），奧氏一個未提。材料以偏概全。

丁氏（1981）指出：奧德里古所舉的五個例字中，「如果『墓』讀 mả 是漢代的借字，而『露、訴』讀 lồ、tồ 是七世紀的借字，時代上相差至少五百年，究竟從中國哪一個方言借到越南，實在難說。即使聲調的對當表面上有一致性，放在一起來作爲證明，仍然令人不能無疑。換句話說，借字的時代層次不分辨清楚，無法討論對應的問題。」張雁在文中也批評了類似問題，認爲鄭張先生（1994）所舉出的漢朝、漢日對音材料，沒有指出那些朝鮮語古漢語藉詞是什麼時代借入到朝鮮語和日語去的。

這裡的分歧點是在進行歷史比較時對於藉詞年代的確定問題。我們確定時代是根據語音形式的，史書上不會記載哪年哪月哪個字被借去。越語中的借字被借去的時代有兩個：古漢越語是漢代，因爲中國在那裡立郡；漢越語是唐代，在那裡推行科舉，這一點王力先生曾談到過。至於要求確定每個借字的具體年代和具體地點，那歷史比較好像就不容易進行了。像歷史上有記載的「葡萄」、「苜蓿」等詞知道是張騫通西域時借來的，但這非常有限。即使這類詞也有經不住考驗、推敲的，比如「花生」一詞，通常認爲是美洲被發現以後才借來的，借得比較晚。但地下出土的材料證明，新石器時代已經有「花生」也應有這個詞了。連眾所周知的「花生」一詞都不可靠，我們不知道一一確定藉詞具體年代和具體地點時如何能找到有力的根據。

對於質疑②，我們的看法如下。即使在漢語的不同方言中，也存在這個方言的上聲對那個方言的去聲這種現象，更不用說兩個語言間的借用。借用是有層次的。去聲對問聲和趺聲發生在上古末期的漢代，到了唐代，問聲和趺聲就對上聲了。這一點王力先生也說過。時代層次不一樣，不同時代不能放在一起比。平聲和絃聲實際上是一個聲調，等於陰平和陽平。銳聲是陰去，重聲是陽去。丁氏說，有的漢語去聲字對應越語平聲或上聲的奧德里古忽略不提，這是材料以偏概全。其實，漢語裏也有過去讀上聲現在讀平聲的。任何兩個語言間，

如果都那麼嚴格要求的話，就很難對應了。不同時期對應的調就會有差別。比如說，在溫州話中，普通話的媽媽對應三個調：má，這是陽上，mā是陰平，mà叫得非常親切時就是去聲。再比如，朝鮮語裏有十幾個字對漢語的去聲，朝鮮語借漢語的帶 s 的有十幾個。需要解釋的是爲什麼這十幾個去聲字帶 s，而不是解釋朝鮮語裏還有很多不帶 s。像「露」、「訴」這樣漢代借的字後來 a 變 o 而調不變也是有的。

（2）蒲氏對音中的問題

①對音材料本身的時代和方言問題無法解決（音譯者的方言和源語言所經歷的音變很難得知），這樣的材料只能做旁證，不宜用爲主要證據。

②在對音細節上，蒲氏 25 個例子，丁氏發現 15 個有問題。潘氏認爲蒲氏很有說服力的例子「罽賓 Kashmir」，丁氏指出很可能譯的是 Kophen 等名。

對於蒲氏對音中的問題①，我們就不必再回答了，與奧氏的問題①一致。問題②中丁氏提到潘氏認爲蒲氏很有說服力的例子「罽賓 Kashmir」 可能譯的是 Kophen 等名。「罽」字鄭張先生把它列爲上古的祭₁部，擬音爲 krads。他指出，「罽賓」不能對應 Kophen，因爲「罽」只能對應 ka，不能對應 ko。張雁在轉述丁氏的觀點時還提到：「潘悟雲不得不承認『貴霜 kushan』（霜字的聲母對譯 sh，蒲氏卻認爲 s 對應貴字的韻尾）一類的處理不妥」。然而，鄭張先生認爲，當時的譯音是雙向選擇的，像「貴霜」這種跨音節的詞，翻譯時算是最嚴密的，前後兩個音節都要考慮到，即 s 既是前音節「貴 kus」的韻尾，又是後音節「霜 shan」的聲母，這是最標準最嚴密的譯音。再如「三藐三菩提 samyauk」，這裡的 m 既是「三」的韻尾又是「藐」的聲母。選擇「三」來譯是很科學的，譯得非常好。

（3）鄭張尚芳對音中的問題

張雁提出，鄭張先生沒有說明所舉的漢語藉詞是什麼時代借入到朝鮮語和日語去的，而她可以證明這些藉詞中的-s 都是朝鮮語和日語本身所固有的。

張雁怎麼能確定藉詞中的 s 是朝鮮語裏固有的呢？其實，她所說的「古代形容詞終止形詞尾」、「動詞終止形詞尾」和鄭張先生舉的例子沒有什麼關係，鄭張先生舉的這些都是名詞。她又說「朝鮮語中，-s 曾經是一個無生名詞的所有格助詞」，這和鄭張先生的例子也無關，鄭張先生的不是所有格，爲什麼要用

「石磨」對「石磨的」？張雁說 nas（鐮）是固有詞，但這詞是從中國借去的。鐮有兩個含義：名詞就是鐮刀，動詞就是「割」，即「刈ŋas」。至於她說 s 尾在 15 世紀讀作[z]，這又有什麼關係呢？這還是 s 尾。比如現代英語裏的 s 尾也有讀濁音的，但寫作 s。她說「『界』在現代朝鮮語中作名詞時沒有-s 尾」，但那是現代韓語，在歷史上卻是有的。

　　朝鮮語本身帶 s 的字有很多，但這和我們要討論的問題沒有關係。假設它那裡有 30 個帶 s 的字，其中有四、五個借我們的已經了不起了，要求 30 個字都對我們的去聲字是強人所難。朝鮮語又不是漢語的方言，即使方言也做不到。朝鮮語裏帶 s 的字很多，也不是所有借過去的去聲字都帶 s，這是因為借過去的時間有早有晚。漢代以後，漢語去聲字本身已經沒有 s 了，借過去的怎麼會帶 s 呢？漢代以前借去的就有 s。

　　張雁說「漢語沒有以精組輔音收尾的字」，根據是什麼？此外，張雁認為研究聲調的這三種方法都不可行，那應該用什麼方法研究？

二、方言推源

　　張雁認為鄭張先生和潘悟雲先生用方言推源的方法證明去聲來自-s 尾是不妥當的，理由如下：

　　①由-s→-ʔ而來的緊喉特徵既可以是去聲的伴隨性特徵，也可以是上聲的伴隨性特徵，也就是說，相同的-ʔ尾或緊喉特徵可以與不同方言的不同聲調發生關係。

　　②非入聲的-ʔ尾或緊喉特徵並不是上聲所特有，因而各地上聲字所帶的-ʔ尾或緊喉特徵不能推溯到上古，認為是漢語上聲字在上古就有喉塞尾。

　　③既然上聲的-ʔ尾或緊喉特徵是後起的孳生現象，那麼祁門歷口、洪村、木塔等地陰去帶-ʔ尾或緊喉特徵也應是後起的孳生現象。

　　④鄭張先生引沙加爾說漢語-s 變緊喉音跟藏文-s 尾有著平行演變，張雁認為，不能先假設漢語跟藏語一樣有-s 尾，然後把方言中跟藏語相似的後起現象聯繫起來說漢藏之間有著平行演變，從而證明那種假設的正確性。這是典型的循環論證，更何況那種假設本身的前提就站不住腳。

　　潘悟雲先生（2000）總結沙加爾和鄭張先生的觀點，即去聲有兩種發展方向，一種是去聲的-s 尾發展為喉塞，再變成緊喉特徵；一種是-s 發展為-h，再

變爲降調。去聲也可以發展爲緊喉，s→ʔ，h→ʔ，喉音化。s 既可以向緊喉發展（像 d 一樣），也可以向 h 發展。這是兩條發展方向，怎麼是互補的？緊喉特徵怎麼會是去聲的伴隨性特徵？緊喉特徵只能是上聲的伴隨性特徵，去聲的伴隨性特徵是聲調下降。緊喉可以是 s 的發展，也可以是上聲的發展。多數方言，古代是上聲的，現在還保留緊喉，發展多的是這條路，s→ʔ，變做緊喉。緊喉是很多現代漢語方言上聲所保留的特徵。去聲也可以走這條路，但這有什麼關係？不能因爲上聲、去聲都發展爲緊喉就說它們原來一樣，沒什麼區別。主要是上聲發展的，只有一部分方言的去聲發展爲緊喉，是少數。如果所有方言的上聲、去聲都發展爲緊喉，那就另當別論了。一般現代方言的緊喉都是從入聲來的，這個方言（溫州、浦城）卻是上聲，這不是很特殊嗎？所以梅祖麟說非入聲的-抬尾或緊喉特徵爲溫州、浦城等地的上聲所特有。

徐氏認爲非入聲的-ʔ尾是特殊調型（短促調）造成的，與某一個特殊的聲調（如上聲）無關。如果沒有-ʔ尾，這裡爲什麼會讀短促調？-ʔ尾爲什麼和聲調無關？短促調有兩個：入聲和上聲。入聲讀短促調是因爲入聲帶-p、-d、-g尾，上聲讀短促調則是帶-ʔ尾。形成短促調的原因除了入聲、上聲尾外，還有一種可能，就是上古的短元音可以造成短促調。某一種語言的短元音，如傣語、孟語，它們的短元音使音節讀短促調。這裡長短元音的對立是主要的，而短促調是伴隨性特徵。

入聲帶-ʔ尾是正常的，去聲帶-ʔ尾則是特殊現象。說上聲帶-ʔ尾是後起的孳生現象，有什麼根據呢？這就像送氣變送氣是正常現象，而濁音變送氣則是後起的特殊現象，道理是一樣的。

三、漢藏比較

徐氏認爲用漢藏比較證明去聲來自-s 尾在方法論上就難以成立，因爲漢語和藏緬系語言的聲調都是各自獨立形成的，沒有任何發生學的聯繫，無法進行歷史比較；即使漢語的去聲字全部對應於藏緬系 18 機

某一語言的-s 尾，它也不能成爲漢語去聲字有-s 尾的根據；南亞語系，如越南語、佤語、布朗語都沒有親屬關係，但卻產生了和漢語、藏語同類型的聲調，這表明不能用歷史比較法去研究聲調的起源和它的歷史演變。

徐先生怎麼知道聲調是各自獨立形成的？不能因爲七八世紀才有文字記載

的藏語還沒有聲調，就說漢語和藏語的聲調都是各自獨立形成的。這就像濁音清化現象：漢語和藏語都走了濁音清化這條路，但漢語比藏語早。這只是時間早晚而已，難道我們要說，濁音清化是漢語和藏語各自獨立形成的嗎？漢語和藏語走的路一樣，只是時間有早晚。苗語、瑤語 8 個聲調，平、上、去、入各 2 個；壯語、侗語 8 個聲調，平、上、去、入各 2 個；白語 8 個聲調，都是平、上、去、入各 2 個。緬甸語也是平、上、去、入都有的，只有藏語奇怪。藏語的聲調之所以看起來和漢語不一樣是音位歸納的結果，並不是各自獨立發生的結果。明明藏語是 6 個聲調，某位先生卻把入聲的兩個聲調並到短元音裏去了，結果變成了 4 個聲調。一個是 53 調（入聲調），他把它並到 42 調去了；一個是 132 調，他並到 13 調去了。這樣做的結果是，入聲不自己成調了。實際上藏語也是舒、促兩聲分開的，入聲自己形成一個聲調，像那些語言一樣都是平、上、去、入的。可現在藏語只有平、上、入，去聲沒有，實際是並到入聲去了。這和漢語上古、中古間一度去入不分一樣。其實漢語到了六朝時才有聲調，算起來時間上比藏語早不了多少，它們是很接近的。不能認為古已有了聲調的漢語和 7 世紀才有聲調的藏語是沒有關係的。越南語從南亞語演變而來，原來沒有聲調；宋代時的占城語還沒有聲調，到了海南島才有，現在 7 個聲調，也是一樣的道理。聲調是在不同的時代、不同的語言之間發生的，漢藏這個圈子裏的語言都走舒促、陰陽分化的道路，只是或早或晚。有一點不同的是 s 有的歸去聲變，有的歸入聲變。

越南語、佤語、布朗語和漢語之間是有親緣關係的（當然，此觀點還處於爭論中，一些學者不接受）。漢語在濁音清化之前（唐代）已經是 8 個調了。漢語聲調的形成有兩個因素：韻尾的舒促和聲母的清濁。他們只講一個，不提舒促問題，因為他們把藏語的入聲處理掉了，這樣自然沒有舒促問題了。他們只提藏語不提緬語，緬語完全和漢語一樣：平聲開尾，一個緊喉，一個 h 尾，一個 b、d、g 尾。他們用一個被改過的藏文代表整個藏緬語系。

張雁文中還提到了「慚」字：「是否所有收 -s 尾的音節都有一個相同的伴隨性音高特徵呢？因為有心 sems、慚 ndzems 一類非去聲字的存在，答案顯然是否定的。」然而，「慚」字藏文兩個讀法，慚ɦdzems、ɦzem。心字能不能對應 sems 還不好說，因為藏文 sems 是心性的意思，不是心臟。sems 有可能對「性」

字，這是有爭議的。古代是很活的，常見的字能對上就可以了，不可能所有的字都對應上。語言是在變的，比如，「慶」在古代都讀平聲，現在都讀去聲，當然在古代時不帶 s 尾了。我們漢語自己的方言裏都不能做到上聲對上聲、去聲對去聲，何況另一種語言了。藏文 s 尾對應漢語去聲字的很多，鄭張先生（2003）找到的如：

> 二 gnjis、外ŋos 側旁、貨 dŋos、縞 gos、罅 gas、雇 glas、義ŋes、耐 nus（以上開尾後置 s）
>
> 滲 sims、禁 khrims 法律、降ɦkhruŋs 降生、脹 skraŋs 腫、匠 sbjaŋs 熟練、graŋs 量名詞（以上鼻尾後置 s）
>
> 晝、纛 gdugs、霧 rmugs、付 ɦbogs、候 sgugs、志 rtags 標誌、渧 thigs 水滴、世 rabs 世代、蒞 bslebs 來到、墊 brdibs 傾塌（以上塞尾後置 s）

不只這 25 個例子，但不能要求所有的都對上。因爲藏文的 s 尾是活的，它可作過去時尾。如果兩三個例子我們可以說是偶然的，但幾十個了就得解釋這一現象。

四、形態方面的證據

張雁在這一部分裏提出：即使承認上古漢語有這種詞尾構詞法，也不可能得出「-s 尾遺失後變成去聲」的結論。這主要是批評梅祖麟的觀點。梅祖麟先生（2000：331）曾說過以下兩段話：

「可以說上古漢語早期的動詞是後面可以附加-s 詞尾的一種詞類，名詞是後面不可以加-s 的詞類，這樣就從構詞法的差別把這兩種最基本的詞類分開了。」

「在漢藏比較方面，我們認爲漢語的去聲跟藏文的-s 同源，因爲藏文的-s 詞尾只能把動詞變成名詞，不能把名詞變成動詞，所以漢語中的動變名型是承繼共同漢藏語的一種構詞法。」

梅氏的論證過程是有理有據，材料詳實豐富的，張雁無法正面反駁（即使借用丁邦新先生、徐通鏘先生的觀點），於是她引用了白一平、沙加爾的理論，即具有構詞功能的詞尾加在入聲韻尾之後而演變爲中古（MC）去聲的過程：

> *-Vp-s↘
>
> *-Vt-s → -Vt-s → Vj-s → MC-VjH
>
> *-Vk-s → -Vk-s → V-s → MC-VH

她得出的結論是：「作爲與入聲相區別的-s尾，它消失之後餘下的音節仍然可以跟源詞的入聲音節相區別，沒有必要產生一個去聲。」

這個問題很好解釋。首先，張雁所引的部分h尾剛剛產生，還沒有消失，這時當然不能產生聲調，此刻聲調只是作爲一個伴隨性特徵出現。但隨著語言的發展，當h也沒有了，或者h很輕微了，聲調就上昇爲一個調位。在h很響亮的時候，聲調只是伴隨性特徵，不會上昇爲一個調位的，因爲它們之間有區別，不需要聲調作爲區別特徵。在h由輕微到消失的過程中，聲調才能上昇爲調位。

其次，白一平、沙加爾的這一推理與鄭張先生的觀點是有區別的，鄭張先生的推導是：

$$*\text{-Vp-s} \searrow$$
$$*\text{-Vt-s} \rightarrow \text{-Vt-s} \rightarrow \text{Vs} \rightarrow \text{Vih} \rightarrow \text{MC-VjH}$$
$$*\text{-Vk-s} \rightarrow \text{-Vk-s} \rightarrow \text{Vh} \rightarrow \text{MC-VH}$$

鄭張先生不贊成白一平的-Vt-s→Vj-s 這一過程，不能理解怎麼會產生出j來。其中s變作i鄭張先生用藏文、佤語、占語做證明，藏文就是這樣變的，s→ih。

再次，如果按照張雁的推理，那麼鄭張先生所說的溫州話裏上聲帶緊喉，就沒有必要有上聲了，帶緊喉就可以了。可事實上，溫州話卻是既有上聲調又有緊喉。張雁的道理是不符合方言事實的，她說用不著產生一個去聲，可方言事實就用得著，方言就是在有區別有緊喉的情況下又有上聲調。在山西孝義方言裏，去聲還帶-h呢。照她的理論，沒必要有去聲了。

對白一平、沙加爾的理論，張雁質疑道：「-s尾的消失後跟漢語史上後來入聲韻尾的消失沒有什麼不同，而漢語史上入聲韻尾的消失所導致的結果是『入派三聲』，即按其固有的伴隨性音高（調值）歸入相應的調類……不是所有收-s尾的音節都有一個相同的伴隨性音高特徵。」難道入聲有三個聲調嗎？在同一個方言或同一個語言裏，所有收-s尾的音節都有一個相同的伴隨性音高，這是肯定的。她又說：「即使某些音節具有相同的伴隨性音高特徵，也不是-s尾決定的。」那是什麼決定的？

張雁對蒲立本的批評是：蒲氏爲避免對音解釋上的困難，捨棄早年-ts的構擬，把「貴」、「賴」等字直接擬測爲kus、las，丁邦新批評說：「……不能爲部

分的方便忽略系統的問題」。

鄭張先生把「貴」的擬音定爲：kuds→kus，不是蒲立本捨棄了什麼，而是原來的擬音和現在的擬音是兩個環節，兩個時間段，早期是 kuds，後來是 kus。「賴」也一樣，rads→ras。

很多方言的喉塞音是由曲折調產生的，這在古代就有了，如唐代。所以說，這只是他的一家之言，我們認爲是由於緊喉才產生了曲折調。鄭張先生指出上聲有兩種：一是升上去，45 調，唐代就有了，日本人記錄的唐代 8 個調中，上聲就是這樣的；一是敦煌的藏文對音裏，上聲字對應的都是雙元音，如酒、祖，其它聲調都是單元音，因爲上聲是個曲折調，聽起來像兩個元音。龍州壯語的一個低降調也帶喉塞尾，是陽上字，上聲字。我們說緊喉引起短調，現在北京話的上聲帶割裂音也是歷史上上聲帶緊喉而留下的痕跡。趙元任、傅懋勣都說過北京上聲至今爲緊元音。

2.3.5　上聲是否來自-ʔ尾

這一部分張雁引用了很多丁邦新先生的觀點，其中，「丁氏（1975）利用所有《悉曇藏》中的佛經材料證明中古上聲不是短調，只是高升調而已」。

鄭張先生認爲中古上聲是個短的高升調，如 45 調、35 調。朱曉農《從實驗語音學看上聲起源於喉塞尾》一文裏提到公認的觀點之一就是：「聲調被發現後早期（南北朝後期至初唐）上聲的調形是升調：陰上高升，陽上低升。」丁氏所說的「高升調」只是陰上，不是中古全部上聲的調形，陽上就不是高升調。梅祖麟先生（2000：343）對中古上聲的調形和鄭張先生的看法一致：「中古上聲的短高調，是上古上聲喉塞尾音失落後遺留下的痕跡。」

張雁一文的結尾說：「既然-ʔ尾很可能不是一個後綴而是一個伴隨性的特徵，那麼，把上聲的起源歸因於它的消失，就只能算是子虛烏有之說了」。鄭張先生指出，韻尾和後綴都表現爲音段，不是什麼伴隨性特徵，伴隨性特徵只能是聲調。這個問題朱曉農（2005）論述得相當清楚。朱先生不僅從實驗語音學角度邏輯地推導出上聲起源於喉塞尾，而且對產生聲調的諸多因素做了分析。

朱先生的推理是在接受兩個公認觀點的前提下進行的，其一是「漢語聲調不是與生俱來，而是由某種非聲調的物質變來的」。「非聲調」的物質包括音長、音強（包括響音性 sonority）、發聲、音段。其中，音長不起作用顯而易見；音

強對基頻起作用，但只能產生高低不同，不能產生系統的調型區別；響音性與音強相關，就承載聲調信息的元音而言，一般低元音響度大，高元音小。但聲調類並不與元音高度相配，故可排除響度。剩下發聲和音段。發聲方面全緊聲會引起高調（在承認聲調早期的調型是升調的前提下）；音段方面會產生基頻差異的有聲母、元音、鼻韻尾、喉塞尾。實驗語音學證明：全緊聲、聲母、元音、鼻韻尾都不可能導致上聲，只留下喉塞尾這個牽扯到發聲的音段因素是聲調最可能的來源。

結 論

前面幾章我們以斯塔羅斯金《古代漢語音系的構擬》和鄭張尚芳《上古音系》爲主要對象，結合國內外知名學者的構擬，多角度地比較了兩位學者的上古音系統，取得了以下幾點結論：

一、材料、方法

1．兩者都強調諧聲分析和上古詩歌用韻分析，但鄭張先生的國學功底則要深厚得多，不僅大量運用了轉注、通假、異讀、讀若、直音、異文、聲訓等材料，而且對它們有所側重，有所選擇。

2．兩者都重視《詩經》、《楚辭》的叶韻歸部，此外，斯氏還引用了《荀子》、《老子》、宋玉詩文、《釋名》、謝靈運、鮑照、陶淵明等詩文用韻材料。

3．斯氏與鄭張都根據韻書、韻圖及現代方言構擬了中古音系，這其中兩者都重視韓文、日文和越南文材料。只是斯氏主要把它們用於中古音系的構擬，而鄭張先生則明確指出了它們不僅具有全套的中古漢語對音，還含有上古漢語對音層次。

4．在對親屬語言的運用上，兩者各有優長，除都使用藏語、緬語資料外，鄭張先生還使用了泰文、傣文、孟文、柬文、占文等有古文字的親屬語。而斯氏則更側重使用盧謝語（Lushei）、克欽語（Keqin）、米基爾語（Mikir）、彝語、坦庫爾語（Tangkhul）、肖語（Sho）、塔多語（Thado）等。

5·在方法上，斯氏構擬上古音系，最重視的是諧聲分析和上古用韻系統分析相結合，而鄭張先生則認爲推定上古音類的主要依據是中古《切韻》音系與上古韻部、諧聲系統間的語音分合所表現的對應關係。當然這兩方面並不是對立的。

二、中古音

1·中古聲母系統：鄭張先生 37 聲母，斯氏 38 聲母（多一雲母 w）。此外，莊組、知組、船、禪、日、曉、匣的具體音值也有分歧。

2·中古韻母系統：

（1）斯氏雖堅持一韻一元音一韻尾原則，但有例外，鄭張先生則徹底堅持了這一原則。

（2）斯氏從高本漢之說，仍堅持四等韻帶齶介音 i。筆者贊成鄭張先生的觀點：取消四等字的介音。不過對於四等韻的主元音，二者一致認爲是 e，這與陸氏（1947）、董氏（2001）、周氏（1970）、邵氏（1982）所定的ɛ不同。

（3）二者的中古元音系統近似，區別只有一點：鄭張先生擬了 11 個，比斯氏多一個ɤ。

（4）鄭張先生給《切韻》系統擬了 3 個齶介音：二等爲ɣ-，三等ɨ-，四等晚期增生 i-。斯氏沒給二等字擬介音，但二者都認爲二等具有捲舌性。

（5）斯氏《切韻》系統的構擬中最有特色的是三等韻不帶任何介音。

（6）二者對中古各等的特徵劃分標準不同，結論自然迥異。

（7）二者都認爲重三和重四的區別是介音不同，但具體擬音又不一致。

3·聲調：中古聲調系統的分歧歷來較小，所以二者的闡述也較簡單，值得一提的是，斯氏認爲中古聲調分佈的一個特點是：只出現在降調裏的韻尾是-j的韻有很多，即 èj、ə̀j、àj、ɐ̀j。鄭張先生提出了中古平聲和去聲是長音，上聲和入聲是短音的觀點。

三、上古聲母

同：1·二者都構擬了一套清鼻流音聲母，斯氏把它們表示成：m̥、n̥、ŋ̊、l̥、r̥，鄭張先生則表示成 hm、hn、hŋ、hl、hr。

2·都把來母擬爲 r，以母擬爲 l。

3·都把清母的早期上古音擬爲擦音 sh。

4・二者的上古聲母系統中都有一套唇化舌根音、喉音。

異：1・斯氏同某些學者一樣只構擬了一套清鼻流音聲母，鄭張先生則構擬了兩套清鼻流音聲母，另一套爲 mh[m̥ʰ]、nh[n̥ʰ]、ŋh[ŋ̥ʰ]、rh[r̥ʰ]、lh[l̥ʰ]。

2・斯氏認爲上古濁聲母全部有送氣、不送氣的對立（包括鼻流音、半元音），而鄭張先生濁聲母只擬了一套不送氣聲母。

3・二者所構擬的影、曉、匣、雲的上古形式分歧較大。

4・二者對精組字上古形式的處理不同。

5・二者對上古有無邊塞擦音的看法不同，斯氏擬了一套邊塞擦音：ĉ、ĉh、ĝ、ĝh。

6・鄭張先生構擬的複聲母數量更多、種類更豐富些，劃分得也更細膩。

四、上古韻母

1・介　音

同：1）上古只有 3 個介音：w、j、r，上古沒有元音性介音。

2）都認爲發展爲中古二等的字全帶介音 r，發展爲中古莊組的三等字和重紐 B 類字也都帶介音 r。 r 在二者的上古系統裏分佈大致一致。

異：1）二者對介音 w 最早出現的時期看法不同。

2）輔音性的介音 j 在二者的系統裏分佈也有區別，鄭張先生的章系及邪母帶 j，斯氏不帶。

2・元音長短和「等」

同：一、二、四等韻和上古的長元音相對應，三等韻和上古的短元音相對應。

異：證明這一對應關係成立的依據不同。

3・元音系統

同：二者都採用 6 元音系統，一致認爲脂部的主元音是 i，侯部的是 o，幽部的是 u，支部的是 e，魚部的是 a。

異：之部的主元音，鄭張先生認爲ɯ更恰當，斯氏則仍沿用舊說，用的是ə。

4．韻尾和聲調

同：1）二者都接受了奧德里古、蒲立本的上聲來自-ʔ、去聲來自-s（-h）
的仄聲起源於韻尾的說法。

2）二者都擬了四個後來發展為入聲的塞韻尾，即斯氏：-p、-t、-k、
-kʷ；鄭張：-b、-d、-g、-ug＜wɢ。

3）二者都擬了三個鼻韻尾，且它們的平聲和上聲形式完全一致，即：
平聲-m、-n、-ŋ，上聲-mʔ、-nʔ、-ŋʔ。

4）陰聲韻尾中二者都擬了-ø、-w，它們的上聲形式分別是-ʔ、-wʔ，
去聲形式也都接受-s→-h、-ws→-wh。

異：1）塞韻尾一清一濁（斯氏：-p、-t、-k；鄭張：-b、-d、-g）。

2）齶化韻尾一有一無（斯氏：-ć、-j、-jʔ、-jh；鄭張：無齶化韻尾）。

3）唇化舌根音尾一新一舊（鄭張：-ug＜-wɢ，-ɢ前易生 w；斯氏：
-kʷ）。

4）去聲韻尾一今一古（斯氏：-h；鄭張：-s）。

5）斯氏認為上聲調產生在公元前 5 到公元前 3 世紀，去聲調產生在公
元 3 世紀；鄭張先生則認為四聲都在晉至南北朝之間產生。

總之，兩位學者在許多方面的構擬均達成了一致。比如，都是 6 元音系統、
以-r-表二等、以 r-表來母、三等古為短元音，一二四等為長元音、上聲來自喉
塞尾、去聲來自-s→-h 尾，等等。至於兩個體系的不同之處，我們認為是各有
特色。例如，鄭張先生仍從李方桂將章組擬作帶 j 的音未免繁冗；斯氏對章組
的構擬簡潔明快，但造成一些字的擬音混同，致使上古聲母系統複雜化了。鄭
張先生對複輔音的梳理條理清晰，但有時複輔音的構擬略顯草率；斯氏對複輔
音的擬測不成系統，但卻比較謹慎。

由於筆者學識所限和時間的倉促，以及對上古音認識的膚淺，本文不足之
處一定很多，望專家學者和同行學友批評指教。

參考文獻

1. R.L.Trask 著，周流溪導讀，2000，《歷史語言學》，外語教學與研究出版社。

2. Winfred P. Lehmann 著，馮蒸導讀，2002，《歷史語言學導論》，外語教學與研究出版社。

3. 白一平 1992，《漢語上古音手冊》，A Handbook of Old Chinese Phonology,Trends in Linguistics—s. & m.64 ,Mouton de Gruyter, Berlin / New York

4. 包擬古，1980，《原始漢語和漢藏語》（N.C.Bodman:Proto-Chinese and Sino-Tibetan，載 Contributions to Historical Linguistics，ed.by Frans van Coetsem and Linda R.Wangh.Leiden E.J Brill 1980）〔有潘悟雲、馮蒸譯本，1995 北京中華書局〕。

5. 本尼迪克特（白保羅），1972，《漢藏語言概論》Sino-Tibetan: A Conspectus，劍橋大學出版社〔樂賽月、羅美珍譯本，中國社會科學院民族研究所 1984〕。。

6. 藏緬語語音和詞彙，1991，《藏緬語語音和詞彙》編寫組，中國社會科學出版社。

7. 陳澧，1984，《切韻考》，中國書店。

8. 陳慰主編，1998，《英漢語言學詞彙》，商務印書館。

9. 陳保亞，1998《百年來漢藏語系譜系研究的理論進展》，語言學論叢（第二十一輯），北京大學中文系《語言學論叢》編委會編，商務印書館。

10. 陳獨秀，2001，《陳獨秀音韻學論文集》，中華書局。

11. 陳復華、何九盈，1987，《古韻通曉》，中國社會科學出版社。

12. 陳士林、邊仕明、李秀清編著，1985，《彝語簡志》，中國少數民族語言簡志叢書，民族出版社。

13. 陳新雄，2000，《曾運乾之古音學》，《語言文字學》2000 年 8 期，中國人民大學書報資料中心。

14. 戴慶廈，1998《20世紀的中國少數民族語言研究》，書海出版社。

15. 戴慶廈，2000，《漢語研究與漢藏語》，語言（第一卷）劉利民、周建設主編，首都師範大學出版社。

16. 戴慶廈等合著，1991，《藏緬語十五種》，北京燕山出版社。

17. 丁度等編，1985，《集韻》，上海古籍出版社。

18. 丁邦新，1998，《丁邦新語言學論文集》，商務印書館。

19. 丁邦新，2004，北大講學講義，未發表。

20. 董琨、馮蒸主編，2005，《音史新論》，學苑出版社。

21. 董同龢，1944，《上古音韻表稿》，中央研究院史語所石印，李莊〔1948重刊於《史語所集刊》18冊〕。

22. 董同龢，1948，《廣韻重紐試釋》，《國立中央研究院歷史語言研究所集刊》第十三本，（臺灣）商務印書館發行，中華民國三十七年出版。

23. 董同龢，1965，《漢語音韻學》，中華書局2001。

24. 俄漢、漢俄對照語言學名詞（初稿），1961，中國科學院語言研究所、北京大學中文系語言學教研室編，科學出版社。

25. 方孝岳、羅偉豪編，1988，《廣韻研究》，中山大學出版社。

26. 方孝岳編，1988，《廣韻韻圖》，中華書局。

27. 馮蒸，1979《近十五年來國外研究藏語情況簡述（下）》，《語言學動態》，1979年2期。

28. 馮蒸，1979《近十五年來國外研究藏語情況簡述》，《語言學動態》，1979年1期。

29. 馮蒸，1997，《漢語音韻學論文集》，首都師範大學出版社。

30. 馮蒸，2006，《〈切韻〉咸、蟹二攝一二等重韻中覃咍韻系構擬的一處商榷——論前、央、後/a/不能同居於一個音系》，北大「漢聲社」沙龍宣讀，尚未發表。

31. 高本漢，1940，《中國音韻學研究》，趙元任、羅常培、李方桂合譯，商務印書館2003。

32. 高本漢，1954，《中上古漢語音韻綱要》Compendium of Phonetics in Ancient and Archaic Chinese,BMFEA 1954，聶鴻音譯本，齊魯書社，1987。

33. 高本漢，1957《修訂漢文典》Gramata Serica Recensa，BMFEA，Vol.29，潘悟雲等譯本，上海辭書出版社，1997。

34. 龔煌城，2002，《漢藏語研究論文集》，《語言暨語言學》專刊丙種之二（下），中研院語言學研究所，臺北。

35. 龔煌城，2004，北大講學講義，未發表。

36. 顧炎武，1982，《音學五書》，中華書局。

37. 郭錫良，1986，《漢字古音手冊》，北京大學出版社。

38. 漢語上古音國際研討會論文提要（稿），上海復旦大學，2005年12月13至18日。

39. 漢越詞典，1997，《漢越詞典》編寫組編，商務印書館。

40. 何成等編，1997，《越漢辭典》，商務印書館。

41. 何九盈，1981《上古並定從群不送氣考》，語言學論叢（第八輯）北京大學中文系《語言學論叢》編委會編，商務印書館。

42. 何九盈，1991，《上古音》，商務印書館。

43. 何九盈，2000，《中國古代語言學史》，廣東教育出版社。

44. 何九盈，2002，《音韻叢稿》，商務印書館。

45. 何九盈，2004，《漢語和親屬語言比較研究的基本問題》，語言學論叢（第二十七輯），北京大學漢語語言學研究中心《語言學論叢》編委會編，商務印書館。

46. 黃侃，1980，《黃侃論學雜著》，上海古籍出版社。

47. 黃布凡，《從藏緬語同源詞看藏緬族群的史前文化》，《語言文字學》，1999年7期，中國人民大學書報資料中心。

48. 黃布凡主編，1992，《藏緬語族語言詞彙》，中央民族學院出版社。

49. 黃典誠，1993，《漢語語音史》，安徽教育出版社。

50. 黃典誠，1994，《切韻綜合研究》，廈大出版社。

51. 江荻，2000，《漢藏語言繫屬研究的文化人類學方法綜論》，《語言文字學》，2000年1期，中國人民大學書報資料中心。

52. 江永，1982，《古韻標準》，中華書局。

53. 金理新，2002，《上古漢語音系》，黃山書社。

54. 金鵬主編，1983，《藏語簡志》，中國少數民族語言簡志叢書，民族出版社。

55. 瞿靄堂，1999，《漢藏語言聲調起源研究中的幾個理論問題》，《語言文字學》，1999年11期，中國人民大學書報資料中心。

56. 瞿靄堂，2000，《漢藏語言研究的理論和方法》，《語言文字學》，2000年10期，中國人民大學書報資料中心。

57. 賴惟勤，1978，《關於上古韻母》，余志紅譯，《語言學動態》，1978年5期。

58. 李榮，1956，《切韻音系》，科學出版社。

59. 李香，2003，《關於「去聲源於-s尾」的若干證據的商榷》，《語言學論叢》（第二十八輯），北京大學漢語語言學研究中心《語言學論叢》編委會編，商務印書館。

60. 李葆嘉，1997，《廣韻反切今音手冊》，上海辭書出版社。

61. 李方桂，1979，《上古漢語的音系》，葉蜚聲譯，《語言學動態》，1979年5期。

62. 李方桂，1980，《上古音研究》，商務印書館，1998。

63. 李方桂，2003，《李方桂先生口述史著》，王啟龍，鄧小詠譯，清華大學出版社。

64. 李如龍，2001，《漢語方言的比較研究》，商務印書館。

65. 李思敬，2001，《音韻》，商務印書館。

66. 李新魁，1979，《古音概說》，廣東人民出版社。

67. 李新魁，1986，《漢語音韻學》，北京出版社。

68. 李新魁，1993，《李新魁自選集》，河南教育出版社。

69. 李新魁，1994，《李新魁語言學論集》，中華書局。

70. 李新魁，2000，《中古音》，商務印書館。

71. 李新魁教授紀念文集，1998，《李新魁教授紀念文集》編輯委員會，中華書局。

72. 李毅夫、王恩慶等編，1982，《世界民族譯名手冊》，商務印書館。

73. 李振麟，1982，《關於歷史比較語言學的幾個問題》，國外語言學（一九八二年第四期），《國外語言學》編輯部，中國社會科學出版社。

74. 劉堅、侯精一主編，1993，《中國語文研究四十年紀念文集》，北京語言學院出版社。

75. 劉堅主編，1998，《二十世紀的中國語言學》，北大出版社。

76. 劉鈞傑，1999，《同源字典補》，商務印書館。

77. 劉勳寧，2003，《文白異讀與語音層次》，《語言教學與研究》，2003 年第 4 期，北京語言大學語言研究所。

78. 陸紹尊編著，1983，《普米語簡志》，中國少數民族語言簡志叢書，民族出版社。

79. 陸紹尊編著，1986，《錯那門巴語簡志》，中國少數民族語言簡志叢書，民族出版社。

80. 陸志韋，1947，《古音說略》，收入《陸志韋語言學著作集（一）》，中華書局，1985。

81. 陸志韋，1999，《陸志韋語言學著作集（二）》，中華書局。

82. 陸志韋，2003，《陸志韋未刊上古音論稿二篇》，語言（第四卷）劉利民、周建設主編，首都師範大學出版社。

83. 路式成、魏傑主編，1992，《外國語言研究論文索引（1949～1989）》高等學校外語學刊研究會，上海外語教育出版社。

84. 羅蘭，1940，《盧謝語詞典》，加爾各達 1940 年版，1976 年重印。。

85. 羅常培，1938，《陰法魯先生刻寫的羅常培先生周秦古韻擬音表》，手稿（北師大古籍所所長韓格平先生提供）。

86. 羅常培，1952，《貢山俅語初探》，《北京大學國學季刊》7 卷 3 期。

87. 羅常培，1980，《漢語音韻學導論》，中華書局。

88. 羅常培、王均，1957，《普通語言學綱要》，科學出版社。

89. 羅美珍，1978《〈漢藏語概論〉簡介》，《語言學動態》，1978 年 5 期。

90. 馬學良、瞿靄堂主編，1997，《普通語言學》，中央民族出版社。

91. 馬學良、羅季光，1962a，《我國漢藏語系語言元音的長短》，《中國語文》，1962 年第 5 期。

92. 馬學良、羅季光，1962b，《切韻純四等韻的主要元音》，《中國語文》，1962 年第 12 期。

93. 馬學良主編，2003，《漢藏語概論》，民族出版社。

94. 麥耘，1993，《〈詩經〉韻系》，收入《音韻與方言研究》，1995，廣東人民出版社。

95. 毛宗武等，1982，《瑤族語言簡志》，民族出版社。

96. 梅耶，1957，《歷史語言學中的比較方法》，科學出版社。

97. 梅祖麟，1980，《四聲別義中的時間層次》，《中國語文》6 期。

98. 梅祖麟，2000，《梅祖麟語言學論文集》，商務印書館。

99. 緬漢詞典，1993，北京大學東方語言文學系緬甸語教研室編，商務印書館。

100. 民國時期總書目（1911～1949）語言文字分冊，1986，北京圖書館編，書目文獻出版社。

101. 南開語言學刊（第二期），2003，南開大學文學院、漢語言文化學院、外國語學院合辦，南開大學出版社。

102. 轟建民、李琦編纂，1994，《漢語方言研究文獻目錄》，江蘇教育出版社。

103. 潘悟雲，1988，《高本漢以後漢語音韻學的進展》，《溫州師院學報》2 期。

104. 潘悟雲，1997，《喉音考》，《民族語文》5 期。

105. 潘悟雲，2000，《漢語歷史音韻學》，上海教育出版社。

106. 潘悟雲，2005，《漢語上古複輔音及有關構擬的方言確證》，東方語言學網。

107. 佩羅斯、斯塔羅斯金 1977：《漢語和藏語起源的比較研究》（語音的一致性），《東亞人民的早期民族史》，莫斯科，Пейрос Старостин 1977~Пейрос И И Старостин С.А.О генетическом сравнении китайского и тибетского языков （фонетические соответствия）--Ранняя этническая история народов Восточной Азии .М .1977.。

108. 蒲立本，1962，《上古漢語的輔音系統》The Consonant System Of Chinese,Asia Major 9，有潘悟雲徐文堪譯本，中華書局 1999。

109. 錢增怡，2000，《從漢語方言看漢語聲調的發展》，《語言文字學》2000 年 11 期，中國人民大學書報資料中心。

110. 慶祝呂叔湘先生從事語言教學與研究 60 年論文集，1985，語文出版社。

111. 裘錫圭，2002，《文字學概要》，商務印書館。

112. 全廣鎮，1996，《漢藏語同源詞綜探》，臺灣學生書局印行。

113. 沙加爾，2004，《上古漢語詞根》，龔群虎譯本，上海教育出版社。

114. 邵榮芬，1982《切韻研究》，中國社會科學出版社。

115. 邵榮芬，1991，《匣母字上古一分為二試析》，《語言研究》1 期。

116. 邵榮芬，1997，《邵榮芬音韻學論集》，首都師範大學。

117. 沈兼士，1985，《廣韻聲系》，中華書局。

118. 施向東，1984，《上古介音 r 與來紐》，收入《音韻學研究》（第三輯），中華書局。

119. 施向東，2000《漢語和藏語同源體系的比較研究》，華語教學出版社。

120. 辻本春彦，1962，《廣韻切韻譜（第三版）》，均社單刊第二種。。

121. 司馬光，1986，《宋本切韻指掌圖》，中華書局。

122. 斯塔羅斯金 1975：《原始日語語音系統的構擬》，《東方語語音綱要》，莫斯科，Старостин 1975--Старостин С.А. К вопросу о реконструкции праяпонской

фонологической системы--Очерки по фонологии восточных языков . М .1975. 。

123. 斯塔羅斯金 1979:《古代漢語音系的構擬》，副博士學位論文文摘，莫斯科，Старостин 1979--Старостин С.А. Проблемы реконструкции древнекитайской фонологической системы Автореф.канд. дис. М. 1979 . 。

124. 斯塔羅斯金 1983:《上古漢語的聲調——亞洲語言的譜系、地域和類型聯繫》，莫斯科，Старостин 1983--СтаростинС.А. О тонах в древнекитайском языке--Генетические ареальные и типологические связи языков Азии. М .1983. 。

125. 斯塔羅斯金 1989:《古代漢語音系的構擬》，莫斯科，Старостин 1989--СтаростинС.А. Реконструкция древнвкитайской фонологической системы.М .1989. 。

126. 孫宏開，1982,《獨龍語簡志》，民族出版社。

127. 孫宏開，1982《藏緬語若干音變探源》，《中國語言學報》，第一期，商務印書館。

128. 孫宏開，1998《20世紀中國少數民族語言文字研究》，《20世紀中國語言學》，北大出版社。

129. 孫宏開、江荻，1999,《漢藏語言繫屬分類之爭及其源流》，《語言文字學》1999年9期，中國人民大學書報資料中心。

130. 孫宏開、劉璐編著，1986,《怒族語言簡志》，中國少數民族語言簡志叢書，民族出版社。

131. 孫宏開編著，1980,《羌語簡志》，中國少數民族語言簡志叢書，民族出版社。

132. 唐作藩，2001,《音韻學教程》，北京大學出版社。

133. 王力，1957,《漢語史稿》，科學出版社2002。

134. 王力，1980,《詩經韻讀》，上海古籍出版社。

135. 王力，1985,《漢語語音史》，中國社會科學出版社1998。

136. 王力，1991,《漢語音韻》，中華書局。

137. 王力，1991,《漢越語研究》，收入《王力文集》18卷，山東教育出版社。

138. 王力，1992,《清代古音學》，中華書局。

139. 王力，1999,《同源字典》，商務印書館。

140. 王福堂，2003,《漢語方言語音中的層次》，語言學論叢（第二十七輯）北京大學漢語語言學研究中心《語言學論叢》編委會編，商務印書館。

141. 王靜如，1941,《論開闔口》，燕京學報第二十九期。

142. 王靜如，1948,《論古漢語之齶介音》，燕京學報第三十五期。

143. 王均等，1984,《壯侗語族語言簡志》，民族出版社。

144. 王士元，2002,《王士元語言學論文集》，商務印書館。

145. 王士元主編、李葆嘉主譯，2005,《漢語的祖先》，中華書局。

146. 王堯、王啓光主編，2002,《國外藏學研究譯文集（第16輯）》，西藏人民出版社。

147. 韋慶穩、覃國生編著，1980,《壯語簡志》，中國少數民族語言簡志叢書，民族出

版社。

148. 吳安其，2000，《藏緬語的分類和白語的歸屬》，《語言文字學》2000 年 6 期，中國人民大學書報資料中心。

149. 吳安其，2002《漢藏語同源研究》，中央民族大學出版社。

150. 向日徵編著，1992，《漢苗詞典》，四川民族出版社。

151. 邢公畹，1999，《漢藏語繫上古音歌侯幽宵四部同源字考（讀柯蔚南〈漢藏語詞彙比較手冊〉札記)》，《語言文字學》1999 年 2 期，中國人民大學書報資料中心。

152. 邢公畹，1999，《漢藏語繫上古音侵談兩部同源字考（讀柯蔚南〈漢藏語詞彙比較手冊〉札記)》，《語言文字學》1999 年 1 期，中國人民大學書報資料中心。

153. 邢公畹，2000，《漢藏語繫上古音葉緝物質月五部同源字考（讀柯蔚南〈漢藏語詞彙比較手冊〉札記)》，《語言文字學》2000 年 1 期，中國人民大學書報資料中心。

154. 邢公畹，2000，《邢公畹語言學論文集》。。

155. 徐琳、木玉璋、蓋興之編著，1986，《傈僳語簡志》，中國少數民族語言簡志叢書，民族出版社。

156. 徐琳、趙衍蓀編著，1984，《白語簡志》，中國少數民族語言簡志叢書，民族出版社。

157. 徐通鏘，1991《普通語言學》，商務印書館，2001 年。

158. 徐悉艱等編，1983，《景漢辭典》，雲南民族出版社。

159. 薛才德，1999，《藏語漢藉詞的特點》，《語言文字學》1999 年 10 期，中國人民大學書報資料中心。

160. 薛才德，2001，《漢語藏語同源字研究——語義比較法的證明》，上海大學出版社。

161. 雅洪托夫，1986，《漢語史論集》，唐作藩、胡雙寶編，北京大學出版社。

162. 嚴修，2001，《20 世紀的古漢語研究》，書海出版社。

163. 嚴學宭，1990，《廣韻導讀》，巴蜀書社。

164. 顏其香、周植志，1995，《中國孟高棉語族語言與南亞語系》，中央民族大學出版社。

165. 顏其香等編，1981，《佤漢簡明詞典》，雲南民族出版社。

166. 彝漢簡明詞典，1984，雲南省路南彝族自治縣文史研究室編。

167. 余迺永，1985，《上古音系研究》中文大學出版社，香港。

168. 余迺永，2000，《新校互註宋本廣韻》（增訂本），上海辭書出版社。

169. 俞敏，1999，《俞敏語言學論文集》，商務印書館。

170. 語言學論叢（第二十六輯），2002，北京大學漢語語言學研究中心《語言學論叢》編委會編，商務印書館。

171. 語言學論叢（第十四輯），1987，北京大學中文系《語言學論叢》編委會編，商務印書館。

172. 喻翠容、羅美珍編著，1980，《傣語簡志》，中國少數民族語言簡志叢書，民族出版社。

173. 喻世長，1984《用諧聲關係擬測上古聲母系統》，《音韻學研究》第一輯，中華書局。

174. 臧克和、王平校訂，2002，《說文解字新訂》，中華書局。

175. 曾運乾，1996，《音韻學講義》，中華書局。

176. 張雁，2003，《上、去二聲源於韻尾說不可信》，《語言學論叢》（第二十八輯），北京大學漢語語言學研究中心《語言學論叢》編委會編，商務印書館。

177. 張慧美，1996，《王力之上古音》，博士論文（東海大學中國文學研究所），尚未出版。

178. 張均如編著，1980，《水語簡志》，中國少數民族語言簡志叢書，民族出版社。

179. 張均如等合著，1999，《壯語方言研究》，四川民族出版社。

180. 張儒、劉毓慶，2002，《漢字通用聲素研究》，山西古籍出版社。

181. 張世祿，1998，《中國音韻學史》，商務印書館。

182. 張怡蓀主編，1993，《藏漢大詞典》，民族出版社。

183. 趙元任，1985，《趙元任語言學論文選》，葉蜚聲譯，中國社會科學出版社。

184. 趙元任，2002《趙元任語言學論文集》，商務印書館。

185. 鄭遠漢，1997，《黃侃學術研究》，武漢大學出版社。

186. 鄭張尚芳，1960，《讀〈貢山俅語初探〉》，手稿。

187. 鄭張尚芳，1981，《漢語上古音系表解》，浙江語言學會首屆年會論文（82 年修改油印，2003《語言》4 卷，首都師範大學出版社）。

188. 鄭張尚芳，1983-4《上古音構擬小議》，《語言學論叢》14 輯，商務印書館 1984，（1983 北京大學上古音討論會書面發言）。

189. 鄭張尚芳，1987，《上古韻母系統和四等、介音、聲調的發源問題》，《溫州師院學報》4 期（中國人民大學複印報刊資料 1988《語言文字學》1 期）。

190. 鄭張尚芳，1990，《上古漢語的 s-頭》，《溫州師院學報》4 期。

191. 鄭張尚芳，1991，Decipherment of Yue-Ren-Ge《越人歌的解讀》，《東方語言學報》（CLAO）20 卷 2 期，巴黎；孫琳、石鋒譯文見《語言研究論叢》第 7 輯，語文出版社 1997。

192. 鄭張尚芳，1994，《漢語聲調平仄分與上聲去聲的起源》，《語言研究》1994 年增刊。

193. 鄭張尚芳，1995，《漢語與親屬語同源根詞及附綴成分比較上的擇對問題》，《中國語言學報》（JCL）單刊 8 號：The Ancestry of the Chinese Language，edited by W.S-Y.Wang。

194. 鄭張尚芳，1998，《上古音研究十年回顧與展望（一）》，《古漢語研究》4 期：11-17。

195. 鄭張尚芳，1999，《上古音研究十年回顧與展望（二）》，《古漢語研究》1 期：8-17。

196. 鄭張尚芳，2000《中古三等專有聲母非、章組、日喻邪等母的來源（提要）》，紀。

197. 鄭張尚芳，2001，《漢語的同源異形詞和異源共形詞》，《漢語詞源研究》第一輯：179～197，吉林教育出版社（1999首屆漢語詞源學研討會論文）。

198. 鄭張尚芳，2001，《漢語方言聲韻調異常語音現象的歷史解釋》，語言（第二卷）劉利民、周建設主編，首都師範大學出版社。

199. 鄭張尚芳，2002，《古來母以母今方言讀擦音塞擦音問題》，語言（第三卷）劉利民、周建設主編，首都師範大學出版社。

200. 鄭張尚芳，2002《漢語及其親屬語言語音演變中的元音大推移》，歷史語言學研討會（2002年8月溫州師院）。

201. 鄭張尚芳，2002b，《上古脂質眞三部i元音對見系聲母的齶化及其連鎖反應》，中國音韻學研究會第12屆研討會（2002.8石家莊）。

202. 鄭張尚芳，2003，《上古音系》，上海教育出版社。

203. 中國大百科全書（語言文字卷），1988，中國大百科全書總編輯委員會《語言文字》編輯委員會編，中國大百科全書出版社。

204. 中國社會科學院民族所，1991，《藏緬語語音和詞彙》，中國社會科學出版社。

205. 中國音韻學研究會編，1984，《音韻學研究》（第一輯），中華書局。

206. 中國音韻學研究會編，1994，《音韻學研究》（第三輯），中華書局。

207. 中國語言學報（第一期），1983，《中國語言學報》編委會編，商務印書館。

208. 周法高，1948，《廣韻重紐的研究》，《國立中央研究院歷史語言研究所集刊》第十三本，（臺灣）商務印書館發行，中華民國三十七年出版。

209. 周法高，1948，《切韻魚虞之音讀及其流變》，《國立中央研究院歷史語言研究所集刊》第十三本，（臺灣）商務印書館發行，中華民國三十七年出版。

210. 周法高，1968，《論切韻音》，香港中文大學《中國文化研究所學報》第一卷。

211. 周法高，1969，《論上古音》，香港中文大學《中國文化研究所學報》第二卷，第一期。

212. 周法高，1970，《論上古音和切韻音》，香港中文大學《中國文化研究所學報》第三卷，第二期。

213. 周法高，1972，《上古漢語和漢藏語》，香港中文大學《中國文化研究所學報》第五卷，第一期。

214. 周法高，1980，《論中國語言學》，（香港）中文大學出版社。

215. 周及徐，2002，《漢語印歐語詞匯比較》，四川民族出版社。

216. 周流溪，2001，《上古漢語音系新論》，《古漢語研究》2期。

217. 周祖謨，1981，《問學集》，中華書局。

附錄一　斯塔羅斯金的生平與著作

一、生　平

　　斯塔羅斯金出生於 1953 年 3 月，卒於 2005 年 9 月 30 日，莫斯科人，俄羅斯國立人文大學教授。他是蘇聯著名漢學家雅洪托夫的學生，雅洪托夫又是赫赫有名的漢學家龍果夫的得意弟子。斯氏是俄羅斯著名的漢學家，也是歷史比較語言學、東方學和印歐語語言學領域的專家。1997 年 3 月 30 日成為文學和語言（語言學）系的通訊院士，是著名的巴別塔（Tower of Babel）計劃的領導人。

　　斯氏早年致力於原始日語的研究，22 歲時發表了《原始日語語音的構擬問題》（1975）一文，刊登在《東方語語音綱要》（莫斯科，1975）上。24 歲與佩羅斯合著了《漢語和藏語起源的比較研究》，發表在《東亞人民的早期民族史》（莫斯科，1977）上，這篇文章影響較大。26 歲（1979）時，斯氏的副博士學位論文文摘《古代漢語音系的構擬》在莫斯科出版。30 歲（1983）時，斯氏出版了《上古漢語的聲調——亞洲語言的譜系、地域和類型聯繫》。31 歲（1984）時，斯氏在東京出版了《漢藏語和侗臺語》。

　　斯塔羅斯金 36 歲時，出版了他在上古音研究方面的代表作《古代漢語音系的構擬》（1989）一書。該書篇幅頗長，共 728 頁，是作者在深入研究中外學者成果的基礎上寫成的，並得到其師雅洪托夫的指導。斯氏在參考羅傑瑞原始閩

語構擬的基礎上，首先構擬了中古漢語的聲韻系統。在此基礎上，作者運用所搜集的中國先秦兩漢的典籍和與漢語密切相關的域內外多種少數民族語言資料，討論、構擬了上古漢語的聲韻系統，這是全書的重點。正如謝紀鋒評價的那樣，「作者學識淵博，佔有資料豐富翔實，既精通普通語言學，又熟悉歷史比較法……正因為如此，這部 700 多頁的專籍，是繼高本漢《中國音韻學研究》之後又一位外國學者研究漢語音韻學的巨著。」本文即主要以斯氏的這本專著為研究對象，同時參考他的相關論文。

二、著作目錄

1・斯塔羅斯金 1975：《原始日語語音系統的構擬》，《東方語語音綱要》，莫斯科 Старостин 1975——Старостин С.А. К вопросу о реконструкции праяпонской фонологической системы——Очерки по фонологии восточных языков . М .1975.

2・佩羅斯、斯塔羅斯金 1977：《漢語和藏語起源的比較研究》（語音的一致性），《東亞人民的早期民族史》，莫斯科 Пейрос Старостин 1977——Пейрос И И Старостин С.А. О генетическом сравнении китайского и тибетского языков (фонетические соответствия) ——Ранняя этническая история народов Восточной Азии .М .1977.

3・斯塔羅斯金 1979《古代漢語音系的構擬》，副博士學位論文文摘，莫斯科 Старостин 1979——Старостин С.А. Проблемы реконструкции древнекитайской фонологической системы Автореф.канд.дис М.1979.

4・斯塔羅斯金 1982：《原始葉尼塞語的構擬與形成及其和葉尼塞語、北高加索語的聯繫》，載《人類學、人種學、神話和語言學》（K.斯波恩尼科編輯）144－237，列寧格勒：科學。

5・斯塔羅斯金 1983：《上古漢語的聲調——亞洲語言的譜系、地域和類型

聯繫》，莫斯科　Старостин 1983——Старостин С. А. О тонах в древнекитайском языке——Генетические ареальные и типологические связи языков Азии. М .1983.

6．斯塔羅斯金 1989：《古代漢語音系的構擬》，莫斯科　Старостин 1989——Старостин С. А. Реконструкция древнвкитайской фонологической системы. М .1989.

7．斯塔羅斯金 1989：《諾斯特拉語系和漢—高加索語系》，《超語系探索》，《德內—漢藏—高加索語言》（V.舍沃洛斯金主編），波庫。

8．斯塔羅斯金 1991：《關於漢藏語與葉尼塞語和北高加索語發生學關係的假說》，《德內—漢藏—高加索語言》（V.舍沃洛斯金主編），波庫。

9．尼古拉耶夫、斯塔羅斯金 1994：《北高加索語語源詞典》，莫斯科。

（按：由於筆者沒有及時向斯氏徵求著作目錄，以致不能展示斯氏著作的全貌，非常遺憾）

附錄二　鄭張尙芳的生平與著作

一、生　平

　　鄭張尙芳先生是中國社會科學院語言研究所資深研究員。他 1933 年 8 月 9 日生於浙江溫州市東郊永中鎭（當時稱永嘉縣永強區寺前街），原名鄭祥芳，筆名尙芳；後依父母姓，改成雙姓鄭張。

　　鄭張先生從小即對古音韻感興趣，常常去溫州圖書館（前身是籀園圖書館）讀書。此館藏書豐富，鄭張先生高中時已在那裡讀過了趙元任先生的《現代吳語的研究》和王力先生的《中國音韻學》（1957 年改名《漢語音韻學》）等著作。對音韻學如此癡迷，鄭張先生考大學時報的當然是語言學科。可是由於先生的父親曾在國民黨政府中做過職員，塡報志願時先生又在父親身份一欄中如實地寫了「僞職員」三字，使得先生與語言學科擦肩而過了。無奈，先生只好借學地球物理的機會去北京，向慕名已久的袁家驊、王力、李榮等先生求教。由於先生的方言溫州話當中保留了許多古音韻特點，加上自學勤奮刻苦，贏得了諸位先生的賞識，他們熱誠地給鄭張先生指點迷津。

　　北京豐富的資料和前輩師長的栽培，使先生進步很快。1955 年鄭張先生買到了張世祿先生 1937 年譯的高本漢的《漢語詞族》。該書對先生影響很大，受高本漢的激勵和啓發，先生從此開始自己動手進行漢藏語言的比較研究。

　　在鄭張先生的古音研究中，對其幫助很大的是王力先生、呂叔湘先生和王

輔世先生。他們對鄭張先生的支持、鼓勵令人感動，鄭張先生已一一寫入《上古音系》的後記中。

鄭張先生曾於 1964～1966 年在杭州大學的浙江方言調查組從事方言調查工作。在 60 年代，鄭張先生就寫出了《〈漢語史稿〉語音部分商榷書》，對王先生的上古語音系統提出修改建議，並受到王先生的賞識與鼓勵。1978 年參加漢語大詞典溫州師院編寫組，1980 年進入中國社會科學院語言研究所，1991 年晉升研究員，領國務院津貼。

2003 年底出版的《上古音系》是鄭張先生研究古音 50 年的結晶，凝聚了他在上古音研究上的精華。該書附有古音字表，對一萬八千字的諧聲系統和上古音韻作了彙編。

二、著作目錄（1955～2005，萬字以上注明字數）

（一）漢語方言

A·已刊出的論文

1·溫州音系／《中國語文》1964.1 期／6 萬字

2·溫州方言的連讀變調／《中國語文》1964.2 期／7.5 萬字

3·溫州方言的兒尾／《方言》1979.3 期／3.6 萬字

4·圳字-字音瑣談／《溫州師專學報》1980.2 期

5·溫州方言兒尾詞的語音變化（一、二）／《方言》1980.4 期，1981.1 期／4.5 萬字

6·溫州方言歌韻讀音的分化和歷史層次／《語言研究》〔總 5 期〕1983.2 期／係 1982 年第十五屆國際漢藏語言學會議論文／2 萬字

7·平陽蠻話的性質／《方言》1984.2 期

8·浦城方言的南北區分／《方言》1985.1 期／1.1 萬字

9·皖南方言的分區／《方言》1986.1 期／1.7 萬字

10·吳語的分區／《方言》1986.1 期，與傅國通等合作，由本人執筆／1.1 萬字

11·《中國語言地圖集·B9 吳語圖及說明》／香港朗文出版公司，1988 年

12·《中國語言地圖集·B10 安徽南部方言圖及說明》／同上

13・浙南和上海方言中的緊喉濁塞音ʔb、ʔd初探／《吳語論叢》／上海教育出版社，1988 年版，係 1982 年吳語學術會議論文

14・關於吳語的人口／《中國語文》1988.1 期

15・漫談溫州話的一字多音現象／《溫州日報》1988.4.2

16・溫州話流攝一三等交替的特點／《溫州師院學報》1989.4 期

17・溫州方言源流探索／溫州社科聯《溫州探索》1990.1 期／1 萬字

18・方言中的舒聲促化現象說略／《語文研究》1990.2 期／係 1989 年中國語言學會第三屆年會論文／節本 6 千字（全文 1.3 萬字，見《中國語言學報》第 5 期）

19・溫州方言研究簡史（上、中、下）／《溫州探索》1993.3～5 期

20・方言異常現象在地理分佈上的密集和稀散／《現代語言學・理論建設的新思考（第三屆現代語言學會議論文集）》／語文出版社 1995 版，1 萬字

21・浙西南方言的 tɕ 聲母脫落現象／《中國東南方言比較叢書（一）〈吳語和閩語的比較研究〉》／上海教育出版社 1995 年版／3.8 萬字

22・贛、閩、粵語裏古全濁聲母今讀濁音的方言／同上

23・方言中的舒聲促化現象／《中國語言學報》第 5 期／1995 年商務印書館／172～183 頁，1.3 萬字

24・溫州方言近百年的語音變化／《吳語研究》（徐雲揚編）／香港中文大學新亞書院 1995 年版／345～361 頁，2.6 萬字

25・溫州話中相當「著」「了」的動態接尾助詞及其他／《漢語方言體貌論文集》／江蘇教育出版社 1996 年版／47～66 頁，1.4 萬字

26・《吳越文化通志・古越語章，吳語方言章》（董楚平編）／上海人民出版社 1998 年版／253～335 頁，2.3 萬＋4 萬字

27・吳語在文學中的影響及方言文學／《溫州師院學報》1996 年 5 期

28・溫州俗語詞的寫錄及書證／《溫州日報》2000 年 2 月 25 日《文藝副刊・大榕樹》／又：《甌海文史資料》第 8 輯（2000 年 2 月）276～278 頁轉載

29・吳粵閩方言聲母讀法上的底層語言影響／徐州大學語言所集刊《語言

學及應用語言學研究》1 卷 1 輯：9～16／學林出版社 2001.3 出版／1
萬字

30・漢語方言聲韻調異常語音現象的歷史解釋／《語言》2 卷：82～102 頁
／首都師大出版社 2001.12 出版／2.1 萬字／1992 首屆國際漢語語言學
會議論文，新加坡國立大學

31・切韻四等韻的來源與方言變化模式／《東方語言與文化》（潘悟雲主編）
／東方出版中心 2002.3 出版

32・方言介音異常的成因及 e＞ia、o＞ua 音變／《語言學論叢》26 輯：89
～108 頁／商務印書館 2002.8 出版／1.7 萬字

33・古來母以母今方言讀擦音塞擦音問題／《語言》3 卷：283～286 頁 4
千字／首都師大出版社 2002.9 出版

34・漢語方言異常音讀的分層及滯古層次分析／《南北是非：漢語方言的
差異與變化》，何大安主編，中研究院語言學所 2002／97～128 頁 1.3
萬字／2000 中研院第 3 屆國際漢學會議論文

35・《現代漢語方言概論・徽語》（侯精一主編）／上海教育出版社 2002.10
出版／88～115 頁 4.3 萬字

36・浙江景寧佘話的語音特點（趙則玲合作）／《民族語文》2002 年第 6
期：14～19 頁

36・溫州方言構詞法的表情修辭變式／《吳語研究——第 2 屆國際吳方言
學術研討會論文集》／上海教育出版社 2003.1 出版／310～318 頁 1.4
萬字

37・關於「1」作指示代詞的方言證據／《民族語文》2004 年 5 期，49 頁

38・由音韻地位比較來考定一些吳閩方言的本字／《語言》5 卷：230～240
頁／2005.6／初稿為 1991 漢語方言學會第六屆年會論文／一萬字

B、學術會議論文

1・吳語方言的分區／吳語討論會／1983，杭州

2・廣東省韶州土話簡介／漢語方言學會第四屆學術討論會／1987，舟山

3・溫州方言近百年的語音變化／吳語研究國際學術會議／1988，香港中文
大學人類學系（已刊《吳語研究》（徐雲揚編）1995，新亞學術叢刊 11

期 NAAB.VII）

4‧溫州方言的輕聲變化／漢語方言學會第五屆年會／1989 大庸／2 萬字

5‧由音韻地位比較來考定一些吳閩方言的本字／漢語方言學會第六屆年會／1991 南京師大／節本 8 千字，全文 1 萬字

6‧漢語方言語音現象的歷史解釋三題／首屆國際漢語語言學會議／1992，新加坡國立大學／2.5 萬字

7‧古來母以母今方言讀擦音塞擦音問題／漢語方言學會第七屆年會，1993，青島

8‧溫州方言動詞的常用接尾助詞／漢語方言比較語法研討會／1994，北京語言學院（已刊《漢語方言體貌論文集》，江蘇教育出版社 1996 年）

9‧閩語與浙南吳語的深層聯繫／第六屆閩方言國際研討會論文／1999.6，香港科技大學

10‧漢語方言異常音讀的分層及滯古層次分析／中央研究院第三屆漢學會議／2000 年 6 月，臺北

11‧韶州土話跟湘南、桂北平話的關係／粵北土話及周邊方言國際研討會／2000 年 11 月，韶關大學

12‧浙南佘話的特點及其來源分析／中國東南方言研討會／2001-3 上海師大

13‧溫州方言構詞法的表情修辭變式／第 2 屆國際吳方言學術研討會／2001.3 蘇州大學

14‧百年來的浙南方言研究／漢語方言學會第 11 屆研討會／2001-10 西安外院

15‧浙南兩種閩語的特點及閩語與湘楚方言的古老聯繫／第 7 屆閩方言國際研討會／2001-11 廈門大學

16‧溫州話指代詞系統及強式變化並近指變音／首屆國際漢語方言語法研討會／2002-12 黑龍江大學

17‧方言研究對漢語研究的重要意義／2002-12 黑龍江大學文學院演講提要

18‧吳語中官話層次分析的方言史價值／漢語歷史層次研討會／2004.8 復旦大學

19・浙江語言學家方言研究的成就／新世紀漢語研究暨浙江語言學研究回顧與前瞻國際高級論壇／2005.10.18-20 浙大

20・從日船書母塞擦化等談閩南話中的後中古層次／9 屆閩方言國際研討會／2005.10 福建師大／／2005 廈大

21・瀕危的漢語方言也需要搶錄／瀕危語言學術研討會／廣西民院 2005.12 南寧

C、方言志、方言調查報告

1・《麗水方言》／浙江省方言調查組，油印，1966

2・《石臺縣志方言章》／安徽省石臺地方志編委會辦公室／2 萬字

3・《溫州市方言志・總論》／溫州市地方志編委會辦公室／3 萬字

4・《宣城縣志・方言章》（音系及本地話詞彙注音）／宣州市地方志編委會／方志出版社 1996 年

（二）古音韻及漢藏語言比較

A、已刊出的論文

1・古漢語流音系統與漢藏比較舉例／《語言學年刊》（杭州大學學報增刊），1982

2・上古音構擬小議／《語言學論叢》（14 輯）／商務印書館 1984 版（係 1983 北京大學上古音學術討論會書面發言）／1 萬字

3・上古韻母系統和四等、介音、聲調的發源問題／《溫州師院學報》1987.4 期：67～90 頁／人大複印報刊資料《語言文字學》1988.1 期轉載／3.7 萬字

4・說「臂亦」和「胳膊」／《文字與文化叢書》（二）／《光明日報》出版社，1987 版

5・古吳越地名中的侗臺語成分／《民族語文》1990.6 期

6・上古漢語的 S-頭／《溫州師院學報》1990.4 期／1.5 萬字（又載趙秉璿、竺家寧編《古漢語複聲母論文集》，北京語言文化大學出版社 1998 年）

7・上古入聲韻尾的清濁問題／《語言研究》〔總 18 期〕，1990.1 期／1.5 萬字

8・上古聲母系統及演變規律／《語言研究》1991 年增刊（《漢語言學國際

學術研討會論文集》），節本（全文見 B7）

9・Decipherment of Yue-Ren-Ge（越人歌的解讀）／法國高等社會科學研究
　　院《東方語言學報》（CLAO）20 卷 2 期／1991 冬季號，巴黎／譯文見
　　《語言研究論叢》第七輯，語文出版社 1997（孫琳、石鋒譯）

10・緩氣急氣爲元音長短解／《音韻學研究通訊》總十五期，1991 年／1990
　　中國音韻學研究會第六次學術討論會論文摘登（全文已刊於《語言研究》
　　1998 年增刊）／1 萬字

11・切韻 j 聲母與 i 韻尾的來源問題／《紀念王力先生九十誕辰文集》／山
　　東教育出版社，1992 版／1.4 萬字

12・補「敦煌《藏漢對照詞語》殘卷考辨訂誤」／《民族語文》1992.4 期
　　／1.2 萬字

13・上古緬歌──《白狼歌》的全文解讀（上）（下）／《民族語文》1993.1-2
　　期／3 萬字

14・漢語聲調平仄之分與上聲去聲的起源／《語言研究》1994 年增刊（《中
　　國音韻學研究會第八次學術討論會論文集》）

15・漢語與親屬語同源根詞及附綴成分比較上的擇對問題／《中國語言學
　　報》（JCL）單刊 8 號 *The Ancestry of Chinese Language* 1995，王士元主
　　編／係中國語言源流研討會論文，1994，香港／1.6 萬字〔又見李葆嘉
　　譯《漢語的祖先》，中華書局 2005：442-462〕

16・漢語介音的來源分析／《語言研究》1996 年增刊

17・古越語地名人名釋義／《溫州師院學報》1996 年 4 期

18・漢語古音和方言中一些反映語法變化的音變現象／《樂在其中──王
　　士元教授七十華誕慶祝文集》／南開大學出版社 2004.7／22～30 頁（1.3
　　萬字）〔趙元任中國語言學研究中心學術年會曾宣讀，1997 香港城市大
　　學〕

19・漢語史上展唇後央高元音 ɯ、ɨ 的分佈／《語言研究》1998 年增刊

20・緩氣急氣爲元音長短解／《語言研究》1998 年增刊（中國音韻學研究
　　會第六次學術討論會論文，1990，北京）

21・「蠻」「夷」「戎」「狄」語源考／《揚州大學中國文化研究所集刊》第

一輯／江蘇古籍出版社 1998 年版／2.4 萬字

22・《蒙古字韻》所代表的音系及八思巴字一些轉寫問題／《李新魁教授紀念文集》／中華書局 1998 年版／2.4 萬字

23・漢語塞擦音聲母的來源／《漢語現狀與歷史的研究》（江藍生、侯精一主編）／中國社會科學出版社 1999 版／429～435 頁（首屆漢語言學國際學術研討會論文／1998 年 12 月上海）

24・上古音研究十年回顧與展望（一）、（二）／《古漢語研究》1998.4 期、1999.1 期／人大複印報刊資料《語言文字學》1999 年 6 期轉載／合 2.7 萬字

25・白語是漢白語族的一支獨立語言（附《白語同音字彙》）／《中國語言學的新拓展》（石鋒、潘悟雲編）／香港城市大學出版社 1999 年版／4.8 萬字，含同音字彙 32 頁

26・句踐「維甲」令中之古越語的解讀／《民族語文》1999 年 4 期 1～8 頁／人大複印報刊資料《語言文字學》轉載／1.2 萬字.

27・The Phonological System of Old Chinese《漢語上古音系》／L.Sagart 譯／法國高等社會科學研究院《東方語言學報》（CLAO）專刊 5 號／2000 巴黎

28・漢語的同源異形詞和異源共形詞／《漢語詞源研究》第 1 輯（侯占虎編），吉林教育出版社 2001 版／179～197 頁 1.6 萬字

29・中古音的分期與擬音問題／《中國音韻學研究會第 11 屆學術討論會漢語音韻學第 6 屆國際學術研討會論文集》徐州師大語言所編／香港文化教育出版社 2000 版／112～114 頁 5 千字

30・《唐蕃會盟碑》藏漢對音裏下附小阿的語音意義／《民族語文》2001 年 1 期

31・從《切韻》音系到《蒙古字韻》音系的演變對應規律／《中國語文研究》2002 年 1 期／香港中文大學出版社 2002 年 3 月版／53～61 頁 1.4 萬字

32・漢語與親屬語言比較的方法問題／《南開語言學刊》2 期／南開大學出版社 2003 年 6 月版／1～10 頁 1.5 萬字（據 2002.10.17.南開大學文學院

演講稿改）〔又刊人大複印報刊資料《語言文字學》2003 年 7 期〕

33・談音義關聯的平行詞系比較法／《民族語文》2004 年第 1 期 30～35 頁

34・中古三等專有聲母非、章組、日喻邪等母的來源／《語言研究》23 卷
　　第 2 期，2003.6（總 51 期）／1～4 頁 0.9 萬字／2000.8 紀念王力先生
　　百年誕辰研討會論文

35・《上古音系》／上海教育出版社 2003 年 12 月出版

36・上古脂質眞三部 i 元音對見系聲母的齶化及其連鎖反應／《音韻論叢》
　　／齊魯書社 2004／118～120 頁

37・從碩人鏡「齊夷」通假談上古精組聲母的取值／《音史新論——慶祝
　　邵榮芬先生八十壽辰學術論文集》／學苑出版社 2005／71～77 頁

B、學術會議論文

1・漢語上古音系表解／浙江省語言學會首屆年會論文（1982 北京 STC XV
　　會曾分發）／1981，浙江師院／3 萬字／修訂稿刊《語言》4 卷，2003.12：
　　17～46 頁

2・緩氣急氣爲元音長短解／中國音韻學研究會第六次學術討論會／1990，
　　北京（已刊於《語言研究》1998 年增刊）

3・切韻四等的來源與方言變化的模式／中國音韻學研究會第七次學術討論
　　會／1992，威海，青島大學

4・從雲南白語與上古漢語的音韻、詞彙、語法聯繫看其繫屬問題／中國語
　　言學會第七屆年會／1993，北京語言學院

5・澳泰語言根在漢藏 The Root of Austro-Tai Languages is in Sino-Tibetan／
　　亞洲大陸和海島語言關係研討會（CMAMC）／1993，夏威夷大學

6・漢藏語言比較中的核心詞彙對應問題／《民族語文》雜誌社第三屆學術
　　交流會 1993.3，北京

7・上古漢語聲母系統／第七屆北美中國語言學會議（NACCL-7）論文／
　　1995，美國威斯康辛大學／1.4 萬

8・重紐的來源及其反映／13 屆中國聲韻學學術研討會／1995，臺灣師大
　　／1.4 萬字（已刊《聲韻論叢》第六輯，臺北學生書局）

9・西夏語擬音合宋代漢語西北方音聲母的若干問題　（與馮蒸合作，馮蒸

談第七節西北方音部分內容）／首屆西夏學國際研討會論文／1995 年，
寧夏銀川

10・原始漢藏語音節結構構擬通則／漢藏語系研究理論和方法問題研討會
／1996，南開大學

11・漢語古音和方言中一些反映語法變化的音變現象／趙元任中國語言學
研究中心學術年會論文／1997，香港城市大學／1.2 萬字

12・漢語和親屬語中一些共同的歷史語言變化／同上／又：第 30 屆漢藏語
言學會議（STC XXX）／1997，北京

13・漢語塞擦音聲母的來源／首屆漢語言學國際學術研討會論文／1998 年
12 月，上海

14・漢語的同源異形詞和異源共形詞／全國首屆漢語詞源研討會論文／
1999 年 8 月，東北師大／刊於《漢語詞源研究論文集》第一輯

15・中古三等專有聲母非、章組、日喻邪等母的來源／紀念王力先生誕辰
一百週年語言學國際研討會／2000 年 8 月，北京大學

16・《七音韻母通考》和《蒙古字韻》的關係／第九屆全國近代漢語學術研
討會論文／2000 年 10 月，溫州師院

17・語言比較中同源成分的音義參差問題／民族語文雜誌社第 7 次學術交
流會／2001 年 10 月北京

18・漢語上古帶 R、L 複聲母在親鄰語言中的變化方式／第 34 屆漢藏語言
學會議（STC XXXIV）／2001-10 昆明

19・漢語及其親屬語言語音演變中的元音大推移／歷史語言學研討會／
2008 年 8 月溫州師院

20・漢藏兩語韻母的異常對應／38th ICSTLL 第 38 屆國際漢藏語學術研討
會／2005 年 10 月 28～31 日廈門大學

21・從諧聲分析判認上古複聲母結構的聲基／漢語上古音構擬國際研討會
／復旦 2005.12.13-18 上海

（三）其他論文、雜考以及書評、序跋、方案、詞典

1・一種漢語拼音文字方案／《漢語拼音文字方案彙編・第二冊》（102）／
中國文字改革委員會，1955 年（署名鄭張祥芳）

2・對漢語拼音方案的意見／《語文知識》1956.7 期（署名鄭張祥芳）

3・爲漢語拼音方案進一言／《拼音》1957.7 期／又收入《漢語拼音方案討論集》（第三輯／文字改革出版社，1958 版（署名鄭張祥芳）

4・還應該加強語法學習／《中國語文》，1958.9 期（署名尙芳）

5・百里和謝池／浙南風土／《浙南大眾報》，1961.3.18

6・永嘉場的來歷／浙南風土／《浙南大眾報》，1961.11.26

7・鋪字考／《浙南大眾報》，1961.12.7

8・葡萄的來歷／《河北日報》，1961.11.16（署名尙芳）

9・頂底合碼九部查字法／《文字改革》1961 年 8.9 合刊（署名尙芳）

10・「右上成序」九筆查字法／《查字法彙編》／商務印書館查字法工作組（內部印），1963

11・也談素可泰國王來訪問題／《歷史研究》1981.1 期（署名尙芳）

12・關於「漢字通假小議」的信／《語言文學》1984.2 期（署名尙芳）

13・國際音標拉丁字母代用方案稿／《溫州師院學報》1986.3 期，與潘悟雲合作

14・《漢語大詞典・第三卷》（參與編寫山部巾部寸部條目）／漢語大詞典出版社，1989.3 出版

15・漢字序列法新擬／《漢字漢語學術研討會論文集》／吉林教育出版社，1991 版，署名方翔（據 1977「江山萬代赤漢字序列法」油印稿修訂）

16・「宋平子新字」注釋／胡珠生編《宋恕集》／中華書局，1993 版

17・《奏彈劉整》通假三例／《呂叔湘先生九十華誕紀念文集》／商務印書館 1995 版

18・說「牖中窺日」之「牖」／《文史知識》1998 年第七期

19・爲印古籍定量選用一百繁體字的建議／《古籍整理出版情況簡報》1999 年 7 期／24～27 頁

20・關於新舊辭書「東西」的語源舉例／《漢字文化》1999 年 4 期 12～13 頁轉 30 頁（署名尙芳）

21・大海胸懷容眾水，高山事業永登攀——憶王力先生高大風範／《王力先生百年誕辰紀念文集》／語文出版社 2000 年版／152～156 頁

22・爲印古籍建議定量選用一百個繁體字／沈克成主編《漢字「書同文」研究》第一輯／87～91 頁

23・曹志耘《南部吳語語音研究》評審意見／商務印書館，2002／292～3 頁

24・周及徐《漢語印歐語詞匯比較》序／四川民族出版社，2002，成都

25・趙則玲《浙江畬話研究》序／浙江人民出版社 2004，杭州

26・周易繇辭解難舉隅／《南開語言學刊》4 期／2004，南開大學出版社，天津

27・深切感念呂叔湘先生／《中國語文》2004 年 6 期，574 頁

28・袁家驊——虛懷若谷的大師／《紀念岑麒祥、袁家驊先生百年誕辰文集》／遠帆世紀出版社，香港／164～5 頁

（四）翻譯、校點與審訂

1・《廣濟方言志》（盧源斌等編寫）／廣濟縣縣志編委會辦公室，1985 年

2・《中國語言學大詞典・音韻卷》（馮蒸、丁鋒主編）／江西教育出版社，1991 年

3・《東至縣志・方言》／東至縣地方志編委會辦公室編／安徽人民出版社，1991 年

4・《論漢語、南島語的親屬關係》（〔法〕沙加爾原著，與曾曉渝合譯）／載石鋒編《漢語研究在海外》／北京語言學院出版社，1995 年

5・校點《爾雅》（新世紀萬有文字）／遼寧教育出版社，1997 年版（附校勘記 13 頁）

（共計 110 篇）

三、上古韻母系統與分韻字表

——鄭張尚芳《漢語上古音系概要》的字表部分

（筆者按：此表未收入《上古音系》，尚未發表，附錄於此，供學人使用）

（一）韻尾的分類

漢語的韻母和韻部都可依收尾不同進行分類，說上古韻母系統，就先要說韻尾的情況。

　　中古有 p t k，m n ŋ 六個韻尾。塞音尾 p t k 分佈於入聲，形成「入聲韻」；鼻音尾 m n ŋ 分佈於非入聲形成「陽聲韻」；沒有鼻尾又非入聲的元音尾韻則形成「陰聲韻」（相對於帶塞鼻尾的閉尾韻而言又稱為開尾韻）。這個陰陽入三分格局跟現在粵語、客家話的韻尾格局相同，故對中古漢語韻尾格局大家都認為是這樣的，上古漢語呢抬

　　高本漢，陸志韋、李方桂等先生都為上古陰聲韻也擬了濁塞音或流音韻尾。高氏還留下一點開尾韻，陸李二氏是全都加尾構成清一色的閉音節，但這種擬法不能令人信服。首先，漢藏語言中未見有全是閉音節的活例（有人說孟語和邵語是，其那實是開音節發短元音時帶喉塞音，是一種元音發聲狀態，跟音系分析中的塞音韻尾性質不同），倒是有些語言，如彝語、苗語常是全讀開音節的，古漢語音節不會跟兄弟語差得那麼遠。其次，漢藏語言中也沒見有清濁兩套塞尾對立的，如是清的，就沒有濁的，如是濁的，像古藏文及現代泰語一些方言，就沒有清的，都只有一套。漢藏語言韻尾多為不爆破的唯閉音，也不容易保持清濁對立。

　　把陰聲韻也擬上濁塞尾，說是因為《詩經》陰聲字跟入聲字、或陽聲字，有通押叶韻現象。這種通押在民歌中要求不嚴格時本來不算什麼，為此而改變整個語言的結構那可太不值了。而且還有別一條路可走，濁塞尾自然比清塞尾更接近鼻音尾元音尾一些，把上古入聲尾一律擬為濁尾，也可以解釋的。

　　把-p、-t、-k 尾改為-b、-d、-g 尾，第一是與藏文塞尾作濁母-b、-d、-g 尾一致。藏文有清塞音字母也有濁塞音字母，當時用濁塞音記這些韻尾，正表明早期藏語原為濁尾；藏文一些格助詞（如屬格、具格助詞gji、gjis、業格助詞du），其聲母清濁是隨所附詞的韻尾變化的，它們在塞尾後正作濁母，也顯示塞音韻尾確是濁音。漢、藏二語關係特別近，古漢語應與藏文早期情況一致。二是朝鮮譯音與唐西北方音中舌音尾常變流音，朝鮮是-l，唐西北方音多數是-r。-d 變 -l -r 自要比 -t 容易些。三是梵漢對譯中，漢語收舌入聲字多譯梵文的 -d –r -l，四是今天也有些漢方言的入聲塞尾發音較濁，如廣東連山話（粵語系統）、江西湖口流芳話江橋話（贛語系統），流芳就是 -g、-l 相配的。湖北通城等地贛語也收 -l 尾，甚至安徽桐城也有 l 尾（筆 pil）。我調查過的方言中，凡是保留濁塞聲母又保留著非 ? 塞音尾的方言，這些塞尾都讀濁音尾。例如：

[連山]：白 baɡ　域ɦuaɡ　特 daɡ　族 zoɡ　絕 zod　別 bed　碟 ded　十 zad/zɑb　悅ɦyd　乙 yd　脫 thud　骨 kuɐd

[流芳]：直 dziɡ　角各 kɔɡ　踢ɖiɡ　拔 bal　奪 ləl　闊ɡuɛl　割 kol　刷 sol　骨 kuɛl　夾 kal

（詳細的考訂可參看拙作 1990a《上古入聲韻尾的清濁問題》67-74 頁）。

方言中有濁塞尾實際並不太罕見，不過常常被方言調查者按習慣處理成清塞尾了。趙元任在他譯的高本漢《上古中國音當中的幾個問題》《史語所集刊》1.3：354 所加譯注[八]中即曾指出：「去年我記廣州音時，有好些人把'篤 tuk，谷 kuk，得 tak'等字讀成 tug，kug，tag 等等。旁邊有一位外省人聽著說：「他們廣東人怎把屋韻字念成東韻了？」由此可見-ŋ 與 –ɡ 尾音之近似。」這既說明濁塞尾是活的方言事實，又說明它比清塞尾更近於陽聲韻尾。丁邦新（1979）所舉閩南話合音例「出去」tsʻutkʻi＞tsʻuli，「入去」dzipkʻi＞dzibi，也可見入聲-t、-p 尾原本讀濁音。

依此，上古音系應有十個韻尾：（A）濁塞音韻尾 b、d、ɡ，再加上藥部的 wɡ 則為 4 個「入聲韻」韻尾，（B）鼻音韻尾 m、n、ŋ共 3 個「陽聲韻」韻尾，（C）流音韻尾 l 在「歌微脂」三部，上古後期變齶通音尾 j。-j 加上唇通音韻尾 w ，以及喉通音的零位韻尾 0，舊都稱「陰聲韻」，則理論上有 3 個「陰聲韻」韻尾。三類十個韻尾可與 i、ɯ、u、e、a、o 六元音構成詞根的韻基，此外再加兩個變上聲去聲的後附尾 -ʔ、-s，共計有 12 個韻尾，但要注意，後附尾不是構成韻基的成分。

（二）A 類收喉各部韻類及分韻字表

前面已按韻尾部位把上古韻部分為 A.收喉、B.收唇、C.收舌三類，現分述各部韻母所包含的中古韻類，可從中看出它們之間的發展關係，及彼此間嚴整的分等對應規律。下面以三節列表顯示了上古韻類分佈總的面貌，凡有字的都標出例字，無字或字太僻的留空，這些空格值得再研究是否發生過更早的音變（例如谷讀如峪 loɡ應來自長元音 looɡ）。

表頭列上古韻部的擬音和韻部名，韻部內依韻類再分的，用小字列出韻類名，帶 s 的去聲分部則直列分部名，又用小字再列韻類名（如談部分「談、兼、凡」，元部分「寒、仙、算」；至部本身屬於質部的去聲分部，也分「誼、閉」

兩小部）。

　　每部按元音長短及聲母有無 r 墊音列等（只舌音帶-r 是漢代的，其前是 rt），少數部的長元音更有帶 j 墊音而分列的。這些韻及長元音與 l（以母）結合的構成分等上長元音只對一二等的例外。0 表聲母無 r、j 墊音，但不排除有 l 墊音。

　　表心列中古韻類，後用小字注出代表字例（例字多從王力《漢語史稿》選取並加調整補充，也參考了周法高上古音韻表，逢同音同諧聲的字較多時則常只選列一二字，/ 號後所列是其有參考意義的別體。注意例字中有的是只取在該韻的異讀，如幽流長音 L 的「陶」）。

　　韻類依聲母有分異的，前面用大寫字母表示所見聲母類別：

　　W 表示聲母屬於唇音與唇化音（注意由於唇化音只見於見系，同諧聲如有精組字當為 skw 式聲母），K 表喉牙唇音，皆為鈍音聲母；T 表舌齒音，R 表莊組，L 表以母，皆為銳音聲母。非入聲來源的韻類以平聲兼賅上、去入聲來源的另列–s 下。

　　中古韻類後小 3 表該韻的三等，A 指重紐四等、B 指重紐三等。注意 u、ug 中含有 uw、uwg 來源，而 i、iŋ、ig 後期將與 il、in、id 合併，它們間多有糾葛是不奇怪的。

　　根據本表的韻類分佈，未列的字從其中古韻類反切，結合聲符指向，也就可以推知它的上古韻母讀法。

韻 / 介音		oŋ東	og屋	ogs寶	o侯
0 長		東琫菶蓬蒙幪，工公貢空孔控紅洪鴻關烘翁滃甕甕，東董棟通桶痛同童動洞聾弄，椶騣總緵囪悤叢送	屋卜樸攴僕木鶩，穀穀谷哭斛穀殼屋，禿讀觀/價獨錄祿鹿，鏃族速餗 沃鑊僕	候瞉，穀，鬥鬦嘔竇瀆讀豆榖，奏湊嗾漱	侯剖掊部蔀，溝鉤狗覯摳口寇侯厚後侯蚼後謳歐偶，兜鬥偷頭豆竇逗婁漏陋，揓陬走甌喉 模菩部
	L	鍾容	燭谷/峪	遇裕	虞窬
r-長		江邦龐蚌棓尨，江講虹腔項缸巷，惹幢撞噥，窗雙	覺剝璞樸督，角玨殼怒確嶽嶽渥，斷啄濁鐲，捉妹泥數		肴爻謼繑
0 短		鍾封蜂捧逢奉俸，恭龔廾拱仐蛩恐邛共凶邕雍顒，家重濃醲龍窮寵容庸甬用，縱樅從聳悚松訟誦頌	燭董桐曲局玉獄頊，斸豕亍躅綠浴欲，足促趣數	遇赴訃務霧鶩，壴，趣	虞杅府付拊符腐俯侮，駒俱句屨區驅煦具酗嫗禺愚遇，株蛛拄味駐貙廚枉住縷屢俞臾愈諛喻，姁趨取聚須需 魚魷
j-短		鍾鍾鍾種踵衝舂茸穠宂	燭燭粟觸蜀屬束贖辱，續俗	遇斝觸贖，續	虞朱侏主注袾殊殳豎樹輪戍儒乳孺
r-短	R		屋珿	遇數	虞芻雛鄒騶數

		aŋ陽	ag鐸	ags暮	a魚
0長		唐岡康夯杭行卬盎，當黨湯儻堂唐宕囊曩廊狼朗，臧葬倉藏桑喪賴	鐸各胳恪壑郝貉涸咢噩鄂惡，託柝囊蘀度鐸諾洛烙，作錯昨索	暮固姻惡，蠱度路賂，作錯阼怍訴溯	模姑辜蠱股枯苦庫胡互呼虎烏陽吾五午晤滸，都睹土吐兔徒圖屠塗奴弩盧魯鹵虜，租祖粗殂蘇素
	w	唐榜謗滂旁芒忙莽荒怳，光廣曠黃皇晃汪	鐸博膊粕泊薄亳莫幕漠瘼，郭廓鞹霍鑊穫蠖鑊隻	暮莫慕墓募，護	模逋補布圃鋪普怖蒲簿哺步謨莽憮膴，孤鼓顧剮狐壺戶扈污吳誤
	L		昔亦奕腋液射繹譯	禡 3 夜射	麻 3 耶野冶
j-長		清餳	昔跖蹠炙隻赤尺斥石釋奭螫，席夕，借籍昔臘瀉	禡 3 蔗柘炙射麝赦，借藉謝	麻 3 遮者車闍社奢賒舍蕳若，蠚置姐且些寫卸斜邪
r-長		庚庚羹更阬行衡杏亨，瞠撐根，鎗/鐺	陌格骼客垎額赫，毛磔坼宅澤擇，窄笮柵齚覺朔	祃吒詫，詐乍	麻家葭賈叚竽嫁價瑕下夏罅啞牙衙雅訝，妊茶拏，查嗄鮓
	W	庚祊烹彭盲盟猛孟，觥礦橫喤 耕吘萌	陌百迫魄白帛驀陌貊，虢謵漷獲擭	祃霸怕，亞，吒	麻巴犯把靶葩杷蟆馬罵，瓜寡誇跨華譁窪
0短		陽疆姜繮羌強香鄉享向央仰，張帳悵暢腸長場腸丈杖良梁涼兩諒亮娘釀量羊陽揚養羌羕，將獎醬搶爿牆匠襄相想	藥腳卻噱臄著掠略，鵲焉	御著，躇	魚居車舉據袪墟去渠愆巨籧盧於魚語圄御許，豬樗攄褚除寧貯箸女廬旅呂廬餘與舁予譽，苴咀蛆雎胥絮
	W	陽方放舫芳紡訪房防亡網妄望，獷砠誑匡狂枉貺況王往枉	藥縛，豐擭鑮蔓蘞	遇傅簠賻	虞夫膚斧甫敷扶鳧父釜輔撫賦無蕪巫舞武，矩踽齲瞿籧雩栩於宇羽雨禹芋迂虞娛虞
j-短		陽章掌障昌敞唱常上尚商傷賞餉孃壤讓，祥庠詳翔象	藥斫謑獡箸若	御跙庶	魚諸煮渚處墅署書暑鼠黍如汝恕杵，徐序嶼敍
r-短	R	陽莊妝壯創牀戕狀霜爽	藥斮		魚菹阻俎詛齟楚鋤助梳所疏
	K	庚 3 京景竟卿慶黥競影迎	陌 3 戟虩隙劇郤逆，昔		支戲（於戲）
	W	庚 3 兵丙柄秉病明皿，憬囧兄永詠	陌 3 碧礣，擭		

		eŋ耕	eg錫	egs賜	e支
0長		青經剄徑罄磬馨型脛婷脛，丁鼎聽亭廷定寧佞靈零令，青星醒	錫擊覡鵙闃，嫡逖惕剔敵狄歷，績錫析	霽繫繼係繫，帝禘	齊雞笄溪啓奚醯兮倪霓睨猊，鞮題踶遞，嘶撕謑
	W	青倗萍屏冥暝，泂扃炅炯熒灮/泂詞炯迴熒榮螢瑩	錫壁劈僻躄一覓，狊鵙闃書	霽嬖薜	齊鼃，圭桂奎崖攜纗觿畦哇

		耕	麥	卦	佳
r-長		耕耿硜莖幸鷔鼃櫻婯，丁嫇泠，爭箏諍錚崝	麥隔翮鬲厄搕，摘謫广，責策冊幘	卦隘，債賾	佳佳街解鞵睳蟹懈娃哇崖涯，撦鷹豸，柴
	W	耕迸怦抨，轟訇輷謍	麥擘礐脈，畫劃 陌書	卦派，畫	佳捭牌稗買賣，卦蛙纗孈
0短		清貞楨樴騁逞裎呈程領令郢盈贏嬴，精晶旌井清請清情靜阱淨省性姓	昔彳躑擲擿易，脊積刺磧瘠	賨易，刺漬賜	支知智褫麊豸鷹，貲髭紫雌此疵斯虒疻
	K	清頸勁輕瘁嬰癭	昔益嗌	賨 A 縊	支 A 枳企跂歧伎
	W	清並餅聘名，傾頃苘/苟瓊濙營塋穎縈	昔璧闢僻闃，役疫	賨 A 臂譬避，	支 A 卑俾脾睥婢弭，跬觿觿恚纗
j-短		清徵整正成盛聲聖	昔適（之石、施隻切）	賨啻	支支紙伎枳只氏舐豉翅兒，卮提匙是
r-短	R	庚 3 生省眚崝			支 齜跐
	K	庚 3 荊驚警儆敬擎	陌 3 屐		支 B 技妓伎芰
	W	庚 3 平鳴命，榮瑩	昔 3 碧		支 B 碑

*徙規聲字入 el。

		uŋ 終	ug 覺	ugs 奧	u 幽流
0長		冬霿，多統彤膿，宗綜淙賨憁宋	沃媚瑁，梏牿酷鵠嚳嚳，督篤毒，裻	號報帽冒，告誥靠奧纛，竇	豪褒寶保搗袍抱，羔皋咎馨尻考嚆皓顥亝昊好慍翱，島韜討陶纛道稻巤/猱夑慅牢膠老，遭棗蚤草曹皂造騷嫂掃 侯哀棷戀貿戊茂表，叟
	L				宵陶窯窅
j-長			藥糳		
r-長		江洚絳降	覺雹骲鰒，覺學	效覺窖斆	肴包鮑脬泡麅鮑茅卯窌，膠攪巧哮孝，爪
0短		東 3 中忡沖蟲仲隆融肜，嵩娀　鍾濃	屋 3 竹築畜逐衄恧六陸育毓粥昱，蹴竉鳳宿	宥晝畜，儵就鷲宿	尤螯肘醜疇紂紐糅流留劉柳蓼遊蝣酉誘狖，遒酒囚慅羞秀
	K	東 3 宮躬窮	屋 3 腹蝮覆覆蝮蝮馥目穆睦，匊鞠麴畜陳　燭旭勖	宥鍑覆復，畜	尤缶浮阜牟矛鍪，鳩龜九韭救究糗求臼舅咎休朽嗅嗅憂鹿 虞孚俘郛
j-短		東 3 終螽眾充戎　鍾穜	屋 3 祝粥孰塾肉	宥祝咒肉	尤州帚醜讎受壽售首守狩獸柔
r-短	R	東 3 崇	屋 3 蠢縮謖	宥簉	尤鄒騶掫緅箻謅騶搜溲瘦
	K				幽翪飍烋休

		ɯŋ蒸	ɯg職	ɯgs代	ɯ之
0長		登絚肯恒，登等騰鄧能棱，曾憎層贈	德刻克勊，得德忒特勒肋，則賊塞	代勑閡，戴貸代，塞	哈該改孩亥礙醢埃，等胎臺待乃耐態來賚，哉災宰崽再載猜偲採才裁在鰓鰓
	W	登崩朋棚薨甍，肱弘	德北愊煏踣墨冒，國或惑 德黑	隊背邶瑁，摑	灰杯胚醅陪倍媒每悔，悝恢灰賄虺 哈海毒
	L				哈佁
j-長					哈䈚
r-長		耕橙	麥革核	怪戒械	皆痎骸駭，椑，豺崽
	W	耕繃絣甍、宏泓	麥麥，鹹職蟈	怪怪	皆埋霾
0短		蒸兢矜競興應膺凝，徵懲澄陵淩蠅孕塍，甑繒	職棘亟極疑億，陟敕飭直匿力翼弋翊，稷息	志亟意，徵置值	之姬箕己記欺起其跽忌疑熙喜矣，癡箬恥眙持峙治釐裏李吏怡圯以，茲子梓慈思司枲笞
	W	東3馮夢，弓穹雄熊	屋3福輻服箙伏牧，鬱彧	宥富副伏，面	尤不否醅涪箁婦負謀，龜圖久灸丘裘舊牛郵尤有右又侑羑 侯裒音掊箁母畝某牡莓*
j-短		蒸蒸拯丞，證稱乘繩升勝仍	職織殖寔式識飾食	志熾識試弒異，飤	之之止志蚩齒時市侍詩始而耳，辭詞巳似秲嗣寺
r-短	R	蒸冰憑	職逼畐愊愎，洫洫閾域	至B備	脂B鄙痞丕嚭，龜洧真敏
	W	蒸殊	職仄側測色嗇穡	志廁	之甾菑滓厠士史使駛事俟簁

*之部三等唇音未增生介音而變入侯韻，如「母」應與「父」一樣讀三等。又龜有異讀，居追為 kwrɯ、居求為 kwɯ，後者漢代變 kwu 而入幽部。

		iŋ真眞*	ig質節	igs至誋	i脂豕**
0長		先堅賢，田畋奠甸年	屑瞎蠍，跌鐵垤迭瓞涅，節	霽殢瞖獀，疐嚏	齊稽乩卟詣醫翳殹，體禮體，泲
	W	先騈胼肶璸暝，矞	屑芣，血穴		齊榱蠵批媲陛迷米
r-長		山黽，戞慳掔	黠戛		皆淮
0短		眞臣，陳陣，辛新	質窒咥姪秩膣栗溢，即漆膝	至致輊懫	脂秕比妣庀毗膍比秕牲，帶屎雉膩履彝，資恣姊秭第次茨死 之醫
	K	眞A緊印	質A壹一抑	至A瓕	脂A咿
	W	眞A黽	質A必蜜謐，鴥恤卹	至A媚，血	脂媹唯惟維濰鴑，雖睢支弝
j-短		眞捵臣茞腎頤弤	質桎鷙室失佚日衵	至至懫痓謚	脂脂旨脤嗜尸屍蓍豕矢屎二貳，兕 支楣
r-短	K	眞B慇慇	質B宓密，乙	至B閟祕悶，懿撎饐	脂B美，耆鰭鬐屎
	R	臻莘澀	櫛櫛瑟虱		脂師獅

*甌有武幸、武盡二切。耕部的「令青奠」等聲字更古也讀眞 2 甌類 iŋ，上古一段時期應有兩讀。青聲字讀 i 元音，「倩」-iin 與盻-ɯɯn 叶韻、「猜」-ɯɯ 與青諧聲等現象才能解釋。

**眞質至脂各部各分爲兩韻類（小部）：眞部[1 因 2 甌]，質部[1 七 2 節]，至分部[1 閉 2 谥]，脂部[1 齊 2 豕]。此節所列爲第 2 類，第 1 類在 5.4 節收舌韻表中。

《詩經》脂部中有常與微部合韻的，此類字當歸 il；凡是只跟脂部字叶韻或與《切韻》之支韻通變的，才列入「脂 2」豕類 i，如「秭第醫豕二死屎」等。比較藏文：死 sji、禮 ri-mo（供獻敬奉）、二 gnjis，屎：門巴 khi、浪速 khjik，豕：㿠、珞巴 li、佤、布朗語作 lik。

（三）B 類收唇各部韻類及分韻字表

各部韻類皆三分：藥部[1 樂 2 約 3 沃]，其去聲豹分部[1 悼 2 耀 3 暴]。宵部[1 高 2 堯 3 夭]。覺部 uw=u，以 ug 爲 1：[1 覺 2 肅 3 弔（辶旁）]，其去聲奧分部[1 奧 2 嘯 3 弔]。幽部[1 流 2 攸 3 叫]。

談部[1 談 2 兼 3 凡]，盍部[1 盍 2 夾 3 乏]，其去聲蓋分部 [1 蓋 2 荔 3 會]。

侵部[1 音 2 添 3 枕]，緝部[1 澀 2 揖 3 納]，其去聲內分部[1 涖 2 摯 3 內]。

		owG 藥沃	owGS 豹暴	ow 宵夭
0 長		沃襮爆，熇鵠嶉沃鋈，濼屋曝濼曝濼，熇，濼，鑿	號暴曝瀑，盜	豪芺夭
	L		遇籲	
r-長		覺嚛，榷確，莘	效爆	肴咬
0 短		藥爚爚淪	笑論	宵笑
r-短				宵 B 殍莩，橇妖夭
	R			虞[竹稍]

		awG 藥樂	awGS 豹悼	aw 宵高
0 長		鐸襮爆，鶴，樂，櫟鑿	號悼	豪薅麃毛旄毳耗/耗，刀倒到髐桃毲勞憀橑癆饕，澡藻臊操繰喿，高稿縞杲菎犒豪鎬蒿峭號罶敖傲撓
r-長		覺駁髇，卓踔莘，穀塙滈鷽樂	效罩踔淖鬧，較樂	肴麃，教敲嘐爻肴崤，撓巢勦吵
0 短		藥逴擽藥，虐謔	笑療	宵超肇召洮
j-短		藥爍鑠		宵招昭沼弨照弨韶紹鄱
r-短				宵 B 表，罶枵鴞

· 215 ·

		ewG 藥約	ewGS 豹耀	ew 宵堯
0 長		錫的*趫翟糶溺礫櫟躒，激敫敹檄	嘯釣糴蘦掉溺/尿，激敫窱	蕭貂挑朓苕窱掉裊嫋膋燎僚料，梟澆釗繳皎徼皛幺邀堯曉，杳窅，箾
r-長		覺駮邈，戳攉濯搦，箹葯，稍	效豹貌，攉棹，摮	看貓窅，嘲鐃撓橈，鈔梢筲稍，交狡絞效皦磽
0 短		藥芍躍，爵燋雀爝嚼削	笑耀，爍皪鞘	宵朝兆趙燎繚姚謠搖鷂，焦醮悄俏譙消小肖笑
	K	藥屬蹻敫約葯	笑 A 約	宵 A 飆杓熛標飄票螵標橅漂剽瓢驃摽眇淼藐妙，翹腰要
j-短		藥酌灼焯綽勺妁弱	笑炤	宵釗燒少饒蟯繞
r-短	K		笑 B 蹻轎	宵 B 鑣麃苗描貓廟，驕矯蹻喬嶠

*宵藥四等唇音皆缺字，從諧聲看是竄入舌音端組，杓有唇舌兩讀，「標的」音義同源，可能是高元音 ew 唇尾與唇音聲母產生異化引起的。我們把此類音都直接擬為 pew 或 plew，而不視為流音塞化或帶 t-冠音。

uwG = ug 督	uwgs = ugs 奧	uw = u 島孚

		ɯwG 覺肅	ɯwGS 奧嘯	ɯw 幽攸
0 長		錫倜迪笛滌覿趯怒，戚慼蓼寂	嘯嘯	蕭雕鳥蓧條儵調聊寥，蕭翛筱篠
	L			宵繇
r-長				看膠拗，嗃
0 短		屋逐軸戮勠，肅	宥宙宿，繡	尤俯抽瘳綢紬鏐樛蓼収由柚卣，秋篍修 侯牡
j-短		屋俶淑叔儵倏		尤舟周收手，袖褎
r-短	K			幽彪繆謬，樛糾虯璆螩幽呦黝幼
	w			脂 B 軌宄簋晷達飆頯*
	R			尤愁

	iwG 覺弔辶旁	iwGS 奧弔	iw 幽叫
0 長	錫弔辶旁	嘯弔	蕭叫窈，嫽
r-長			看拗

0 短				宵 椒愀莍，燎膠
	K			宵 A 影，顆苃
j-短		藥 糕		宵 擾孃
r-短	K			宵 B 爐

＊「軌」入uuw 而不入 iw，是由於至漢代其韻尾 w 因異化脫落後即變之部，說明其元音是 uu。
以後變化跟龜 kwruu 相同。

		om 談凡	ob 盍乏	obs 蓋會
0 長		談唅掩，黔鬓　覃坎臽庵唵，舊　東芃	盍魶，卅	泰茷沛斾，檜儈劊會繪薈
r-長		銜豔，芟彡衫縿　咸陷臽淊　江戆	狎雪　洽眨	夬獪噲
0 短	K	凡泛氾汎凡帆犯範鋄，欠淹俺　嚴醃　鍾琧	乏乏　業醃	廢肺
		鹽詔閻燄，燖燀潛彡	葉	祭蝪
j-短		鹽搗染，焴	葉摺雪謷歘	祭芮枘蝪
r-短	K	鹽 B 砭眨空，贛芡淹奄閹掩俺	葉 B 醃	

		am 談談	ab 盍盍	abs 蓋蓋
0 長		談甘敢瞰邯酣譀拑	盍嗑磕溘盍闔	泰蓋磕
	T	談儋聃膽莢談郯淡啖藍覽濫，慚鏨暫	盍荅狧塌鰨/鰈躢闒臈鑞	
j-長			盍譫	麻 3 貫
r-長		銜監鑑銜檻譀嚴，懺芟	狎甲匣狎呷譀鴨，雪	
0 短	W	凡氾犯範	乏法，猰	
		鹽斂鹽，僉	葉獵巤	
	K	嚴劍脅嚴儼	業劫怯笈裰脅業	
j-短		鹽詹瞻襜蟾贍閃剡髯冉苒鹽琰豔	葉涉聶	
r-短	K	鹽 B 檢臉箝黔鈐儉險炎弇滳婥拑驗廣	葉 B 笈蓋	
	W		葉 B 曄燁	

		em 談兼	eb 盍夾	ebs 蓋荔
0 長		添兼縑謙嗛嫌廉,點玷餂恬拈鮎	帖煩惬荔協俠,聑帖牒蝶爾荼,浹燮屧	霎荔砝
r-長		咸鹹槏,斬蘸攙	洽夾狹,喋,臿插歃薑啑霎犴壓,聾	
0 短		鹽沾覘黏廉,殲籤塹纖綖銛	葉輒聶爾甄葉,楫接睫妾捷	祭泄抴勩　寅荔
	K	鹽 A 厭魘	葉 A 醫擊	
j-短		鹽占苫陝	葉輒憺讋攝葉	祭泄世離貰
r-短	K	鹽 B 嵁	葉 B 魶	祭 B 瘈
	R	鹽纖	葉嫨葟	

		um 侵枕	ub 緝納	ubs 內內
0 長		覃贛灉戇黿戡堪函涵,耽黕貪探潭覃襌疊襌南男婪嵐壜,簪噆參驂慘蠶糝　談三	合浩鴿蛤合欽,答嗒遝沓疍譶納衲軜摺,嚃帀雪雜卅	隊對退內
r-長		咸函,湛,摻	洽祫跲洽,篋	
0 短	W	東 3 風楓諷芃鳳,熊		未苐
		侵揕湛闖沉鵀臨尤鐔鵾蟫,枕鷥	緝熻,集習騽	
j-短		侵斟針枕諶忱葚沉深瀋,鵀蕈尋	緝汁斟拾十入廿,襲	
r-短	K	侵 B 品	緝 B 給翕歙熻騽	
	R	侵簪譖參滲		

		uum 侵音	ub 緝澀	ubs 內菈
0 長		覃弇感淦紺含撼憾媕諳暗	合溘䴴媕濕,颯靸馺	
	T	添唅簟念,僭	帖疊錜毾	霎泣
r-長		咸緘減喊咸䫴妗黯齭邑喦,淰、戁虥饞	洽浥	
0 短	W	東 3 梵		至位
		侵椹郴朕棽紝賃林淋凜廩淫,沁心	緝立笠粒㕡	至菈泣
	K	侵 A 愔	緝 A 挹	
j-短		侵箴壬絍稔任諗淰	緝淫/濕,隰	
r-短	K	侵 B 稟,今金錦禁欽衾禽琴凜噤歆音陰飲窨吟喦	緝 B 急級汲泣潝及吸邑悒浥岌	
	R	侵岑涔森	緝澀	

		im 侵添	ib 緝揖	ibs 內摯
0 長		添墊坫添忝甜	帖帖墊褺	
r-長		咸詀		
0 短		侵砧，祲浸綅侵寑	緝縶霅蟄，咠葺緝輯	至鷙
	K		緝 A 揖	
j-短			緝執	至摯鷙贄
r-短	K		緝 B 鴡皀	
	R	侵駸讖罧瘁	緝戢蕺濈	

*舌音聲母后有ɯ>i 現象，故入中古四等韻，凡不作這類變化的覃合、屋韻字，其元音只能是 u 或 o，參看：塔來自梵文 stūpa 或巴利 thūba 的縮譯；古漢越語：南 nom 南人，壜 tum 甕，納 nop，沓ʔdup 雙重的；泰文：男 hnumh 男青年，莟 tuum 含苞，壜 tumh 缸，搭 top 拍打，藏文：三gsum，貪 rlom，簪 sdom-pa 束、總攏，壜 dum 小盆，納 nub 沉入，緬文：潭 thum̃h。

**夅聲及烝韻朕聲仍作收-ŋ安排，不歸收唇。「降」對藏文ɦkhruŋs 降生、壯語 roŋ^2 都收ŋ。

***「葉」本「世」的轉注字，《詩· 長發》「昔在中葉」即中世。可比較僜語、獨龍語、景頗語葉 lap、越南語 lá，藏語世代 rabs。「澀」本作「澁」，又所力切 srɯg。

（四）C 類收舌各部韻類及分韻字表

各部韻類三分：

元部[1 寒 2 仙 3 算]，月部[1 曷 2 滅 3 脫]，其祭分部[1 泰 2 敝 3 兌]，歌部[1 麻 2 麗 3 戈]。文部[1 欣 2 因 3 諄]，物部[1 迄 2 七 3 術]，其隊分部[1 氣 2 閉 3 隊]，微部[1 衣 2 齊 3 畏]。

		on 元算	od 月脫	ods 祭兌	ol 歌戈
0 長		桓曼鞔漫幔，端短湍疃彖團斷段鸞卵湪熌憞亂，纘纂鑽竄爨欑攢酸狻算蒜，官冠觀管貫祼盥寬款萑萈歡獾讙逭剜婠腕盌刓玩	末袚市茇跋拔，咄掇脫奪柮捋，柮撮，檜括栝適闊活揞	泰（沛旆）軷，祋蜕兌奪酹頪，最蕞，外	戈朵鬌揣妥唾惰挼螺/嬴蠡，挫脞剉坐蓑梭唆莎瑣惢，戈果裹過科顆課火夥禾和禍渦倭踒訛臥貨
r-長		刪蠻慢，關丱串慣豢患彎綰頑，奻，撰饌栓攣	鍚刮刖，竅，刷 黠拔，婠，竅娺	夬話，嘬啐 怪拜	麻媧剮踝化瓦，檛撾，髽 佳媧蝸咼諣
0 短	K	元鞏蔓晚挽，圈蜷勸劵圈壎/塤吅冤鴛宛夗怨元阮	月髮坺，𠄌厥蕨闕橛掘䟴月刖軏	廢（肺柿）吠，喙	支隳隓，撱
	T	仙轉椽傳篆傳聯攣臠戀緣沿兗掾，朘鐫悛痊詮筌全雋選	薛叕輟惙劣埒鋝閱悅，蕝脆/膬絕雪	祭綴啜畷銳，蕝毳帨脆/膬	支箠諈錘髻縋諉贏壘累，惢髓隨

		薛	祭	支
j-短		薛拙啜說炳/爇蜕	祭贅啜喙稅說帨蜕	支捶惴吹垂箠睡瑞藥
r-短	K	薛 B 蹶	祭 B 鱖蹶	支 B 詭跪萎委危
	R	薛茁敠銌	祭毳竁	支揣衰

			an 元寒	ad 月曷	ads 祭泰	al 歌麻
0 長			寒干乾幹刊侃看寒旱翰骭廠罕安案犴岸暵漢	曷割葛渴曷褐喝遏檗犖栝	泰丐愒轄害藹艾	歌歌柯智個軻可河何賀呵阿俄我餓
		T	寒單丹亶旦坦炭檀但彈歎難蘭嫚爛灘歎,贊餐粲戔殘珊散	曷怛靼闥撻達剌獺,巀囐	泰帶泰大柰賴籟厲,蔡殺	歌多它拖紽佗鼉那儺羅砢,左磋瘥醝娑歔
		W	桓般半潘拌判盤伴叛畔瞞滿,奐煥桓瓛丸紈緩澣換肒	末撥末秣,豁濊斡	泰貝茷沫,巜涣喊翿濊	戈波簸播頗破婆鄱摩麼磨
		L				麻3也
j-長						麻3蛇,嗟瘥
r-長			刪姦菅諫晏顏雁厴,豭,赧,棧刪潸汕山斕	鎋瞎轄犖蠽,刹	夬蠆,褚餲	麻加枷駕閒,夌,釵差槎叉沙
		W	刪班斑頒板攀阪,撍還宦豩		夬敗邁勱蠆,夬快	麻麻,媧騧刷
0 短		K	元鞬蹇建健軒騫憲獻焉偃堰言甗讞	月訐揭碣歇蠍謁钀	廢乂刈	戈3迦伽茄
		W	元番反販幡煩樊燔繁/鞶飯萬,煖/喧喧楥爰袁園遠原愿願	月發伐罰襪,狘戉越粵日噦	廢廢,顥薉穢	戈3癉
			仙鱣邅廛纏纆延衍,碾孌,宣旋	薛聅中	祭滯憇厲例,歲	支池籬罿移迆匜,褫
j-短			仙旃饘饘戰顫闡燀單蟬禪善繕繵羴,涎羨	薛詛鞨	祭忕	支觶眵侈施
r-短		K	仙 B 騫搴愆譽乾虔鍵件焉蔫闕堰彥喭甗	薛 B 揭訐朅愒竭碣楬桀傑钀	祭 B 憩憩偈	支 B 羈寄敧綺奇錡戲猗倚儀宜蟻義誼
		W	仙B瑗圓孌	薛 B 噦	祭 B 劌衛彏	支 B 陂彼披皮被縻糜麾,媯虧毀燬烜爲僞
		R	仙棧	薛(橇)		支差

		en 元仙	ed 月屑	eds 祭祢	el 歌麗
0 長		先肩豜趼見現顯蜆燕臙宴研硯,奠澱撚蓮練,箋濺前霰	屑詧竊截楔,潔挈鍥齧,齧梟	霽薊紒契覸,蠣蒂(蒂)杕,殢	齊禆稗嬭離驪驪鸁麗麗

	w	先邊編遍片駢辮瞑瞻丏眄芇麪，涓畎犬懸繯寰縣敻剈弲肙	屑擎蹩蔑，訣決缺抉	霽擕，慧嘒	齊孁
j-長					齊移鸏 脂地
r-長		山綻嘫，琖鏟孱孱棧山產，間簡柬閒莧	黠察殺，扴楔鬜	怪褹，瘵祭鎩蔡，丯介芥界	佳孋，籭蹝矖
	w	山辦瓣，幻嬽	黠八捌，揠空	怪躗	佳罷，拐
0短	T	仙展輦連延演，煎翦戩箭遷淺錢踐賤仙鮮癬匙獮綫/線	薛哲徹轍澈列裂烈拽，鱉禼薛褻	祭彘滯例曳裔，祭際	支螭離蠡罹麗驪邐貤，媊璽徙
	w	仙泉璿，絹狷蜎儇蠉嬛翾悁肙鳶捐	薛雪，缺	祭嚖彗槥睿叡	支規窺茾
	K	仙 A 鞭編篇扁偏便緜櫋緬愐沔面，甄遣譴	薛 A 鼈瞥滅威，孑	祭 A 蔽敝弊袂，藝	支 A 彌瀰鸍
j-短		仙扇然，涎羨	薛折瘛舌設熱茶，準	祭制瘌瘛筮逝誓勢	支寘鸍爾邇
r-短	K	仙 B 辨辯，焉軀	薛 B 別，蘖孽	祭 B 猘甈	支 B 羆罷
	R	山孱棧	薛檆	祭瘵鎩	支釃屣

╲		un　文諄	ud 物術	uds 隊隊	ul 微畏
0長		魂畚奞悗，敦頓暾涒屯豚臀盾遯鈍論綸蜦，尊撙村忖寸存踆蹲鱒孫飧巽遜，損，昆褌鯀衮坤壼困渾混圂溫揾梱髡	沒勃艴沒忽，突訥，卒猝捽窣，骨汩窟聖搰扫兀杌揾	隊孛悖，隊酹，倅淬碎，凷/塊	灰浼，堆敦碓推隤魋挼餒雷磊儡耒，脮崔漼摧罪蓑，瓌瑰傀魁回輠潰隈偎猥礧嵬桅虺 戈火（又）
r-長		山窀，綸鰥	黠拔，滑猾，聉竅貀，茁	怪怪蒯塊/墤喟顡	皆簣蕢墤槐懷壞崴
0短	K	文君軍攈群郡熏葷訓雲暈運緼愠	物孓屈掘崛鬱蔚菀	未彙胃渭蝟尉慰	微歸鬼貴魏輝威畏
	T	諄窀迍椿楯倫淪輪允，遵儁俊畯逡踆濬峻	術茁黜怵術律率聿，卒踤戌	至墜類，醉翠瘁萃粹祟遂隧燧	脂追椎槌纍壘耒誄遺，緌睢荽
j-短		諄諄肫春蠢純盾鶉舜脣吮順瞤閏潤，循巡馴	術出術述	至出	脂隹騅誰蕤縈蜼，蜼
r-短	K	眞 B 麇囷輑窘菌殞隕	質 B 筆，汩	至 B 喟罻	脂 B 簣卉，騩愧歸夔匱蕢臾餽
	R		術率蟀	至帥率	脂樏衰

╲		ɯn 文欣	ɯd 物迄	ɯds 隊氣	ɯl 微衣
0長		痕吞，根跟艮墾齦痕很恨恩垠	沒紇齕麧	代譺逮，概漑慨愾瀣愛	咍剴開凱皚哀
	w	魂奔賁本噴盆笨獖門璊悶亹滱悶昏婚閽，魂	沒勃艴沒忽	隊配妃妹昧沬	灰輩朏裴枚玫黴，詯匯

	T	先典腆殄殿畛，薦薦茜先跣銑	屑瓥戾唳，屑*	霽蠣棣隸戾唳悷泧	齊蜦矜，西洗細
r-長		山顅扮盼，艱襇限眼殷	黠齃鰊	怪蘇，屆鰊薤鑫	皆排徘，匯，俙
0短	K	欣斤筋蚳謹靳蘁勤芹近欣妜殷隱垠圻齗猌狺	迄訖吃乞仡忔汔	未既曁氣氣鱀毅	微幾饑蟻畿祈旂圻希稀狶衣沂螘豈
	W	文分饙粉糞奮芬忿焚墳憤文蚊/雺聞吻刎扐問紊璺緼，雲	物弗拂髴佛勿物，霼	未沸費怫未味	微非飛扉匪誹妃菲黜肥痱翡微尾疊徽卉，諱韋圍偉緯
	T	眞珍狋趁塵紖麈旾	質份	至肆隸瓅鰊	脂絺觶
j-短		眞振昣疹診震辰晨娠蜃哂忍刃			
r-短	K	眞 B 邠/斒彬貧閩旻敏閔緡，巾胗菫馑僅銀鄞聞狺垠慭涇釁/衈	質 B 弼，曁	至 B 饙魅，器曁堅	脂 B 悲圮嫩妮，冀覬
	R	臻詵姺駪	櫛齜		

		in真因	id質七	ids至閉	il脂齊
0 長		先堅牽賢弦蚿炫咽烟/煙，顛天瑱填滇闐電憐，鏗千芊汧	屑結拮頡袺襭紇齕，切	霽計髻，替	齊郎，低氐底柢梯睇鬄薙稊弟第泥禰犁黎，齏濟妻齊劑犀棲
	W	先編扁䁘，畎犬絢昫玄眩衒泫淵	屑繘鐍闋矎	霽閉，惠蕙鏸嘒	齊睽
r-長		山甌黯/顯	黠秸/楷戛/揩秸劼黠軋，劀	怪屆屭	皆皆鍇階揩楷稭諧，淮，齋儕
0 短	T	眞鎭瑱紉鄰麟藺寅引螾蚓胤，津進晉縉親秦盡燼信訊迅汛	質逸，疾七戌	至質躓昵利肄，自嫉四柶泗	脂胝遟稚/稺尼怩梨夷荑，齎齏私
	K	眞 A 堙禋因洇姻/嫺	質 A 吉詰佶	至 A 棄	脂 A 咦伊
	W	眞 A 賓殯繽頻瀕顰蘋髕牝民泯諄均鈞，勻尹，洶詢筍隽濬旬殉	質 A 畢韠匹術 A 橘繘僪矞遹	至 A 畀痹鼻寐，季悸，穗繐	脂 A 匕疕，癸葵揆睢，睢
j-短		眞眞甄稹嗔慎腎申紳身神人仁	質質叱實	至質礩鑕	脂祗砥鴟示視
	W	諄準眴			
r-短	K	眞 B 瑉岷慜	質 B 佶姞乙/氤	至 B 濞驫，洎堲驫劂	脂 B 仳眉郿湄媚，饑幾祁，騤帷
	R	臻臻榛蓁榛轃欍齔莘駪			

*李方桂認爲ən、ət 一類韻母在舌齒音後的後世元音要 uə化，我們則看到舌齒聲母ɯ＞i/-n-d-l，短音入眞質脂，長音入先屑齊。「屑」與份同諧聲而有先結、蘇骨二切，在我們是ɯ、u 鄰元音問題。

附錄三 鄭、斯、王、李四家 上古聲母對照表

類	中古紐	上古基聲母	鄭張尚芳	斯　氏	王　力	李方桂
幫組	幫	幫 p	p	p	p	p
		幫 p	mp	p	p	p
		影 q；見 k	p－q，p－k丙	p	p	p
	滂	滂 ph	ph	ph,pʰ	pʻ	ph
		滂 ph	mph	ph	pʻ	ph
		撫 mh	mh	ph	pʻ	ph
		呼 qh,溪 kh	p－qh烹，p－kh	ph	pʻ	ph
	並	並 b	b	b,bh	b	b
		幫 p	ɦp	b,bh	b	b
		雲 ɢ,群g	p－ɢ，p－g	b,bh	b	b
	明	明 m	m	m,mh	m	m
		並 b	mb 陌	m,mh	m	m
		雲ɢ,群 g	mɢ,mg 袂	m,mh	m	m
		泥n,疑ŋ	mn 弭,mŋ	m,mh	m	m
		影 q	m-q	m,mh	m	m

	端	端 t	t	t	t	t
		端 t	nt	t	t	t
		以 l	ʔl'	t	t	t
		影q見k,幫p	ql', kl', pl'	t	t	t
	透	禿 th	th	th	透t'	透th
		禿 th	nth	th	透t'	透th
		灘 nh	nh	sn（h）	透t'	泥hn
		胎lh	lh	th	透t'	透th
		寵rh	rh	srh	透t'	來hl
		以 l	hl'	tl,thl	透t'	透th
		影 qh 溪 kh, 滂 ph	qhl',khl',phl'	th	透t'	透th
端組	定	定 d	d	d,dh	d	d
		以 l	l'（ɦil'）	dl,dhl	d	d
		雲G群 g,並 b	Gl',gl',bl'	l,lh	d	d
	泥	泥 n	n	n,nh	n	n
		定 d	nd	n,nh	n	n
		以 l	nl	n,nh	n	n
	來	來 r	r	r,rh	l	l
		來 r	r	r,rh	l	ŋl樂
		來 r	g·r, gw·r	r,rh	l	gl落立,l
		見k＞來 r	ɦikr＞g·r 林藍	r,rh	l	gl林藍
		來 r	m·r 來吝	r,rh	l	ml吝
		來 r	b·r 鑾	r,rh	l	bl
		幫p＞來 r	ɦipr＞b·r 廩	r,rh	l	bl律廩
知組	知	端 t	t 三等	tr	t	tr
		端 t	rt	tr	t	tr
		來 r	ʔr'	tr	t	tr
		影q見k,幫p	qr',kr',pr'	tr	t	tr
		以 l	ʔl' 三等	tr	t	tr
		影q見k,幫p	ql',kl',pl'三等	tr	t	tr
	徹	禿 th	th 三等	thr	t'	thr
		禿 th	rth	sn（h）r	t'	thr
		灘nh	nh三等	thr	t'	hnr醜

		胎 lh	lh 三等	srh	t'	th
		寵 rh	rh 三等	thr	t'	hl
		來 r	hr'	thr	t'	thr
		呼qh溪kh,滂ph	qhr',khr',phr'	thr	t'	thr
		撫mh	mhr'薑	thr	t'	thr
		哭ŋh	ŋhl' 三等（癡）	thr	t'	thr
	澄	定 d	d 三等	dhr,d（h）r	d	dr
		定 d	rd	dr	d	dr
		以 l	rl	dhr	d	dr
		雲G群g,並 b	Gr',gr',br'	dhr	d	dr
		雲G群g,並 b	Gl',gl',bl' 三等	dhr	d	dr
	娘	泥 n	n 三等	nr,nhr	n	nr
		泥 n，疑 ŋ	rn, rŋ	nr,nhr	n	nr
		疑ŋ,明m	ŋr',mr'	nr,nhr	n	n
		疑ŋ,明m	ŋl',ml' 三等	nr,nhr	n	nr
精組	精	心 s	ʔs	tɕ>ts	ts	ts
		以 l	sl'	tɕ>ts	ts	ts
		端t,影q見k,幫p	st,sq,sk, sp	tɕ>ts	ts	ts
		明 m, 疑ŋ	sml',sŋl'	tɕ>ts	ts	ts
	清	清 sh	sh	tɕh>tsh	ts'	tsh
		禿 th	sth	tɕh>tsh	ts'	sth
		溪kh,滂ph	skh,sph	tɕh>tsh	ts'	skh, tsh
		灘nh,胎 lh,撫mh,哭 ŋh	snh,slh smh,sŋh	sl,slh	ts'	tsh, sth悅
	從	從 z	z	dʑ>dz	dz	dz
		定d,群g,並 b	sd,sg,sb	dʑh>dzh	dz	sd,sg,dz
	心	心 s	s	sh,s	s	s
		呼qh	sqh歲	sh,s	s	sk
		泥n,明m,疑ŋ	sn,sm,sŋ	snh,sŋh	s	sm 喪,sn需,
		以l	sl,slj	sl>sl̥	s	st（sk秀）
	邪	以 l	lj	lh	z	rj,sdj
		雲 G	sG	wh	z	sg（w,j）

莊組	莊	心 s	ʔsr	tɕr＞tʂ	tʃ	tsr
		來 r	sr'	tɕr＞tʂ	tʃ	tsr
		影q 見k,幫p	sqr,skr,spr	tɕr＞tʂ	tʃ	tsr
	初	清 sh	shr	tɕrh＞tʂh	tʃʰ	tshr
		溪kh,滂ph	skhr,sphr	tɕrh＞tʂh	tʃʰ	tshr,sthr 揣
		撫mh,哭ŋh	smhr,sŋhr	shr	tʃʰ	tshr
	崇	從 z	zr	dʐr＞dzr	dʒ	dzr
		群g,並 b	sgr,sbr	dʑ（h）r＞dz（h）r	dʒ	dzr
	生	心 s	sr	sr,shr	ʃ	sr，sl 數
		呼qh	sqhr	sr,shr	ʃ	skr
		明m,疑ŋ	smr,sŋr	sr,shr	ʃ	sr
	俟	雲ɢ	sɢr		ʒ	dzr
		來 r	rj		ʒ	dzr
章組	章	端 t	tj	t	ȶ	tj
		影q 見k,幫p	qj,kj,pj	t	ȶ	krj,tj
		見	kwj	t	ȶ	tj
		以l	ʔlj	t	ȶ	tj
		泥	ʔnj	t	ȶ	ȶ
	昌	禿 th	thj	th	ȶʻ	thj
		溪滂	khj, khwj,phj	kh	ȶʻ	khrj, thj
		哭灘胎寵	ŋhj, mhj,nhj,lhj,rhj	th	ȶʻ	khrj, thj
	禪	定d	dj	d,dh,d（h）	ʑ	dj
		群g,並 b	gj,bj	d,dh,d（h）	ʑ	grj,dj
	書	呼 qh	qhj/hj,qhwj	h	ɕ	hrj
		以l	hlj	sl,tl	ɕ	hrj
		泥 n,疑 ŋ,明 m	hnj,hŋj,hmj	sn	ɕ	hnj, hŋrj
	船	雲ɢ	ɢj,ɢwj,ɢlj		ʥ	grj
		以l	ɦlj	l	ʥ	dj
		群g,並 b	ɦglj 船,ɦblj 繩		ʥ	grj, dj
	日	泥n	nj	n,nh	ȵ	nj
		疑ŋ,明m,	ŋj, ŋwj,mj	ŋ	ȵ	ŋrj,nj

見組	見	見k	k	k,kʷ	k	k
		見k	ŋk,mk	k,kʷ	k	k
	溪	溪kh	kh	kh,khʷ	k'	kh
		溪kh	ŋkh,mkh	kh,khʷ	k'	kh
	群	群g	g	g,gh,gw,ghʷ	g	g
	疑	疑ŋ	ŋ	ŋ,ŋh（r）	ŋ	ŋ
		雲G,群g	ŋG,ŋg	ŋ,ŋh（r）	ŋ	ŋ
影組	影	影q/ʔ	q/後ʔ	ʔ,ʔʷ	0	ʔ
		以l,來r	ʔl,ʔr	ʔ,ʔʷ	0	ʔ
		明m,泥n,疑ŋ	ʔm 毒, ʔn ,ʔŋ	ʔ,ʔʷ	0	ʔ
	曉	呼qh/h	qh/h	h,hw,sw（h）	x	h
		以l,來r	hl,hr	hr	x	h
		明 m	hm,hml	sm ＞ m̥ ＞ hw	x,mx 黑	hm
		疑ŋ,泥n	hŋ,hn	sŋ,sŋh	x	hŋ,h
	匣	群g,雲G/ɦ	g, G/ɦ	g（h）,gh,gʷ,ghʷ	ɣ	g
		以l,來r	ɦl,ɦr	w,wh	ɣ	g
		明m,泥n,疑ŋ	ɦm,ɦn,ɦŋ		ɣ	g
	雲	雲G/ɦ	G/ɦ	w,wh	ɣ	gw, gwr
		以l,來r	ɦl,ɦr		ɣ	gwr
	以	以l	l	l,lh＞j	餘ʎ	r羊
		以l	l	w＞jw	餘ʎ	ŋr藥
		以l	g・l, gw・l	dl	餘ʎ	grj,r
		見k	ɦkl ＞g・l 峪浴鹽		餘ʎ	grj
		見k	ɦkwl ＞gw・l 羑		餘ʎ	grj
		以l	b・l翼翌		餘ʎ	r
		幫p	ɦpl＞b・l蠅聿		餘ʎ	r蠅

附錄四　鄭、斯、王、李四家
上古韻母對照表

部	中古韻	鄭張尚芳	斯　氏		王　力		李方桂	
魚	模	aa	魚部	aa	魚部	ɑ	魚部	ag
		ʷaa		ʷaa		uɑ		wag
	麻三	jaa		jaa		iɑ		jiag
	麻二	raa		raa		eɑ		rag
		ʷraa		ʷraa		oɑ		wrag
	魚	a		a		ĭɑ		jag
	虞	⁽ʷ⁾a		⁽ʷ⁾a		ĭwɑ		wjag，wjiag懼
	支（戲）	ra		ra	（歌）	（ĭa/ ĭai）		（jar？）
鐸	鐸	aag	鐸部	aak	鐸部	ăk	魚部	ak
		ʷaag		ʷaak		uăk		wak
	昔	jaag		jaak		iăk		jiak
	陌二	raag		raak		eăk		rak
		ʷraag		ʷraak		oăk		wrak
	藥	ag		ak		ĭăk		jak
		ʷag		ʷak		ĭwăk		wjak
	陌三	rag		rak		⁽ᵖᵏ⁾iăk		jiak

[暮]	暮	aags		aak		āk		agh
		ʷaags		ʷaak		uāk		wagh
	禡三	jaags		jaak		iāk		jiagh
	禡二	raags		raak		eāk		ragh
		ʷraags		ʷraak		oāk		wragh
	御	ags		ak		ĭāk		jagh
陽	唐	aaŋ	陽部	aaŋ	陽部	ɑŋ	陽部	aŋ
		ʷaaŋ		ʷaaŋ		uɑŋ		waŋ
	庚二	raaŋ		raaŋ		eɑŋ		raŋ
		ʷraaŋ		ʷraaŋ		oɑŋ		wraŋ
	陽	aŋ		aŋ		ĭɑŋ		jaŋ
		ʷaŋ		ʷaŋ		ĭwɑŋ		wjaŋ
	庚三	raŋ		raŋ		iɑŋ		jiaŋ
		ʷraŋ		ʷraŋ		iwɑŋ		wjiaŋ
支	齊	ee	支部	ee	支部	ie	佳部	ig
		ʷee		ʷee		iwe		wig
	佳	ree		ree		e		rig
		ʷree		ʷree		ue		wrig
	支A	e		e		ĭe		jig
		ʷe		ʷe		ĭwe		wjig
	支B	re,ʷre		re,ʷre				
錫	錫	eeg	錫部	eek	錫部	iĕk	支部	ik
		ʷeeg		ʷeek		iwĕk		wik
	麥	reeg		reek		ĕk		rik
		ʷreeg		ʷreek		uĕk		wrik
	昔	eg		ek		ĭĕk		jik
		ʷreg		ʷrek		ĭwĕk		wrjik 役
	陌三	reg（戾）		rek		ĭĕk>		jik>
[賜]	霽	eegs		eek		iēk		igh
	卦	reegs		reek		ēk		righ
		ʷreegs		ʷreek		uēk		wrigh
	寘A	egs		ek		ĭēk		jigh
	寘B	regs		rek				
耕	青	eeŋ	耕部	eeŋ	耕部	ieŋ	耕部	iŋ
		ʷeeŋ		ʷeeŋ		iweŋ		wiŋ

	耕	reeŋ		reeŋ		eŋ		riŋ
		ʷreeŋ		ʷreeŋ		ueŋ		wriŋ
	清	eŋ		eŋ		ǐeŋ		jiŋ
		ʷeŋ		ʷeŋ		ǐweŋ		wjiŋ
	庚₃	reŋ		reŋ		ǐeŋ＞		jiŋ＞
		ʷreŋ		ʷreŋ		ǐweŋ＞		wjiŋ＞
之	咍	ɯɯ	之部	əə	之部	ə	之部	əg
	灰	ʷɯɯ		ʷəə		uə		wəg
	皆	rɯɯ		rəə		ə＞		rəg
	(怪)	ʷrɯɯ		ʷəə		uə＞		wrəgh
	之	ɯ		ə		ǐə		jəg
	尤	ʷɯ		ʷə		ǐwə		⁽ᵖ⁾jəg ,
	(侯)	(m) ɯ		(m) əə		(m) ə		(m) əg
	脂_B	rɯ/ʷrɯ		rə/ʷrə		ᵖǐə,ᵏǐwə ＞		⁽ᵖ⁾ǐəg, ＞
職	德	ɯɯg	職部	əək	職部	ə̌k	之部	ək
		ʷɯɯg		ʷəək		uə̌k		wək
	麥	rɯɯg		rəək		ə̌k＞		rək
		ʷrɯɯg		ʷrəək		uə̌k＞		wrək
	職	ɯg		ək		ǐə̌k		jək
		ʷɯg		ʷək		ǐwə̌k＞		wjiək
	屋₃	ʷɯg		ʷək		ǐwə̌k		wjək
[代]	代	ɯɯgs		əəh		ə̄k		əgh
	隊	ʷɯɯgs		wəəh		uə̄k		wəgh
	怪	rɯɯgs		rəəh		ə̄k＞		rəgh
		ʷrɯɯgs		ʷrəəh		uə̄k＞		wrəgh
	志	ɯgs		əh		ǐə̄k		jəgh
	宥	ʷɯgs		ʷəh		ǐwə̄k		wiəgh
	至_B	ʷrɯgs		rəh		ǐə̄k		jiəgh
蒸	登	ɯɯŋ	蒸部	əəŋ	蒸部	əŋ	蒸部	əŋ
		ʷɯɯŋ		ʷəəŋ		uəŋ		wəŋ
	耕	rɯɯŋ		rəəŋ		əŋ		rəŋ
		ʷrɯɯŋ		ʷrəəŋ		uəŋ		wrəŋ

	蒸	uŋ		əŋ		ĭəŋ		jəŋ
		(p)ruŋ		(p)rəŋ		ĭeŋ		(p)jieŋ
	東三	ʷuŋ		ʷəŋ		ĭwəŋ (k)		(p)(kw)jəŋ
幽	豪	uu	幽A	uu	幽部	əu	幽部	（見後）
	看	ruu		ruu		eəu		
	尤	u		u		ĭəu		
	幽	ru		ru		iəu		
覺	沃	uug	沃A	uuk	覺部	（見後）	幽部	（見後）
	覺	ruug		ruuk				
	屋三	ug		uk				
[奧]	號	uugs		uuk				
	效	ruugs		ruuk				
	宥	ugs		uk				
終	冬	uuŋ	中部	uuŋ	侵部	uəm	中部	əŋw
	江	ruŋ		ruŋ		oəm		rəŋw
	東三	uŋ		uŋ		ĭwəm		jəŋw
侯	侯	oo	侯部	oo	侯部	o	侯部	ug
	看	roo 燭		roo				
	虞	o		o		ĭwo		jug
屋	屋	oog	屋部	ook		ǒk		uk
	覺	roog		rook		eǒk		ruk
	燭	og		ok		ĭwǒk		juk
[竇]	候	oogs		ook		ōk		ugh
	效	roogs		rook				
	遇	ogs		ok		ĭwōk		jugh
東	東	ooŋ	東部	ooŋ	東部	oŋ	東部	uŋ
	江	rooŋ		rooŋ		eoŋ		ruŋ
	鍾	oŋ		oŋ		ĭwoŋ		juŋ
宵	豪	aaw,oow	宵A	aaw	宵部	au	宵部	agw
	蕭	eew	宵B	eew		iau		iagw
	看	raaw,reew	宵A,宵B	raaw,reew		eau		ragw
	宵A	ew,aw,ow	宵A,宵B	aw,ew		ĭau		jagw
	宵B	raw,rew,row	宵A	raw				jagw，jagw

藥	鐸	aawɢ	藥 A	aakʷ	藥部	ăuk	宵部	akw
	沃	oowɢ				ăuk＞		akw
	錫	eewɢ	藥β	eekʷ		iăuk		iakw
	覺	raawɢ , r eewɢ, ro owɢ	藥 A, 藥 B	raakʷ,reekʷ		eăuk		rakw
	藥	awɢ ,ewɢ	藥 A, 藥 B	akʷ,ekʷ		ĭăuk		jakw
[豹]	號	aawɢs		aakʷ		āuk		agwh
	嘯	eewɢs		eekʷ		iāuk		iagwh
	效	raawɢs, reewɢs		raakʷ,reekʷ		eāuk		ragwh
	笑 A	ewɢs,awɢs		ekʷ,akʷ		ĭāuk		jagwh
	笑 B	rewɢs, ra wɢs		raakʷ,reekʷ				
幽 2、3	豪	ɯɯw	幽 B		幽部	əu	幽部	əgw
	蕭ᵗ	ɯɯw,iiw		iiw		iəu		iəgw
	肴	rɯw,riiw		riiw		eəu		rəgw
	尤	ɯw（牡＞侯）				ĭəu		jəgw, wjəgw
	幽	rɯw				ᵖᵏiəu		jiəgw
	脂 B	ʷrɯw,riw		riw		ĭəu＞		wjiəgw
	宵	iw		iw		iəu＞		
覺 2、3	沃	ɯɯwɢ	沃部		覺部	ăuk	幽部	əkw
	錫ᵗ	ɯɯwɢ,iiwɢ		iikʷ		iăuk		iəkw
	覺	rɯɯwɢ,riiwɢ		riikʷ		eăuk		rəkw
	屋三	ɯwɢ				iăuk		jəkw
[奧]	號	ɯɯwɢs				āuk		əgwh
	嘯ᵗ	ɯɯwɢs,iiwɢs		iikʷ	（幽）	iəu		iəgwh
	效	rɯɯwɢs, riiwɢs		riikʷ		eāuk		rəgwh教
	宥	ɯwɢs				ĭāuk		jəgwh

盍	盍	aab	葉部	aap	葉部	ap	葉部	ap
	狎	raab		raap		eap		rap
	業	ab		ap		ĭap		jap
	乏	ob,ab		ap		ĭwap		jap
	葉A	eb,ab,ob		ap,ep		ĭap		jap,wjap
	葉B	reb,rab,rob		rap,rep				
	合	oob				（əp）		（əp）
	帖	eeb		eep		iap		iap
	洽	reeb		reep		eap		riap
[蓋]	泰	aabs 蓋		aap		（āt）		abh
		oobs 會				（uāt）		（wadh）
	夬	raabs		raap				
	廢	abs,obs		ap				
	祭A	ebs,abs 世		ap,ep		（ĭāt）		jabh
		obs 芮				（ĭwāt）		jabh
	祭B	reb瘞,rabs,robs		rap,rep		ĭāp/ĭāt		jiabh
	霋	eebs（荔）		eep		iāp/iāt		iabh
談	談	aam	談部	aam	談部	am	談部	am
	銜	raam		raam		eam		ram
	嚴	am		am		ĭam		jam
	凡	om,am		am		ĭwam（ĭwəm＞汎）		jam
	鹽A	em		em		ĭam		jiam
		am,om		am		ĭam		jam
	鹽B	rem,ram		ram,rem				jiam
		rom						wjam
	東	(w)oom 贛芃				（ĭwəm）		（əm）
	添	eem		eem		iam		iam
	咸	reem		reem		eam		ram
緝	合	uub,ɯɯm	緝部	əəp	緝部	əp，uəp 納	緝部	əp
	帖	(t)ɯɯb,iib		iip,əəp		（iap）		iəp

	洽	ruuub,ruub,riib		riip,rəəp		eap		rəp
	緝A	ub, ib , ub		ip,əp		ĭəp,ĭwəp立聲		jəp
	緝B	ruub,rib, rub						
[內]	隊	uubs,ɯɯbs		əəp		uəp/uət		əbh
	怪	ruubs		rəəp				wrəb壞
	霽	iibs 泣		iip		（iət）		iəb?
	至A	ubs,ibs 摯		ip,əp		ĭəp/ĭət		jiəbh摯
		ubs				ĭwəp/ĭwət		wjəbh位
	至B	ruubs,ribs, rubs						
侵	覃	ɯɯm,uum	侵部	əəm	侵部	əm	侵部	əm
	添	$^{(t)}$ɯɯm,iim		iim		iəm		iəm
	咸	ruuum,ruum, riim		riim,rəəm		eəm		rəm
	侵A	um,im,um		əm,im		ĭəm		jəm
	侵B	rum,rim, rum		rim,rəm				jiəm
	東三	um 風				ĭwəm		jəm
		^{w}um 熊				（ĭwəŋ）		wjəm
歌	歌戈	aal /後aai	歌部	aaj	歌部	a/ai	歌部	ar
		^{w}aal,ool		^{w}aaj		ua/uai		war,uar
	麻二	raal,^{w}aal		raaj,^{w}aaj		ea/eai,oa/oai		rar,wrar,ruar
	麻三^{t}	jaal		jaaj		ia/iai		jar,jiar
	支A	el,al,ol		ej,aj		ĭa/ĭai		jiar,jar
						ĭwa/ĭwai		juar
	支B	rel,ral rol		rej,raj				jar,jiar wjar,wjiar
	脂	jel 地		jej 地		ĭa ＞地		iar 地
	齊	eel 碑		eej				
	佳	reel 罷		reej		ea/eai		rar＞

月	曷末	aad	月部	aat	月部	ăt	祭部	at
		ood,ʷaad		ʷaat		uăt		wat,uat
	鎋	raad		raat		eăt		rat
		rood				eăt,oăt		wrat,ruat
	月	ad		at		(kp)iăt		jat
		od				ïwăt		wjat,juat
	薛A	ed,ad		et,at		ïăt		kpjiat
		od				ïwăt		tjat,juat
	薛B	red,rad,rod		ret,rat				jiat
	屑	eed		eet		iăt		iat
		ʷeed		ʷeet		iwăt		wiat
	黠	reed		reet		eăt		riat
		ʷreed		ʷreet		oăt		wriat
[祭]	泰	aads				āt		adh
		oods		aat		uāt		wadh,uadh
	夬	raads		raat		eāt		radh
		roods				oāt		wradh
	廢	ads		at		ïāt＞		jadh
		ods				(p)iwāt		wjadh
	祭A	eds,ads		et,at		ïāt		jiadh,(t)jadh
		ods				ïwāt		juadh,wjadh,
	祭B	reds,rads,rods		ret,rat				jiadh,wjiadh
	霽	eeds		eet		iāt		iadh
		ʷeeds		ʷeet		iwāt		wiadh
	怪	reeds		reet		eāt		riadh
		ʷreeds		ʷreet		oāt		wriadh
元	寒	aan	元部	aan,aar	寒部	an	元部	an
	桓	ʷaan,oon		ʷaan,oon,ʷaar,oor		uan		wan,uan
	先	een		een,eer		ian		ian
		ʷeen		ʷeen,eer		iwan		wian

	刪	raan		raan,raar		ᵏᵖean		ran
		ʷraan,roon		ʷraan,roon,ʷraar,roor		oan		wran,ruan
	山	reen		reen,reer		ᵗean		rian
		ʷreen		ʷreen,ʷreer		oan 幻		wrian
	元	an,		an,ar		ᵏĭan		jan
		on, wan		on,wan,war		ĭwan		wjan
	仙 A	en,an		en,an,er,ar		ᵗĭan		ᵗjan,ᵖᵏjian
		on		on		ĭwan		wjan
	仙 B	ran,ren/ron		ran,ren/ron,rar,rer				jian/juan
微	哈	ɯɯl	脂部	əəj	微部	əi	微部	əd
	齊ᵗ	ᵗɯɯl		ᵗəəj		iən＞洗		iəd
	灰	uul，⁽ᵖ⁾ɯɯl		uuj，⁽ᵖ⁾əəj		uəi		wəd，⁽ᵖ⁾əd
	皆	rɯɯl		rəəj		eəi		rəd
		ruul		ruuj		oəi		wrəd
	微	⁽ᵏᵖ⁾ɯl		⁽ᵏᵖ⁾əl		ĭəi，ᵖĭwəi		jəd
		ul		uj		ĭwər		wjəd
	脂 A	ɯl,ul		əj,uj		ĭəi		jiəd，wjiəd
	脂 B	rɯl,rul		rəj,ruj		ĭwəi＞悲		jiəd
物	沒	ɯɯd	質部	əət	物部	ăt	微部	ət
		uud		uut		uăt		wət
	屑ᵗ	ᵗɯɯd 饕		ᵗəət		iăt		iət
	黠	rɯɯd		rəət		eăt		rət
		ruud		ruut		oăt		wrət
	迄	ɯd		ət		ĭăt		jət
	物	⁽ᵏᵖ⁾ɯd,ud		⁽ᵏᵖ⁾ət,ut		⁽ᵖᵏ⁾ĭwăt		wjət
	質	ɯd,ud		ət,ut		ĭwăt		jət
	質 B	rɯd,rud		rət,rut		ĭăt 筆		jiət
	術	ud		ut		ĭwăt		jət
[隊]	隊	uuds		uut		uăt		wədh,ᵗədh
	代	ɯɯds		əət		ăt		ədh
	霽ᵗ	⁽ᵗ⁾ɯɯds		ᵗəət		（iēt）		iədh 棣
						（iwēt）		（widh）

韻	字	鄭張	部	斯塔	部	系統三	部	系統四
	怪	ruuuds		rəət		（ēt 屆）		rədh
		ruuds		ruut		oēt 聵		wrədh
	未	$^{(kp)}$uds		$^{(kp)}$ət		ĭēt ,^{p}ĭwēt		jədh
		uds,		ut		ĭwēt		wjədh
	至	uuds,uds		ət,ut		（ĭēt 肆）		jədh
						^{t}ĭwēt		jiədh
	至 B	ruuds,ruds		rət,rut		ĭēt		jiədh
						iwēt		wjiədh
文	痕	ɯɯn	文部	əən,əer	文部	ən	文部	ən
	先 ^{t}	^{t}ɯɯn		^{t}əən,^{t}əer		iən		iən
	魂	uun		uun,uur		uən		$^{(t)}$ən,wən
	山	rɯɯn		rəən,rəer		eən		rən
		ruun		ruun,ruur		oən		wrən
	欣	$^{(k)}$un		$^{(k)}$ən,$^{(k)}$ər		$^{(k)}$iən		jən
	文	un,un		ən,un,ər,ur		$^{(kp)}$ĭwən		jən
	眞	un		ən,ər		ĭən		jiən,jən
	眞 B	run,run		rən,run,rər,rur		iwən		jiən
	諄	un		un,ur		$^{(t)}$ĭwən,$^{(kp)}$ĭwən		jən
	臻	run		rən,rər		eən 詵，同山韻		rjiən
脂 1、2	齊	ii,iil	脂部	iij,iitɕ（ɕ）	脂部	iei	脂部	id
		wiil		wiij		iwei		wid
	皆	rii,riil		riij,riitɕ		ei		rid
	脂 A	i,il		ij,itɕ		ĭei		jid
	脂 B	ri,ril		rij,ritɕ		ĭwei		wjid
質 1、2	屑	iid,iig	至部	iit	質部	iet	脂部	it
		^{w}iid,^{w}iig		^{w}iit		iwet		wit（譑wiət）
	黠	riid,riig		riit		ĕt		rit
		^{w}iid,^{w}iig		^{w}iit		wĕt		writ
	質 A	id,ig		it		ĭĕt		jit
		^{w}id,^{w}ig		^{w}it		ĭwĕt		wjit
	質 B	rid,rig		rit				
		^{w}riid,^{w}riig		^{w}riit				

		鄭	斯	王	李
	術	^{w}riid,^{w}riig	^{w}riit	ĭwĕt	wjit
	櫛	rig,rid	rit	ĕt	rjit
[至]	霽	iigs,iids	iit	iēt	idh
		^{w}iigs,^{w}iids	^{w}iit	iwēt	widh
	怪	riigs,riids	riit	ēt	ridh
	至 A	igs,ids	it	ĭēt	jidh
		^{w}igs,^{w}ids	^{w}it	iwēt	wjidh
	至 B	rigs,rids	rit		
眞	先	iin,iiŋ	眞部 iin	眞部 ien	眞部 in
		^{w}iin,^{w}iiŋ	^{w}iin	iwen	win
	山	riin,riiŋ	riin	en	rin
	眞 A	in,iŋ	in	ĭen	jin
		^{w}in,^{w}iŋ	^{w}in	ĭwen	wjin
	眞 B	rin,riŋ	rin		
	諄	^{w}in,^{w}iŋ	^{w}in	ĭwen	wjin
	臻	rin	rin	en	rjin

致　謝

　　人說音韻學是絕學，上古音更如同畫鬼，而我這個資質平平的學生之所以有勇氣選擇這一領域，是與周圍許多智者的關懷、鼓勵和幫助分不開的。

　　三年來，導師馮蒸先生爲我在學術道路上的成長付出了無數心血和汗水。剛剛知道我被錄取，馮老師就去國家圖書館借出了斯塔羅斯金的《古代漢語音系的構擬》，複印後郵到了我當時所在的東北師範大學。這樣，我入學前的半年已經開始著手準備這篇論文了。現在想來，沒有馮老師的先見之明，如此有難度的選題不知幾年才可完成。馮老師的表達能力聲名遠播，能把枯燥的音韻學講得生動有趣，使我一直保有一顆好奇心。我想所有的同門都會永遠銘記馮老師騎自行車幫我們選書、送書的那一幕。在眾多同門當中，馮老師幫我買的書幾乎是最多的，三年積累下來差不多裝了 10 個箱子。可以肯定，沒有這些寶貴的資料，我是絕對無法完成這篇博士論文的。

　　在馮老師的引薦下，我有幸拜訪了鄭張尙芳先生。先生 70 多歲了，但記憶力和精神面貌不亞於青年人。對一個字的古音演變過程隨口即能說出，甚至還可說出幾種域外音的讀法。他在百忙中抽出時間回答我的問題，並常常鼓勵我。最難忘的一次是，在廈門參加國際漢藏學會期間，先生爲了幫我釋疑，竟沒有去參加座談會。這篇論文如果說有點新意的話，許多思想都是在鄭張先生的啓發下產生的。至於先生借給我的大量寶貴資料更是雪中送炭。

　　馮老師曾說，斯塔羅斯金是當今俄羅斯最傑出的漢學家之一，也是國際上古音領域屈指可數的幾位學者之一。於是把他的聯繫方式告訴了我。那時我對音韻學知之甚少，沒想到他十分熱情地回覆了我的信：

　　「Dear linhaiying……」

　　一年多來，我共收到斯氏的 4 封回信，主要是談他對上古音的理解及校訂我的譯稿。我一直盼著收到第 5 封信，那裡一定有許多新見解。可鄭張先生、李葆嘉等學者的信，斯氏也沒有回。兩個月後，噩耗傳來，斯氏因心臟病突發於 2005 年 9 月 30 日與世長辭了，年僅 52 歲。斯氏非常希望看到他著作的中譯本，但我的水平有限，一直想修改得完善些再付梓，竟成為永遠無法挽回的遺憾。

　　張維佳老師在參加師姐的答辯會時就給我留下了深刻印象。三年內要完成這樣一篇上古音論文，我曾感到不自信，治學嚴謹的張老師給了我熱情的鼓勵和寶貴的建議，這使我少走了許多彎路。

　　黃天樹老師、宋金蘭老師和宋均芬老師在我開題報告時對我的肯定和幫助，讓我在以後每每遇到困難時，都會想起他們當時鼓勵的話語，從而堅持下去，不再遲疑、退縮。

　　我的碩士導師韓格平先生把珍藏多年的《陰法魯先生刻寫的羅常培先生周秦古韻擬音表》（1938）轉交給了我，這是羅常培先生從未發表過的手稿，擁有此稿的現今只有幾個人，十分珍貴。

　　我的師弟王沖同學認真修改了我的譯稿《古代漢語音系的構擬》。他的俄文功底相當不錯，許多修改意見都值得參考，在此深表感謝。

　　至於我的先生，我不知用什麼話語可以表達對他的感謝。他用耐心、愛心、寬容之心溫柔地支持我，沒有他，我大概沒勇氣走上這條清冷的路。